本书为教育部人文社会科学青年基金项目：
『《文心雕龙》象喻批评研究』（21YJC751038）的最终成果

《文心雕龙》象喻批评研究

赵忠富——著

河北大学出版社
·保定·

出 版 人：刘相美
责任编辑：赵　麟
装帧设计：赵　谦
责任校对：王亚薇
责任印制：常　凯

图书在版编目（CIP）数据

《文心雕龙》象喻批评研究 / 赵忠富著．-- 保定 ：河北大学出版社，2025．1．-- ISBN 978-7-5666-2564-9

Ⅰ．I206.2

中国国家版本馆 CIP 数据核字第 2025LW2926 号

《文心雕龙》象喻批评研究
《WENXIN DIAOLONG》XIANGYU PIPING YANJIU

出版发行：河北大学出版社
地址：河北省保定市七一东路2666号　邮编：071000
电话：0312-5073003　0312-5073029
网址：www.hbdxcbs.com
邮箱：hbdxcbs@163.com
印　　刷：涿州市般润文化传播有限公司
幅面尺寸：170 mm × 240 mm
字　　数：210千字
印　　张：14.75
版　　次：2025年1月第1版
印　　次：2025年1月第1次印刷
书　　号：ISBN 978-7-5666-2564-9
定　　价：79.00 元

如发现印装质量问题，影响阅读，请与本社联系。
电话：0312-5073023

目　录

导　论

在我国文艺理论批评史上，《文心雕龙》是一部具有里程碑意义的经典之作，它全面总结了上古至南朝宋齐时期中国文艺创作与批评的丰富经验。其体例之完备，论述之精深，不仅在我国古代文艺理论批评领域堪称翘楚，在世界文论史上也享有崇高的地位。诚如鲁迅先生所言：“篇章既富，评骘遂生，东则有刘彦和之《文心》，西则有亚里士多德之《诗学》，解析神质、包举洪纤，开源发流，为世楷式。”①

不过，在刘勰生活的齐梁时期，《文心雕龙》并未获得应有的重视，直至明清它才引起创作者与批评家的广泛关注，并获得越来越高的评价。明人胡应麟说：“萧统之选，鉴别昭融；刘勰之评，议论精凿。”② 清人黄叔琳誉之曰：“艺苑之秘宝”，“苞罗群籍，多所折衷，于凡文章利病，抉摘靡遗。”③ 章学诚亦称：“《诗品》之于论诗，视《文心雕龙》之于论文，皆专门名家，勒为成书之初祖也。《文心》体大而虑周，《诗品》思深而意远。盖《文心》笼罩群言，而《诗品》深从六艺溯流别也。”④ 历史学家范文澜先生也说：“刘勰以前，文人讨论文学的著述，……都只是各有所见，偏而不全。系统地全面地深入地讨论文学，《文心雕龙》实是唯一的一部大著作。”⑤ 可见前贤对于《文心雕龙》的称誉主要集中于两点：体系完备和论证精深。所谓“苞罗群

---

① 鲁迅：《题记一篇》，《鲁迅全集》卷八《集外集拾遗补编》，北京：人民文学出版社，2005年，第370页。

② 胡应麟：《诗薮》内编卷二，上海：上海古籍出版社，1979年，第40页。

③ 黄叔琳：《文心雕龙辑注》，北京：中华书局，1957年，第1页。

④ 章学诚：《文史通义》，叶瑛校注，北京：中华书局，1985年，第559页。

⑤ 范文澜：《中国通史简编》（修订本）第二编，北京：人民出版社，1964年，第419页。

籍”“抉摘靡遗”“体大而虑周”“笼罩群言”“包举洪纤”“系统地全面地”云云，皆是就其体系完备而言。“议论精凿”“解析神质”“深入地”诸语，则是称赞其论证精深。而《文心雕龙》体系之完备，主要取决于刘勰对历代批评成果的吸收、借鉴。虽然刘勰认为魏晋以降的文艺批评都是“各照隅隙，鲜观衢路”①，但如若没有这些“各照隅隙”的精警之作为先导，恐怕《文心雕龙》也难以取得“笼罩群言”“体大虑周”的卓绝成就。

《文心雕龙》论证之精深，很大程度上得益于刘勰对象喻批评范式的创造性运用。文艺批评与文艺创作一样，都是幽微玄妙、神与物游的话语活动，而所有的话语活动，都不可避免地要面对作为言说工具——语辞的有限性。陆机曾感喟：“随手之变，良难以辞逮。”② 刘勰亦慨叹：“言不尽意，圣人所难。”③ 拟象设喻的象喻范式，则为文艺理论批评超越语辞之有限性提供了可能。陆机、刘勰等论文的巨大成功，正在于他们对象喻批评范式的创造性运用。相较《文赋》，《文心雕龙》象喻批评无论是在使用的频次、取譬的广度以及阐释的深度等方面，都要略胜一筹。为完成“论文叙笔”“弥纶群言”④的宏大旨趣，刘勰效法包牺氏“近取诸身，远取诸物”⑤，构建了一个“辨雕万物，智周宇宙”⑥ 的象喻批评系统。《文心雕龙》由此成为我国古代文艺理论象喻批评的光辉典范。

一、选题的缘起

“《文心雕龙》象喻批评”的选题，是在我国传统文艺理论批评创造性转化、创新性发展，以及当代中国文艺理论话语体系建构的背景下萌生的。近

---

① 范文澜：《文心雕龙注》，北京：人民文学出版社，1958 年，第 726 页。

② 张少康：《文赋集释》，北京：人民文学出版社，2002 年，第 1 页。

③ 范文澜：《文心雕龙注》，第 714、727 页。

④ 范文澜：《文心雕龙注》，第 727 页。

⑤ 阮元校刻：《十三经注疏》，北京：中华书局，1980 年，第 86 页。

⑥ 范文澜：《文心雕龙注》，第 310 页。有关“辨雕万物”一语，范文澜先生注解时指出：“《庄子・天道篇》‘辩虽雕万物不自说也’，此彦和所本。”可见“辨”字或当为“辩”，但目前《文心雕龙》各版本大都作“辨”，姑且从众。

代以来，我国传统的学术思想遭遇了前所未有的危机，先是鸦片战争时期，西方坚船利炮的横冲直撞，接着在20世纪初西方思想文化的天风海雨，再到20世纪八九十年代“现代主义理论”“后现代文化”的排闼而入，一种以西方之是非为是非，以西方之标准为标准来宰制中国学术的做法，成为通行惯例。这种风气影响到文艺理论批评领域，“学界往往将传统文论置于西方知识论和‘现代性’背景下进行所谓的‘现代’观照，致使对传统文论的本体论价值和当代性意义估计不足，传统文论的知识特征、表述方式、精神特质乃至学术担当、价值意义等一度被遮蔽和误读，中国传统文论在一段时间曾被认为缺乏对当代问题的回应而被视作一种过时的理论”①。

西方文艺理论大都建构在一定的哲学基础之上，所以它与具体的文艺活动多少存在一定的疏离感。而我国古代的文艺理论批评，更多立足于鲜活的审美经验，是由对具体作品、作家、文艺创作与鉴赏的体认升华而来的，所以它始终与生动的文艺实践保持着不离的一体相通关系。然而，近半个多世纪以来，在西方标准的宰制下，中国文艺理论批评也开始呈现疏离文艺实践的趋向。理论界也热衷于引进西方学说，各式新概念、新范畴、新术语、新命题层出不穷。新理论的引入虽在一定程度上弥补了我国传统文艺批评方法的不足，但由此导致的文艺批评疏离具体文艺实践的不良倾向也是显而易见的。在中国文艺理论文化无根性的危机日益凸显，文艺批评与文艺实践呈脱节态势的当下，如何祛除笼罩在传统文论领域内的种种遮蔽，使传统文论、美学资源有效参与当代中国文艺理论之思想与话语体系建构，并在此过程中实现自身的现代转化，是文艺学尤其是古代文艺理论研究的当务之急。“《文心雕龙》象喻批评研究”，正是在这样的时代背景与学术语境下提出的。

象喻批评是我国传统文艺理论批评中极具民族思维特质的批评范式，是中华文化诗性智慧的集中体现。“在古代思想文化体系中，‘象’是独具中华民族思维特质的重要范畴，也是中国文学观念史上出现最早且伴随始终的基源范畴。‘象’源自先民‘尚象’意识，在夏商巫卜文化和周代宗法文化的熏染下，成为构建古代思想系统的基本文化符号，经过先秦思想家的重新阐释

---

① 党圣元：《传统文论的当代价值与民族美学自信的重建》，《中国文化研究》2015年第3期。

与精神超越，遂演变为蕴涵思维特征、文化观念与审美特质的‘象喻’思维模式。”① 象喻思维是我国传统艺术发端的根本运思方法，据此不仅可以追溯文艺的起源，而且还可以从根本上讲清文艺创造过程中形象思维以及审美批评的一般特征。文艺创作离不开象喻思维，文艺批评同样离不开象喻思维。象喻思维统摄了审美意象产生的全过程，包括艺术创作逻辑起点之“观物取象”、艺术创作心理机制之“立象见意”、艺术审美批评之“以象为喻”等。

象喻批评是我国古代文艺理论批评的基本方法之一。文艺理论批评之象喻范式脱胎于象喻思维，也全面继承了后者的涵容性与统摄力，因此被广泛应用于诗歌、书法、绘画、音乐、戏曲等诸多艺术领域。由于象喻批评产生的巨大影响力，这种批评范式很早就引起了学者们的关注。学术界对于“象喻批评”提出了很多种称谓，如“象征的批评”②“比喻的品题”③“意象化的喻示”④“形象批评”⑤“形象喻示批评”⑥ 等，不一而足。不过，目前较为通

① 夏静：《古代文论中的“象喻”传统》，《文艺研究》2010 年第 6 期。

② 郭绍虞：《中国文学批评史》上卷，天津：百花文艺出版社，1999 年，第 238 页。

③ 罗根泽：《中国文学批评史》，上海：上海古籍出版社，2003 年，第 534 页。

④ 叶嘉莹：《钟嵘〈诗品〉评诗之理论标准及其实践》，《中国古典诗歌评论集》，香港：中华书局香港分局，1977 年，第 18 页。

⑤ 廖栋梁：《六朝诗评中的形象批评》，载《文学评论》第八辑，台北：黎明文化事业股份有限公司，1984 年，第 19 页。

⑥ 曹旭：《摘句批评・本事批评・形象批评及其他——〈诗品〉批评方法论之二》，《上海师范大学学报》1997 年第 4 期。

行的是以下两种称谓："意象批评"[①] 与"象喻批评"[②]。在这两种称谓当中，我们更倾向于后者，理由有二：一者，"意象批评"主要偏向于文艺鉴赏一个阶段，而"象喻批评"却可以更好地统摄文艺活动的全过程；再者，因"意象批评"的言说向度聚焦于作品，故而大体是属于一种静态的批评，相比而言，颇具动态感的"象喻批评"更加契合中国传统艺术思维中"象"的流动与转化之特性。

象喻批评作为我国古代文艺理论批评的基本范式，具有非常悠久的历史。早在先秦时期，文艺理论批评中已经出现象喻批评的萌芽。《诗经·大雅·蒸民》有"吉甫作诵，穆如清风"[③] 之句，以和美清风比譬诗歌艺术的感染力，《左传·襄公二十九年》载吴公子季札至鲁观乐，曾有"美哉，渊乎"，"美哉，泱泱乎"[④] 之叹，以水之渊深广大喻指音乐之美，已经具备了象喻批评的雏形。两汉时期，文艺理论象喻批评获得了长足的进步，尤其是在诗文评与书论两个领域。诗文评方面，出现了对后世影响深远的"锦绣喻文"。在书论领域，诸如"为书之体，须入其形……若虫食木叶，若利剑长戈，若强弓硬矢，若水火，若云雾，若日月，纵横有可象者，方得谓之书矣"[⑤] 一类"以象

---

① 如张伯伟《禅与诗学》（杭州：浙江人民出版社，1992 年）《中国古代文学批评方法研究》（北京：中华书局，2002 年），汪裕雄《审美意象学》（沈阳：辽宁教育出版社，1993 年），刘天利《略论〈二十四诗品〉的意象批评模式》（《浙江大学学报（人文社会科学版）》2002 年第 3 期），贺天忠等《〈文心雕龙〉的意象批评论》（《湖北大学学报（哲学社会科学版）》2003 年第 2 期），胡建次《中国古代诗歌意象批评的发展及其特征》（《山东师范大学学报（人文社会科学版）》2005 年第 3 期），杨雨等《中国古代文论中意象批评法形成的思维路径》（《暨南学报（哲学社会科学版）》2005 年第 6 期），蔡镇楚等《论意象批评》（《邵阳学院学报（社会科学版）》2007 年第 5 期），等等。

② 如陈国球《论诗论史上一个常见的象喻——"镜花水月"》（《古代文学理论研究》第九辑，1984 年），张永昊等《中国古代象喻式批评的演变轨迹及其功能》（《文史哲》1995 年第 4 期），吴果中《论象喻批评》（《云梦学刊》2001 年第 6 期），潘殊闲《象喻：中国传统诗歌评论的利器》（《宁夏社会科学》2005 年第 2 期），夏静《古代文论中的"象喻"传统》（《文艺研究》2010 年第 6 期）、《"象喻"思维论》（《江海学刊》2012 年第 3 期），洪树华《论古代文论中的"象喻批评"与当代中国文学的批评方法》（《中外文论》2016 年第 2 期），等等。

③ 阮元校刻：《十三经注疏》，第 569 页。

④ 阮元校刻：《十三经注疏》，第 2006 页。

⑤ 蔡邕：《笔论》，见华东师范大学古籍整理研究室《历代书法论文选》，上海：上海书画出版社，1979 年，第 14 页。

论书”的象喻批评，更是被频繁运用。魏晋南北朝时期，文艺理论象喻批评进入蓬勃发展的繁盛时期，诗文评、书论、乐论、画论莫不受其沾溉。诗文评方面，除先秦两汉的“自然物喻文”“锦绣喻文”等之外，象喻批评取譬的范围几乎扩展到了身之所接、目之所及的一切领域。书论方面，在玄学言意之辨启迪下，象喻批评经历从注重形质到崇尚神采的嬗变，产生了索靖《草书势》、刘邵《飞白书势》、袁昂《古今书评》等以象论书的代表之作。乐论、画论方面，出现了“捐窈窕之声，使乐而不淫，犹大羹不和，不极勺药之味”① 的“以味喻乐”和“乍起伏于柔条，便同文字”② 的“以字喻画”的批评用例。

《文心雕龙》作为魏晋南北朝文艺理论批评的经典之作，充分吸收借鉴了先秦以来象喻批评的理论成果，对象喻批评范式的运用达到了炉火纯青的境界，无论是取譬的广度、剖析的深度，抑或使用的频次，都前所未有。《文心雕龙》象喻批评，从其形式来看，有“完形话语”和“简省话语”的不同：所谓“完形话语”者，是指诸如“论文之方，譬诸草木，根干丽土而同性，臭味晞阳而异品矣”③ 一类有本体、喻体，甚至还有比喻词的完整形态的譬喻；所谓“简省话语”者，则是指那些不采用完整譬喻形式，只出现喻体或是与喻体相关之元素的简省形态，如“织综比义，以敷其华”“义脉不流，则偏枯文体”④ 等，这里的“织综”“义脉”就分别是以技艺、人体为喻，来比譬文学创作和文学作品。就其内容而言，《文心雕龙》几乎囊括了前面我们所提到的先秦讫至南北朝象喻批评的所有类型。概而言之，可将其象喻批评类型区分为“以人为喻”“以自然物为喻”“以技艺为喻”等三种主要类型，以及“以器物为喻”“以乐舞为喻”“以兵为喻”等三种次要类型（主与次的区分，主要依据用例出现的频率）。在《物色》篇中，刘勰分析文艺创作时曾

---

① 嵇康：《声无哀乐论》，见戴明扬《嵇康集校注》，北京：中华书局，1962 年，第 225 页。

② 萧绎：《山水松石格》，见俞剑华编著《中国画论类编》，北京：人民美术出版社，1986 年，第 587 页。

③ 范文澜：《文心雕龙注》，第 519 页。

④ 范文澜：《文心雕龙注》，第 602、651 页。

说："诗人感物，联类不穷，流连万象之际，沉吟视听之区。"① 其本人的文艺批评也是取譬万类、征引古今，凡身之所接、目之所见、耳之所闻的物象、事象，皆被他援以论文，形成了一个"辨雕万物，智周宇宙"② 的宏大象喻批评体系。

二、学术史综述

20世纪三四十年代，郭绍虞、罗根泽诸先生的文学批评史著述关于"象征的批评""比喻的品题"的论述，钱锺书先生对于古代文论"人化或生命化"③ 现象之探讨，可视为我国古代文艺理论象喻批评研究的肇始阶段。不过，对"象""易象""比兴"，以及"象"与"言""意"关系的探讨，在我国有着更为久远的历史。这些方面的理论成果，对于我们深刻理解象喻批评的生成与流变也是大有裨益。故而我们的学术史综述，也要对此进行简要的回顾。

传统时期，思想家对于"象"的研究，多与《周易》相关。作为群经之首的《周易》，本就是一部有关"象"的著作，它以变化多端的卦爻之"象"，来表现流动不居之现实世界的吉凶祸福。所以，到《系辞》的时代，人们已经开始了对于"象"的理论探讨。在《系辞》作者看来，"象"有两大系统：一者为"天象"，日月星辰是也。"法象莫大乎天地，变通莫大乎四时，县象著明莫大乎日月"④，其中所谓的"象"即是"天象"；一者为"卦象"，或称"易象"，此即圣人观象设卦的结果。"是故夫象，圣人有以见天下之赜，而拟诸其形容。象其物宜，是故谓之象"⑤，其中所谓的"象"即是"易象"。当然"卦象""易象"作为圣人仰观俯察、远近取譬的产物，溯其源头仍在"天

① 范文澜：《文心雕龙注》，第693页。

② 范文澜：《文心雕龙注》，第310页。

③ 钱锺书：《中国固有的文学批评的一个特点》，《文学杂志》1937年第4期。

④ 阮元校刻：《十三经注疏》，第82页。

⑤ 阮元校刻：《十三经注疏》，第83页。

象”，所谓“天垂象，见吉凶，圣人象之”① 是也。“象也者，像也”②，“易象”与“天象”在相似性的基础上建立关联，是“易象”得以生成的机理。“易象”生成的机理，同样适用于汉字与文艺，故许慎对于汉字的寻根，刘勰对于文艺的索源，最终都追溯到庖牺氏创制八卦。有关“易象”产生的缘由，《系辞》作者曾借孔子之口指出：“书不尽言，言不尽意。然则圣人之意，其不可见乎？子曰：圣人立象以尽意，设卦以尽情伪。系辞焉以尽其言。”③ 在《系辞》作者看来，“易象”的产生是为了弥补“言不尽意”，亦即语言的“有限性”，以实现“圣人之意”的传达。

《系辞》之后，对于“象”及“易象”的探讨成为知识界的重要传统。曹魏时期，王弼注《易》，在《系辞》上下篇的基础上作有《明象》一篇，对“易象”进行了更为深入的探讨，王弼指出：“夫象者，出意者也。言者，明象者也。尽意莫若象，尽象莫若言。……故言者所以明象，得象而忘言；象者，所以存意，得意而忘象。犹蹄者所以在兔，得兔而忘蹄；筌者所以在鱼，得鱼而忘筌也。”④ 王弼发挥《系辞》“立象以尽意”的观点，进一步梳理“象”与“意”“言”之间的关系，并在庄学的启发下提出了“得象忘言”“得意忘象”的主张。唐代经学家孔颖达在“易象”探讨方面，也有颇多建树。他将《周易》之象分为“实象”和“假象”两类：“或有实象，或有假象。……皆以义示人，总谓之象也。”⑤ 此外，孔颖达的贡献还在于他指出了“易象”与“比兴”的共同机理，他说：“凡《易》者，象也，以物象而明人事，若《诗》之比喻。”⑥ 以后，对于“易象”与“比兴”关系的研究成为“易学”和“诗学”共同的焦点。南宋陈骙《文则》有言：“六经之道，既曰同归，六经之文，容无异体”，“易之有象，以尽其意；诗之有比，以达其情，文之作也，

---

① 阮元校刻：《十三经注疏》，第 82 页。
② 阮元校刻：《十三经注疏》，第 87 页。
③ 阮元校刻：《十三经注疏》，第 82 页。
④ 楼宇烈：《王弼集校释》，北京：中华书局，1980 年，第 609 页。
⑤ 阮元校刻：《十三经注疏》，第 14 页。
⑥ 阮元校刻：《十三经注疏》，第 18 页。

可无喻乎？”① 在陈骙看来，“易之象”与“诗之比”的运思机理与目的旨归均无二致，都是以譬喻的方式来实现情与意的传达。清代章学诚《文史通义》“易教”篇将孔颖达之“实象”“假象”重新界定为“天地自然之象”与“人心营构之象”，同时提出：“象之所包广矣，非徒《易》而已，六艺莫不兼之。……《易》象虽包六艺，与《诗》之比兴，尤为表里。”② 章氏之说，可视为传统时期“象”与“易象”理论探讨的总结。

近现代以来，国内外学者在古代思想家有关“象”“易象”“易象与比兴”等问题探讨的基础上，对古代文艺理论象喻批评展开更加细致、更为深入的研究。学者们从思想史、美学史、文学史等诸多领域，对“象喻批评”的渊源、流变、美学内涵以及人文意义等展开了热烈的探讨。概而言之，可分为以下四个大的方面：

其一，古代文艺理论象喻批评的整体研究。张永昊、贾岸先生在《中国古代象喻式批评的演变轨迹及其功能》一文中指出，受象喻式人物品藻之风的影响，运用形象喻示法进行文学批评，是魏晋六朝普遍的时代审美趋尚，在此之后，象喻批评沿“喻以意象—喻以意境—喻以禅境—喻以虚境”的发展脉络向前推进。象喻批评在具体实践中发挥着三方面独特功能：“（一）注重诱发想象，实现批评与读者、作家间的有效沟通；（二）避免破碎支离，保持审美经验的完整性；（三）强调直觉领悟，亦有理性判断的深层制约。”③ 吴果中先生在《论象喻批评》《象喻批评的理性分析》等文中，探讨了《道德经》《周易》等先秦典籍以及印度佛教对于象喻批评的启发与生成作用，并从“人的生命之喻”“自然物象之喻”“禅喻”三个方面论述了象喻批评审美效果的多样性。④ 潘殊闲先生的《象喻：中国传统诗歌评论的利器》一文指出，受我国古典诗歌象喻特质濡染，传统诗歌批评也习惯于摒弃枯燥乏味的说理，而代之以生动形象的比喻。象喻作为传统诗歌评论的利器，为诗歌创作与鉴

---

① 陈骙：《文则》，刘明晖校点，北京：人民文学出版社，1960 年，第 5、12 页。

② 章学诚：《文史通义》，叶瑛校注，第 18—19 页。

③ 张永昊、贾岸：《中国古代象喻式批评的演变轨迹及其功能》，《文史哲》1995 年第 4 期。

④ 吴果中：《论象喻批评》，《云梦学刊》2001 年第 6 期；《象喻批评的理性分析》，《中国文学研究》2002 年第 1 期；《象喻批评的渊源探辨》，《湖南商学院学报》2004 年第 3 期。

赏提供了独特的手段和视角，体现了中华民族独特的审美诉求。① 夏静先生的《礼乐文化与中国文论早期形态研究》《古代文论中的“象喻”传统》《“象喻”思维论》等一系列论著、论文，全面、深入地分析了象喻批评的思想渊源。夏先生指出，象喻源于华夏先民的“尚象”意识，在夏商巫卜文化和两周宗法文化熏染下，经先秦思想家的精神超越，演变为蕴涵思维特征、文化观点与审美特质的象喻思维模式，并辐射到思想史、哲学史、美学史及文学史等诸多领域。文艺批评领域的象喻批评即是象喻思维辐射下的产物。② 洪树华先生的《论古代文论中的“象喻批评”与当代中国文学的批评方法》一文提出，“象喻批评”以形象表达观念，在当代中国文学批评史上给人耳目一新的感觉，同时，“象喻批评”在凸显批评主体的情感与审美想象方面也有独特优势，故而它对当代中国诗歌、散文等的研究也是有所助益的。③ 此外，敏泽、汪裕雄、顾祖钊、党圣元、朱良志、朱志荣等先生对“审美意象”的探讨④，以及前述蔡镇楚、张伯伟、胡建次等先生关于“意象批评”的论述，对于古代文艺理论象喻批评研究也大有裨益。

其二，古代文艺理论象喻批评“以人为喻”的研究。除对象喻批评的整体研究外，象喻批评中“以人为喻”“以器物为喻”的现象，也受到学术界的热情关注。“以人为喻”的论题，从前述可知，它最早是由钱锺书先生提出。钱先生指出：中国固有的文学批评的一个显著特点，就是“把文章通盘的人化或生命化”。钱先生通过对比西方文论，认为文学批评的“人化或生命化”

---

① 潘殊闲：《象喻：中国传统诗歌评论的利器》，《宁夏社会科学》2005 年第 2 期。

② 夏静：《礼乐文化与中国文论早期形态研究》，北京：中华书局，2007 年；《古代文论中的“象喻”传统》，《文艺研究》2010 年第 6 期；《“象喻”思维论》，《江海学刊》2012 年第 3 期。

③ 洪树华：《论古代文论中的“象喻批评”与当代中国文学的批评方法》，《中外文论》2016 年第 2 期。

④ 敏泽《中国古典意象论》（《文艺研究》1983 年第 3 期），汪裕雄《审美意象学》（沈阳：辽宁教育出版社，1993 年）、《意象探源》（合肥：安徽教育出版社，1996 年），顾祖钊《论意象五种》（《中国社会科学》1993 年第 6 期），党圣元《中国古典意象问题》（《学习与思考》1984 年第 5 期），朱良志《“象”——中国艺术论的基元》（《文艺研究》1988 年第 6 期），朱志荣《论审美意象的创构》（《学术月刊》2014 年第 5 期）、《论中华美学的尚象精神》（《文学评论》2016 年第 3 期），等等，皆为“审美意象”研究方面的代表成果。

特点在现象上虽是中国特有，而在应用上却具有普遍性和世界性，可以成为中西文论沟通、交流的基点。[①] 敏泽先生也指出，“人化的美学批评”是我国审美评价中一个最鲜明的民族特点。敏先生认为，“人化的美学批评”受到发端于魏晋而后极盛一时之人物品评的深刻影响。[②] 李泽厚先生亦曾指出，中国古人喜欢以人的自然生命及其因素来阐释文艺，讲究“骨法形体”“筋血肌肉”，讲究“畅神”“游仙”，这些既与人的生理、生命和身体状貌、先天气质相关，又超脱了具体有限的感性存在，实现了与宇宙天地的交流、沟通。“骨”“筋”“肌”“肉”等人体的概念，便成为与“神”“气”等同样重要的美学标准和观念。[③] 吴承学先生将钱锺书先生的“人化批评”重新命名为“生命之喻”，认为“生命之喻”反映了一种深刻的文学观念，即把人的生命形式作为文学结构形式的象征。从哲学上看，“生命之喻”是中国古代“近取诸身，远取诸物”的象征型思维方式的产物；从文化背景上看，“生命之喻”又受到古代中医理论、汉代以后相术以及人物品评等多方面的影响。[④] 蒲震元先生认为，“人化批评”是中国传统艺术批评的重要形态，“人化批评”由“形下”进及“形上”，从“体貌”融通“精神”，以整观人的生命之法观“艺”，为中国传统文艺理论批评体系建构，贡献了一系列有关人体和人的生命内涵的艺术批评术语。[⑤] 蒋寅先生从知识谱系的角度观照“人化文评”，指出中国古代“人化文评”话语系统建立在一整套生理学概念上，诸如“体制”“神明”“肌肤”“骨髓”等概念皆来源于医学，有着浓厚的医学知识背景。[⑥] 上述学者在论证古代文艺理论“人化批评”“生命之喻”时，每每将《文心雕龙》作为典型范例来进行论述，这对于《文心雕龙》“以人为喻”现象的探讨，具有直接

---

① 钱锺书：《中国固有的文学批评的一个特点》。

② 敏泽：《中国美学思想史》，济南：齐鲁书社，1987 年，第 512 页。

③ 李泽厚：《华夏美学》，北京：中外文化出版公司，1989 年，第 120—121 页。

④ 吴承学：《生命之喻——论中国古代关于文学艺术人化的批评》，《文学评论》1994 年第 1 期。

⑤ 蒲震元：《“人化”批评与“泛宇宙生命化”批评——中国传统艺术批评模式中的两种重要批评形态》，《文学评论》2006 年第 5 期。

⑥ 蒋寅：《医学与中国古代文论的知识背景——以〈黄帝内经〉〈素问〉〈灵枢〉为中心》，《北京大学学报（哲学社会科学版）》2020 年第 4 期。

的借鉴作用。①

其三，古代文艺理论象喻批评“以器物为喻”的研究。古风先生最早论及古代文艺理论“以锦喻文”的现象。古先生指出，在我国古代文论史上，存在一种强调文采美与视觉美的审美批评，它通过“以锦喻文”批评范式来呈现。“以锦喻文”批评范式在我国古代、近现代以及当代文艺理论批评中都有广泛运用。“以锦喻文”批评范式是一种本于我国原初审美观念，触及文学审美本质，极具民族特色的文艺审美批评。② 除“以锦喻文”，闫月珍先生也相继提出古代文艺理论“容器之喻”“金石之喻”“宫室之喻”等一系列批评范式，丰富了古代文论“以器物为喻”研究的理论视野。闫先生指出，“器物之喻”基于器物制作与文章写作之间，在营构、巧饰上的相通，是中国古代礼乐文明的产物。“器物之喻”作为一种批评范式，体现了艺术创作对于法度的追求、对于典范的推崇。“器物之喻”打通了文学与雕塑、铸造、建筑等技艺之间的界限，使其经验得以延伸和互通，因而具有强大的言说能力。③ 古风、闫月珍二位先生在整体考察我国古代文艺理论批评“以器物为喻”范式的同时，也曾对《文心雕龙》“以器物为喻”进行过专门探讨，这些我们将在后面的叙述中加以介绍。霍志军先生探讨了我国文学批评史上“以玉喻文”的现象。霍先生指出：“古代文论家借助于‘美玉’模子将异常抽象、难以言传的文学活动阐释得通幽入微、酣畅淋漓。”④ 唐启翠先生以《荀子》为中心，

---

① 古代文艺理论批评“以人为喻”现象的相关研究成果，还有张家梅《人化批评发展的历史脉络与表现形态》(《暨南学报（哲学社会科学版）》2000年第1期)，朱忠元、刘朝霞《魏晋才性观与人化批评》(《甘肃社会科学》2002年第5期)，欧海龙《论中国诗话之生命化批评》(《海南大学学报（人文社会科学版）》2007年第6期)，肖占鹏、刘伟《唐代文论中生命化批评的人文意蕴》(《文学遗产》2009年第6期)，袁文丽《中国古代文论的生命化批评》(广州：暨南大学出版社，2016年)，等等。

② 古风：《丝织锦绣与文学审美关系初探》，《文学评论》2007年第2期；《“以锦喻文”现象与中国文学审美批评》，《中国社会科学》2009年第1期。

③ 闫月珍：《容器之喻——中国文学批评的一个特点》，《文学评论》2014年第4期；《作为仪式的器物——以中国早期文学为中心》，《中国社会科学》2017年第7期；《金石之喻与中国文学批评》，《广东社会科学》2020年第5期；《车马之喻与中国文学批评》，《社会科学战线》2021年第2期；《宫室之喻与中国文学批评》，《文史哲》2022年第2期。

④ 霍志军：《玉与中国古代文论关系初探》，《重庆邮电大学学报（社会科学版）》2016年第2期。

论述了玉石信仰、琢玉技艺和佩玉传统在中国早期“文学”观建构中的重要作用。[①] 此外，张法、刘成纪等先生对古代器物美学的研究，也为古代文艺理论批评“以器物为喻”的探讨提供了重要指导与借鉴。[②]

其四，《文心雕龙》象喻批评的专门研究。前面我们曾提出，刘勰为实现其论文叙笔、剖情析采之宏旨，建构了涵盖“以人为喻”“以自然物为喻”“以技艺为喻”“以器物为喻”等在内的“辨雕万物，智周宇宙”[③] 的象喻批评体系。《文心雕龙》作为我国古代文艺理论批评的典范之作，自然也是学术界在研究象喻批评时重点关注的对象，尤其是在“以人为喻”“以器物为喻”两个方面产生了颇为可观的研究成果。在“以人为喻”方面，前述钱锺书、徐复观、敏泽、李泽厚、吴承学、蒋寅诸先生的研究，虽是对中国古代文艺理论的通盘考察，却每每将《文心雕龙》作为典范用例来展开论证，此后《文心雕龙》“以人为喻”的专门研究正是在此基础上展开。吴中胜先生在钱锺书先生“人化批评”和吴承学先生“生命之喻”的基础上，提出“生命活力论”的概念。吴先生认为，贵生乐生既是人与生俱来的本性，亦是中国文化的基本精神，以《文心雕龙》为代表的成熟期的中国文论，继承了中华文化的生命精神，建构了一套贯穿天地大化、人类自身、文学本体和文论自身的生命力话语，对中国文论思维与言说方式产生了深远影响。[④] 姚爱斌先生对《文心雕龙》“以人为喻”的核心范畴“骨”进行了深入的探讨。姚先生指出，由于“骨”本身在生命整体结构中亦内亦外的特殊位置，使得刘勰在《文心雕龙》

---

① 唐启翠：《〈荀子〉“文学”观的譬喻化建构及影响》，《文学遗产》2022 年第 4 期。

② 张法《器、物、象作为中国美学范畴的起源和特点》（《甘肃社会科学》2014 年第 2 期）、《彝—斝—爵：夏商周酒器——礼器演进的多重变奏》（《中山大学学报（社会科学版）》2020 年第 1 期），刘成纪《西周礼仪美学的物体系》（《文艺研究》2013 年第 1 期）、《百工、工官及中国社会早期的匠作制度》（《郑州大学学报（哲学社会科学版）》2015 年第 3 期），等等。

③ 范文澜：《文心雕龙注》，第 310 页。

④ 吴中胜：《〈文心雕龙〉的生命活力论》，《〈文心雕龙〉与 21 世纪文论研究国际学术研讨会论文集》，北京：学苑出版社，2009 年，第 257—267 页；《〈文心雕龙〉与中国文论成熟期生命力话语的建构》，《中国文学研究》2018 年第 1 期。

中能够用它来构成多种类型的喻体组合，以譬喻不同形式的文章整体结构。①在“以器物为喻”现象的探讨方面，最值得关注的是古风、闫月珍两位先生的研究。古风先生对于《文心雕龙》“以锦喻文”现象进行了深入分析，古先生指出“以锦喻文”在《文心雕龙》中起到多方面作用：它在传达刘勰宗经思想的同时，也为文学创作提供了织锦“范型”，而作为一种批评范式，“以锦喻文”派生出了数量惊人的批评术语和范畴，诸如“缛采”“组丽”等皆是。② 闫月珍先生对于《文心雕龙》“以器物为喻”批评展开了多方面的论述，闫先生指出，《文心雕龙》中存在大量“以器物喻文”的现象，“杼、轴，规、矩，绳、墨，辐、毂、模、范和钧等器物隐喻着中国文学批评关于法度的观念，模、范等器物和镕、铸等制作活动又引申出中国文学批评关于典范的观念。器物作为人文意义上的实体，同时又是形而上之道的显现，故器物之喻具有天文和人文的双重意义”。“以器物为喻”批评范式极大丰富了中国文学批评的言说空间，并为中西文学批评交流提供了可资沟通的话语。③ 此外，吴中胜先生提出的“金玉之喻”④，文爽博士提出的“玉石之喻”⑤，也都是对《文心雕龙》“以器物为喻”研究方面值得注意的成果。

此外，我国港台和国外学者对中国古代象喻思维和《文心雕龙》象喻批评的研究方面也取得了许多值得注意的成果。港台方面，徐复观先生对于我国传统文论和《文心雕龙》“以人为喻”现象的论述，⑥ 饶宗颐、方元珍等先

---

① 姚爱斌：《生命之“骨”的特殊位置与刘勰“风骨”论的特殊内涵》，《文艺理论研究》2016年第1期。

② 古风：《刘勰对于“锦绣”审美模子的具体运用》，《文学评论》2008年第4期。

③ 闫月珍：《器物之喻与中国文学批评——以〈文心雕龙〉为中心》，《中国社会科学》2013年第6期；《兵器之喻与中国文学批评——以〈文心雕龙〉为中心》，《人文杂志》2020年第9期；《器物比德与中国文学批评——以〈文心雕龙〉为中心的考察》，《四川大学学报（哲学社会科学版）》2022年第3期。

④ 吴中胜：《金玉崇拜与〈文心雕龙〉的金玉之喻》，《人文杂志》2015年第9期。

⑤ 文爽：《〈文心雕龙〉“符采”说释义》，《北京社会科学》2015年第2期。

⑥ 徐复观：《〈文心雕龙〉的文体论》，载《中国文学论集》，台北：台北民主评论社，1966年，第1—83页。

生对于刘勰与佛教相关问题的探讨,[①] 黄亦真先生对于《文心雕龙》比喻修辞的研究,[②] 等等,皆颇具参考价值。国外方面,日本学者兴膳宏对《文心雕龙》与《出三藏记集》在句式、用语方面相似性的考辨,[③] 美国学者艾兰运用现代西方隐喻理论对先秦诸子象喻言说的考察,[④] 等等,也非常具有借鉴意义。

综上可知,古代思想家在"象""易象""易象与比兴""意象"等的研究方面,累积了极其丰富的思想资源。现代以来,海内外学者对于《文心雕龙》象喻批评的研究,也取得了较为可观的学术成果,尤其是在"以人为喻""以器物为喻"两个方面已经相当完善。这些学术成果对于本研究来说都是值得借鉴的宝贵财富,本书的研究也正是在这些学术成果的启发下展开的。《文心雕龙》象喻批评体系的丰富性,决定了该研究仍具有广阔空间。《文心雕龙》"以人为喻""以器物为喻"的研究虽卓有成效,但仍有进一步探讨的余地。学术界对于《文心雕龙》"以自然物为喻"的研究还相对薄弱,[⑤] "以技艺为喻"的研究更是少有涉及,[⑥] "《文心雕龙》象喻批评"的整体研究尚付之阙如。正是基于此,本书才将《文心雕龙》象喻批评确定为研究的方向。

---

① 饶宗颐:《〈文心雕龙〉"声律篇"与鸠摩罗什"通韵"》《文心与阿毗昙心》,载《梵学集》,上海:上海古籍出版社,1993年,第93—121、179—187页;方元珍:《〈文心雕龙〉与佛教关系之考辨》,台北:文史哲出版社,1976年,第29—121页。

② 黄亦真:《〈文心雕龙〉比喻技巧研究》,台北:学海出版社,1991年。

③ [日]兴膳宏:《〈文心雕龙〉与〈出三藏记集〉》,载彭恩华编译《兴膳宏〈文心雕龙〉论文集》,济南:齐鲁书社,1984年,第5—109页。

④ [美]艾兰:《水之道与德之端——中国早期哲学思想的本喻》,张海晏译,上海:上海人民出版社,2002年。

⑤ 《文心雕龙》"以自然物为喻"专门研究主要有:廖建荣《论〈文心雕龙〉的山水为喻》(《集美大学学报(社会科学版)》2012年第3期),吴中胜《从"上善若水"到〈文心雕龙〉的"以水喻文"》(《中州学刊》2016年6期),范春玲《自然崇拜与〈文心雕龙〉的文道自然观》(《北方论丛》2018年第1期),李宛玲《论〈文心雕龙〉中的自然象喻批评》(《萍乡学院学报》2020年第1期),等等。

⑥ 有关《文心雕龙》"以技艺为喻"问题,闫月珍先生《器物之喻与中国文学批评——以〈文心雕龙〉为中心》一文中多有涉及,但该文论述的重点并不是技艺,而是作为技艺成果的器物。此外,陆晓光《〈文心雕龙〉中的"工匠"慧识》(《社会科学报》2017年9月14日)、潘天波《匠作之喻与中国诗学批评》(《中国文艺批评》2020年第11期)也都是对《文心雕龙》"以技艺为喻"研究方面非常有参考价值的学术成果。

三、研究的目的、内容及方法

本书将在充分吸收借鉴古代思想家以及现当代学者相关研究成果的基础上，系统梳理我国古代文艺理论象喻批评的理论渊源与发展脉络；在用例统计的基础上，全面展现《文心雕龙》“以人为喻”“以自然物为喻”“以技艺为喻”“以器物为喻”“以乐舞为喻”“以兵为喻”等在内的象喻批评体系，深入挖掘蕴藏其间的理论意涵。经由《文心雕龙》的个案研究，充分彰显我国古代文艺理论象喻批评的强大统摄力、阐释力及衍生力，为古代文艺理论象喻批评研究的推进贡献绵薄力量。同时，希望能够通过我们对“《文心雕龙》象喻批评”研究，在破解我国当代文艺理论的“失语症”[①]，增强理论自信、话语自信方面有所裨益。

本书以“《文心雕龙》象喻批评”为研究对象，分成以下七部分展开：

“导论”。首先，介绍本书选题的缘起，并对核心概念作简要的阐释。西方标准对我国文艺理论批评的宰制所导致的文艺理论文化无根性危机，以及当前文艺批评与文艺实践间呈现出的脱节现象，是本书写作的直接触发因素。在概念方面，对我国古代文艺理论“象喻批评”以及“《文心雕龙》象喻批评”进行总括式介绍与阐述。其次，对象喻批评研究进行学术史回顾，梳理古代思想家以及现当代学者在“象”“易象”“比兴”“意象”“象喻批评”“《文心雕龙》象喻批评”等方面的学术成果，总结前人研究所取得的成就，分析现有研究的薄弱之处。最后，扼要介绍本研究的目的、意义、主要内容，以及所采用的研究方法。

“第一章”。这部分主要分析中国古代文论象喻批评形成的理论根基及其逻辑演进。中国古代文论象喻批评孕育于三代“尚象”传统，是象喻思维向文艺理论批评领域辐射的产物。殷周巫卜文化、周礼象符号系统、先秦诸子的“以象比德”“以象论道”，都曾给予象喻思维、象喻批评以丰富的思想滋养。此外，两汉之际传入我国的佛教，其所倡导的譬喻开示之“象教”与我国本土文化之象喻高度契合。随着佛教的中国化，“象教”也成为中华文化

① 曹顺庆：《文论失语症与文化病态》，《文艺争鸣》1996年第2期。

"尚象"传统的重要一脉。中医"藏象""脉象"、汉字"象形""象事"、天文历法"观象授时"等，也都是象喻思维的早期成果。象喻思维与象喻批评在上述思想领域的丰富实践，为其向文艺理论批评领域的辐射奠定了基础。在上述思想资源与批评实践的基础上，象喻批评成为了我国古代文艺理论的基本范式。刘勰为学，博通佛家内典，遍该九流百氏，对传统思想文化的"尚象"传统、象喻思维，以及天竺释教的譬喻说法，妙会于心。《文心雕龙》辨雕万物的象喻批评体系，亦是由上述思想资源所孕育。

"第二章"。首先，分析文艺理论批评"以人为喻"范式在汉魏六朝兴起时的思想文化语境，尤其是人的自觉与人物品藻对于"以人为喻"范式所产生的促进作用。其次，对《文心雕龙》"以人为喻"批评用例进行全面统计。在用例统计的基础上，分析《文心雕龙》"以人为喻"论文所蕴含的理论意涵。刘勰以"人体"比况"文体"，意在强调体制为先的辨体原则；以"血气"比譬"文气"，体现了对独特风格的追求；以"疾病"比类"文病"，凸显了对整体生机与无限活力的推崇。《文心雕龙》"以人为喻"的批评实践，形成了诸如体貌、骨鲠、风骨、风力、义脉、风清骨峻等一系列范畴与命题，对后世文艺理论批评产生极为深远的影响。

"第三章"。首先，分析先民对于自然的发现、自然审美的兴盛，及其对古代文艺创作和理论批评的重要影响。其次，对《文心雕龙》"以自然物为喻"批评的用例进行全面统计。在用例统计的基础上，分析刘勰"以自然物为喻"论文的深层用意。刘勰以"天文"比譬"人文"，目的是确立人文创造沟通"三才"的神圣地位；刘勰通过傍及万品的山川草木之喻，不仅肯定了文学与文饰的合法性，同时，也树立了"自然会妙"① 的修辞理想。此外，刘勰以草木之根、河川之源譬喻儒家经典，深刻揭示出圣人经典之于文学创作、文学批评的本源价值与典范意义。

"第四章"。首先，分析圣人"观象制器"、百工"审曲面埶"对于文艺理论批评"以技艺为喻"范式的生成意义，以及先秦诸子"以技艺论道"为文艺理论批评"以技艺为喻"所提供的理论先导与话语示范。其次，对《文心

① 《文心雕龙·隐秀》，见范文澜《文心雕龙注》，第633页。

雕龙》"以技艺为喻"批评用例进行全面统计。在用例统计的基础上，分析刘勰借助百工技艺比譬文学创作的理论意图：借助攻木、冶金、抟埴（即制陶）三种技艺，意在说明文学创作与此三种技艺一样注重规矩、法度，讲求师承与模范；借助设色（主要是丝织、染色、刺绣）、刮摩（即雕刻）两种技艺，喻示文学应像它们一样在重视形式的同时又不废内容，最终达到内容与形式的完美统一；借助庖饔、御驭两种技艺，喻示文学创作要像这两种技艺一样讲究不同要素之间的调度与配伍，进而达到"余味曲包""六辔如琴"的审美境界。

"第五章"。对《文心雕龙》"以器物为喻""以乐舞为喻""以兵为喻"等次要类型进行集中而简要的论述。"以器物为喻"批评范式与我国古代"藏礼于器"的文化传统相关。刘勰以器物比譬文章，意在揭示两者在我国早期社会中同属天人沟通的媒介、礼乐文化的载体。"以乐舞为喻"批评范式渊源于早期诗乐舞同源一体的艺术传统。刘勰取譬乐舞，目的是以舞蹈的节奏来阐释文章的节奏，以音乐的调和来论述文章的调和。"以兵为喻"批评范式得益于古代士人文武兼修的知识结构。刘勰"以兵为喻"论文的目的有三：以兵势比譬文势，以兵器比譬作家文思，以勇气比譬文章气势。通过象喻批评次要类型的补足，我们可以更加清晰地感受到，象喻批评在《文心雕龙》理论体系建构与批评话语生成中所发挥的关键作用。

"结语"。象喻批评在经历魏晋南北朝的高峰之后并未止步、沉寂，而是随着文学的发展与时代的进步不断拓展、革新。本部分即对象喻批评在《文心雕龙》之后的发展演进进行简要介绍，考察象喻批评在词、曲、小说等新兴文体批评中的施用情况，以及南北朝至今象喻批评取譬范围随社会生活、科学技术进步而不断丰富与更新的情况，进而展现象喻批评范式的无限生命活力，同时也对象喻批评未来的研究进行展望。

在研究方法上，本书主要采用文献研究法与统计分析法。首先，全面搜集与本论题有关的文献资料，包括思想史、哲学史、美学史、批评史、艺术史等方面的著作与研究论文，在对前贤、今人研究成果充分吸收、借鉴的基础上，展开本论题的探讨。其次，将《文心雕龙》"象喻批评"按照"以人为喻""以自然物为喻""以技艺为喻""以器物为喻""以乐舞为喻""以兵为喻”等分类，对每一类批评范式的用例尽可能地进行穷尽式统计，并在用例统计的基础上，分析各类批评范式的理论内涵与美学意义。本书所做的用例统计，也可为学术界今后对于该问题的研究提供素材上的便利。

第一章 “根柢槃深”：象喻批评的理论渊源

“在古代思想文化体系中，‘象’是独具中华民族思维特质的重要范畴，也是中国哲学观念史上出现最早且伴随始终的基源范畴。”① “象”作为一种符号性范畴，其指称对象之广大，意涵流变之繁富，令人叹为观止。举凡天文之日月星辰、山川草木，人文之典章制度、日用器什，甚至于人自身之相貌仪表、气色脉息，皆可谓之“象”。从具体可感的“物象”，到“视之不足见，听之不足闻”② 的“大象”，“象”范畴统摄了从形下实体到形上超越存在的万事万物。“象”渊源于先民的“尚象”传统，在殷周巫卜文化与礼乐文化的熏染下，成为构建古代思想系统的基本文化符号，经先秦思想家不断阐释与哲学超越，遂孕育出涵盖原始具象、认知中介，以及本体意义等多重内蕴的象喻思维模式，并辐射到思想史、哲学史、美学史等诸多领域。两汉之际传入我国的佛教，其所倡导的譬喻开示之“象教”与华夏本土文化之象喻，其归一揆。随着佛教的中国化，“象教”也成为中华文化“尚象”传统的重要一脉。刘勰为学，博通佛家内典，遍该九流百氏，对传统思想文化“尚象”传统、象喻思维，及天竺释教的譬喻说法，更是妙会于心。《文心雕龙》辨雕万物的象喻批评体系，正是由上述思想资源所孕育。

---

① 夏静：《“象喻”思维论》，《江海学刊》2012 年第 3 期。

② 楼宇烈：《老子道德经注校释》，北京：中华书局，2008 年，第 87 页。

第一节　“尚象”传统与巫卜文化

中华文化推重“象”，这是每一个受此文化影响的人都不难觉察的事实。《易经》以“观象制器”来诠释中华文化的源起，汉字以“以类象形”为基础推衍出自己的构字方法，神话讲求“象物应怪”，中医主张“阴阳应象”，天文历法注重“观象授时”，文学艺术追求“意象具足”，等等，“象”，犹如一张巨大的符号之网，笼罩、纽结着中华文化的所有领域。

一、“尚象”传统

“象”渊源于先民的“尚象”传统，其本义为大兽之专名，经过长期的词义引申与衍生，逐渐成为包罗万象的符号性范畴。对于此间辗转变迁之情形，我们可以从“象”的字源学考察中窥得大概。

“象”字，最初是指一种陆地上的大型哺乳类动物。从构字法来看，“象”属于“六书”中的象形字。许慎指出：“象，南越大兽，长鼻牙，三年一乳。象耳牙四足尾之形，凡象之属皆从象。”① 许慎的训释，得到了甲骨卜辞的有力佐证。“象”字在甲骨文中写作（前三·三一·三）、（前四·四四·二）、（后二·五·一一）、（乙九六），② 从中不难看出许慎所谓的“长鼻”“耳牙四足尾”等象形要素。不过，许慎对“南越大兽”的解释，是基于汉人的地理认知，与最初的史实有较大出入。罗振玉先生根据甲骨实物和殷墟卜辞“获象”“来象”诸语，认为“象为南越大兽，此后世事。……古者中原有象，至殷世尚盛也”③。在罗先生考证的基础上，徐中舒先生进一步指出《禹贡》中豫州之“豫”字，是“从象从邑”的会意字，“豫当以产象得名，与秦时之象郡以产象得名者相同”。另外，徐先生通过大量文献勾稽，认为舜

① 段玉裁：《说文解字注》，上海：上海古籍出版社，1981年，第459页。

② 中国社会科学院考古研究所编：《甲骨文编》，北京：中华书局，1965年，第395页。

③ 罗振玉：《殷虚书契考释三种》，北京：中华书局，2006年，第444页。

帝“象耕”传说，乃是由“殷人服象”之事附会而成。[①] 1935年、1978年两次殷墟象坑遗址的发掘，证实了罗、徐两位先生关于“中原有象”和“殷人服象”的推断。自西周中期开始，中原一带的气候逐渐变冷，迫使大象向南方温热地带迁徙，最终导致大象在中国北方的绝迹，[②] 遂有了韩非子所说“人希见生象也，而得死象之骨，案其图以想其生也”[③] 的情形，以及许慎对于象“南越大兽”的误判。

有商一代，象不仅栖息于中原大地，而且同殷人产生了非比寻常的关系。殷人与象的渊源，可追溯至舜帝“象耕”的传说。《史记·五帝本纪》载：“舜，冀州之人也。舜耕历山，渔雷泽，陶河滨，作什器于寿丘。”[④] 陆龟蒙认为舜帝躬耕历山靠的就是象：“世谓舜之在下也，田于历山，象为之耕，鸟为之耘。”[⑤] 陆氏观点并非无稽的杜撰，舜帝“象耕”传说在古代文献中颇不鲜见，《墨子》《论衡》等书中都有类似的记载。据郭沫若先生考证，甲骨卜辞中屡见殷人祭祀“夒”的记载，“夒”是殷人始祖商契之父，即神话中的帝喾，亦即舜帝。[⑥] 由此可见，殷人服象所继承的正是舜帝象耕的传统。史载殷人先王王亥、相土曾以牛马挽车，罗振玉通过对甲骨卜辞“为”字的考辨，认为“为”乃“从爪从象”的会意字，“卜辞作手牵象形，……意古者役象以助劳”，并进一步指出役象助劳“其事或尚在服牛乘马以前”。[⑦] 象除助力耕作外，还曾被殷人驯以征战，据《吕氏春秋·仲夏纪·古乐》载：“成王立，殷民反，王命周公践伐之。商人服象，为虐于东夷，周公遂以师逐之，至于江

---

① 参见徐中舒《殷人服象及象之南迁》，《历史语言研究所集刊》第二本第一分册，北京：中华书局，1987年，第60—75页。

② 参见王宇信、杨宝成《殷墟象坑和“殷人服象”的再探讨》，载胡厚宣等著《甲骨探史录》，北京：生活·读书·新知三联书店，1982年，第476—489页。

③ 王先慎：《韩非子集解》，钟哲点校，北京；中华书局，1998年，第148页。

④ 司马迁：《史记》，北京：中华书局，1959年，第32页。

⑤ 陆龟蒙：《象耕鸟耘辨》，见董诰等编《全唐文》，北京：中华书局，1983年，第801页。

⑥ 参见郭沫若《卜辞通纂》，见《郭沫若全集》考古编第二卷，北京：科学出版社，1983年，第362页。

⑦ 罗振玉：《殷虚书契考释三种》，第504页。

南。”[1] 商周鼎革之后，殷人尚能服象征战，可见“象军团”乃殷商大军固有之战斗序列。

国之大事，在戎与祀。殷商时期，象也曾被作为牺牲祭祀先公、先王，这尤其能够凸显它在礼乐活动中的神圣地位。殷人以象为牺牲，同样也有传世文献和出土文物的二重证据。甲骨卜辞有：“丁酉卜，争，贞象”（《乙》7645），“贞□氏象，……㞢（于）祖乙。”（《合集》8983）这里的“祖乙”是商朝历史上颇负盛名的一位帝王，史籍中多有记载，《史记·殷本纪》有：“帝祖乙立，殷复兴。”[2]《竹书纪年》亦有：“祖乙之世，商道复兴，庙为中宗。”[3]“”，具体指代对象目前尚不明晰，但据甲骨卜辞，此人多次与夒等殷商先王同列于祀典，其身份为殷人先公之一当无疑问。地下文物方面，1935年和1978年的殷墟考古发现了两座象坑，据考证，象坑遗址正处于殷王室祭祀先祖之所[4]。正如王宇信、杨宝成先生所指出，“象在商代是一种较为珍贵的动物，只有在举行极其隆重的祭典时才用它做为祭牲。因此在王陵区已发掘的成千座祭祀坑中，用象者仅见两座；而在数万片甲骨文中有关用象祭祀的记载也寥若晨星”[5]，又考虑到舜帝“象耕”传说和殷人以舜为远祖的传统，象在殷人生活中的神圣地位就更加巩固了。

关于象在殷人心目中的神圣地位以及殷人的象崇拜，值得关注的还有两点。其一，殷王曾以象为名。殷王有号阳甲者（又称和甲），甲骨卜辞写作“”（林二·一五·二），或作“”（前一·一六·三）。郭沫若先生释其为

① 许维遹撰：《吕氏春秋集释》，梁运华整理，北京：中华书局，2009年，第128页。

② 司马迁：《史记》，第101页。

③ 沈约注：《竹书纪年》，上海：中华书局，1936年，第27页。

④ 参见杨锡璋、杨宝成《从商代祭祀坑看商代奴隶社会的人牲》，《考古》1979年第1期。

⑤ 王宇信、杨宝成：《殷墟象坑和“殷人服象”的再探讨》，载胡厚宣等著《甲骨探史录》，第480页。

"象甲"[1]，此说得到了丁山、胡厚宣等一众甲骨学专家的赞同。[2] 阳甲号象甲，"命名含义虽不知其详，但殷王既以象为名号，则象在殷王心目有祯祥义、神圣义，完全可以断言"[3]。其二，殷人曾以象为尊彝之礼器。商代象尊，为容庚、张维持先生《殷周青铜器通论》所著录，即有遽父己象尊、饕餮象尊、夔纹象尊三件。[4] 此外，颇值得注意的还有1975年湖南醴陵县出土的商晚期青铜象尊。此尊造型精美，突出地采用了凤鸟纹饰，"象鼻似凤鸟，鼻端作凤首形……耳壳正面为云雷纹，耳孔凹进，耳壳背部为凤鸟，耳壳下接近颈部下方有凤鸟图像"[5]。殷人以鸟为图腾，"天命玄鸟，降而生商"[6]，此玄鸟即被认为是凤凰，甲骨卜辞曾有"于帝史凤，二犬"，郭沫若先生释为"凤为天帝之使，而祀之以二犬"[7]，于此可见，凤鸟确实是殷人的神圣之物。象尊以凤为饰，自然也具有神圣地位。所以殷商时期，象尊作为彝器通常是被用于祭祀先祖的神圣禘礼，此即孔子所谓"牺象不出门"[8]。

从象耕、象战、象殉，到以象为名、以象为器，可以清晰地看出殷人的"尚象"传统。而在殷人以象为名、以象为器的文化活动中，"象"逐渐由具象的实体向抽象之符号过渡，其文化意涵日趋丰盈。

二、巫卜文化

在"象"由大兽之专名发展为包容万类的文化符号，并由此孕育出象喻思维的过程中，殷周时期龟卜、占筮的巫卜文化发挥了关键性作用。

---

① 郭沫若：《卜辞通纂》，见《郭沫若全集》考古编第二卷，北京：科学出版社，1983年，第276页。

② 参见丁山《商周史料考证》，北京：中华书局，1988年，第68页；参见胡厚宣等著《甲骨探史录》，第16页。

③ 汪裕雄：《意象探源》，北京：人民出版社，2013年，第24页。

④ 参见容庚、张维持《殷周青铜器通论》，北京：文物出版社，1984年，第50页。

⑤ 熊传新：《湖南醴陵发现商代铜象尊》，《文物》1976年第7期。

⑥ 《诗经·商颂·玄鸟》，见阮元校刻《十三经注疏》，第622页。

⑦ 郭沫若：《卜辞通纂》，载《郭沫若全集》考古编第二卷，第376—378页。

⑧ 《左传·定公十年》，见阮元校刻《十三经注疏》，第2148页。

殷商尚“鬼谋”①，尤其推崇甲骨之卜。举凡祭祀之择日、戎事之成败、年岁之丰歉，以至田猎郊游、天气变幻，等等，每事有不决，便会贞问天帝。龟甲、牛骨是最常见的占卜之具，有时也会采用鹿骨和象骨。在龟卜与骨卜之间，殷人更重龟卜，“凡卜祀者用龟，卜它事皆以骨”②。龟卜的大致程序为：首先，有疑而待决之事，或祀，或戎，或田猎，等等，即命卜者求取神意。其次，卜者取龟甲契刻反面，经火灼，龟甲正面出现灼裂之坼痕，即为龟兆。再次，卜者依据龟兆进行比类，或比诸天象，如《尚书·洪范》之“卜兆之常法”，“曰雨、曰霁、曰蒙、曰驿、曰克”③；或拟之物象，如《周礼·大卜》云：“大卜掌三兆之法：一曰玉兆，二曰瓦兆，三曰原兆”④；或附会五行，如《左传·哀公九年》云：“卜法横者为土，立者为木，邪向经者为金，背经者为火，因兆而细曲者为水”⑤。最后，参照占书，查找对应繇辞⑥，亦即“观象系辞”，由繇辞来推测吉凶，预判未然。

龟兆之象经过比类与繇辞的双重转换，最后成为一种多层级的符号系统。其基本结构至少包含三个层面：表层—物质载体—龟甲坼痕，中层—意指符号—天象/物象/五行，深层—文化意涵—吉凶未然。龟兆之象属于自然与人为参半的意指符号系统：龟甲灼裂之坼痕，比类附会之天象、物象与五行，明显为自然因素；契刻、炙灼、比类，以及观象系辞等，无疑属于人为因素。龟卜“鬼谋”，凸显了殷商统治阶层对于天命的敬畏，他们将自己的行动和行动可能的结果，托付于神意，而将自身的意志与愿望，安置在被验证、被选

① 王夫之在解说《周易·系辞下》“人谋鬼谋，百姓与能”之语时指出，龟卜“多寡成于无心不测之神，鬼谋也”，占筮“审七八九六之变以求肖于理，人谋也”。见王夫之《周易外传》，载王夫之撰《船山全书》第1册，长沙：岳麓书社，2011年，第615页。

② 罗振玉：《殷虚书契考释三种》，第314页。

③ 阮元校刻：《十三经注疏》，第191页。对于这里的“五兆”，孔安国释曰：“（雨、霁）龟兆形有似雨者，有似雨止者；（蒙）阴闇；（驿）气络绎不连属；（克）兆相交错。”

④ 阮元校刻：《十三经注疏》，第802页。对于此处的“三兆”，郑玄注曰：“兆者，灼龟发于火，其形可占，其象似玉、瓦、原之亹罅，是用名之焉。”

⑤ 《左传·哀公九年》孔颖达疏引服虔语，见阮元校刻《十三经注疏》，第2165页。

⑥ 殷商占书虽皆亡佚，但繇辞在先秦典籍中却班班可考，占书繇辞与《周易》之卦爻辞相类，所以贾公彦说：“繇之说兆，若《易》之说卦。”见阮元校刻《十三经注疏》，第802页。

择的地位上。就此而言，“龟象”符号系统仍旧笼罩在浓厚的神学氛围之中。当然，龟卜也并非纯粹的迷信活动，“在龟卜的操作过程中，在龟象符号的编码与解码之中，人为的努力，人的精神活动，还是保有自己的一席之地。龟象提供了语言文字之外的又一符号系统，中国文化那种重感性经验，重直观体悟的思维方式，便在其中发育、生衍”①。“龟象”的出现，对于“象”的词义引申以及象喻思维的形成意义非同一般，是我国文化史上值得特书的事件。

周人重“人谋”，尤重占筮之法。对于占筮之法，许多学者认为它是由龟卜演变而来。其实，占筮应属“数卜法”的一种，其历史或与龟卜的前身骨卜一样古老。汪宁生先生曾通过对苗族、纳西族、彝族等西南地区少数民族数卜习俗的考察，提出“若就筮法的开始来说决不会晚于卜法”②。汪氏之说，于古代文献方面颇有力证，《周礼》“春官宗伯”中既有“卜师”“龟人”，又有“筮人”，《礼记·曲礼》也说“卜筮不相袭”③，可见两者原属于不同的系统。当然，占筮虽源于数卜，但对龟卜之法仍多有借鉴。周人占筮之法在原始数卜直接以“数”取断吉凶的基础上，加入了“象”的环节——因数定象，将一定的数与某些天象、物象、人文事象建立对应关系，由数到象，“观象系辞”，最后根据卦爻辞判断吉凶，预测未然。占筮之“象”，亦即“易象”，显然得之于殷人龟卜之兆象的启示。《周易》作为周人占筮之法的结晶，起于文王幽拘羑里之时，成于武王伐纣前后。文武二王在创立周朝的过程中，原始筮法作为文化整合的一部分，曾进行过系统整理，使之成为礼文化的重要基石。

与殷人“龟象”相类，“易象”也是一种多层级的符号系统，其基本结构，同样包含三个层级：第一层级是“数”，即蓍草排列之数，代表着宇宙信息；第二层级是“象”，也就是与数相对应的自然物象、人文事象；第三层级是“辞”，即“观象系辞”的卦爻辞，筮人最终凭借卦爻辞来推断所卜问之事的吉凶。相较“龟象”而言，“易象”的人文因素更加凸出，“自然的东西”

① 汪裕雄：《意象探源》，第32页。

② 汪宁生：《民族考古学论集》，北京：文物出版社，1989年，第149页。

③ 阮元校刻：《十三经注疏》，第1251页。

愈益成为“精神的东西”，“感官的东西”进一步转变为“思索的东西”。① 一是揲蓍得“数”。“数”是蓍草数量关系的抽象，和半人为、半自然的龟甲坼痕相比，已是完全的人为符号。二是由“数”所关联的“象”，相当于由“龟兆”所比类的天象、物象。不过，“易象”所关联的“象”除自然界天象、物象之外，还涵盖极其丰富的人文事象，诸如军事、农业、婚姻、行旅等，均有所涉及。②

从殷人的龟象到周人的易象，再到《周易·系辞》之“书不尽言，言不尽意”“圣人立象以尽意”③ 的“言—象—意”互动符号系统的形成，是由卜筮之术到哲理之学的思维演进过程，这也是象喻思维形成的过程，更是中华文化由蒙昧走向理性的过程。中国文艺理论源远流长的象喻批评亦肇端于此。

第二节 周礼象符号系统与六艺之象

殷周时期，“象”从具象实体引申为抽象符号，由大兽专名衍生成思想文化元范畴。在此过程中，巫卜文化与礼乐文化都发挥了关键性作用。“象”与卜筮的结合，确立了其沟通“三才”之媒介作用，以及统摄一切文化信息的符号功能。“象”与礼乐的结合，则为其贯注了更多人间化色彩，大大丰富了“象”之政教伦理意涵。周代“王官六艺之学”是“三代之学”的积累和传承，“六艺之象”作为象喻思维的早期成果，延续着三代“尚象”传统的精神血脉。

一、周礼象符号系统

在我国古代文化史上，礼的起源可以追溯至先民图腾崇拜、祖先崇拜等原始宗教活动中的各种仪式。不过，制度化礼制的产生及完善是三代时期的事情，由《周礼》集其大成。

---

① 黑格尔：《历史哲学》，王造时译，北京：三联书店，1957年，第282页。

② 参见李镜池《周易探源》，北京：中华书局，1978年，第10页。

③ 阮元校刻：《十三经注疏》，第82页。

周礼是以血亲关系为基础，将礼与权力、财产再分配相结合，并进一步辐射到政治、经济、文化等诸领域的一整套体制。周礼虽有人的自然性（血亲关系）作为保障，但它自身却隐伏着不可根除的矛盾，即人的自然等级与社会等级之间的矛盾。因此，以人的自然等级规定其社会等级的礼，便同时带有内在与外在双重的强制性。① 礼的强制性为整个社会，包括礼乐制度自身埋下了危机。当"天命"的迷雾被自觉的理性之光所照彻，当人的社会地位的隆替突破了血亲等级的限制，"天无二日，土无二王"② 的社会等级秩序将不可避免地走向崩解。西周稳定祥和、文采焕发的礼乐盛世，直跌入春秋战国的大动荡，礼文化自身也应负有相当的责任。然而，礼文化的生命力却是异乎寻常顽强，即使经历了春秋战国的"礼崩乐坏"，也并未完全消歇，后经儒家的重构，成为中华文化最核心的组成要素，历经千年而不衰。这其中因由是多方面的，上层王权政治对它的依仗和支撑，"神道设教"之民间鬼神信仰对它的维系，各种典仪对它的程式化展演，等等，都是礼文化得以延续的重要原因，但这些远非全部。

周礼自身独特的"象符号系统"，为礼文化的经久不衰提供了内在保障。周礼创制者为提升礼的神圣性，竭力在宇宙秩序和人伦秩序之间建立起对应关系，以"天道"统摄"人伦"，以"人伦"响应"天道"。"夫礼之大全，体天地，法四时，则阴阳，顺人情，故谓之礼。"③ 将天意坐实到人伦，由人伦提升为天意，其间并无多少逻辑可言。周礼创制者似乎也并不打算以高明的理论、严密的推导来说服人，只是借助耳目所接的经验性类比将天道、人伦联通一气，类比的媒介就是作为符号的"象"。以夫妇之礼为例，"有天地，然后有万物；有万物，然后有男女；有男女，然后有夫妇；有夫妇，然后有父子；有父子，然后有君臣；有君臣，然后有上下；有上下，然后礼义有所错。"④ 周人以天地之象来类比夫妇，天高地卑象其等级关系，天地和合化生

---

① 参见汪裕雄《意象探源》，第 74 页。

② 《礼记·曾子问》，见阮元校刻《十三经注疏》，第 1392 页。

③ 《礼记·丧服四制》，见阮元校刻《十三经注疏》，第 1694 页。

④ 《周易·序卦》，见阮元校刻《十三经注疏》，第 96 页。

万物象其繁衍功能。周礼象符号系统指涉的对象并非实体，而是实体间的关系和功能。以天地象征夫妇，以夫妇比附天地，意在说明夫妇间的关系、功能有类于天地。此外，父子、君臣等一切尊卑上下的伦常关系，也都可以从天高地卑的宇宙秩序中得到解释。反之，天高地卑的宇宙秩序也能经由夫妇、父子等伦常关系来象征、来说明。通过“象”的纽结，宇宙、人伦两大序列之间，构成互为能指与所指的“象征指涉”① 关系。周礼所代表的人伦秩序，便在这种“象征指涉”中获得天经地义、不证自明的神圣性。

相较殷人半自然、半人为的“龟象”，周礼之“象”已是纯粹的人文符号。周礼之“象”是“天下之赜”或曰“天道”，反映于圣人头脑中所形成的“意象”。胡适先生指出，“意象”本身虽不可见，但它却是“古代圣人设想并且试图用各种活动、器物和制度来表现的理想的形式”②。我们前面也曾提到，周礼之“象符号系统”所指涉者并非实体，而是实体间的关系和功能，这种不可见的关系、功能最终通过“名”“器”将礼落实于日用伦常。先说“名”，名即名号、名分，它由圣人象天道而制。对于圣人法天制名，董仲舒曾有精辟的阐述：“古之圣人，謞而效天地谓之号，鸣而施命谓之名。……名则圣人所发天意。”③ “名”在礼文化中有着极端重要的意义，它规定了社会中每一个人的权力、地位，由此建构起“君君、臣臣、父父、子子”的社会等级秩序。儒家崇尚《周礼》，尤其注重名号，施政以“正名”④ 为先，著述“以道名分”⑤ 为务。再说“器”，“器”者，器物之谓也，这里主要指礼器，并不局限于圭璧钟鼎等实体之物，还包括非物态的礼仪典章。与“名”相类，“器”也是由圣人观“象”而制。“象”同样为“器”之依凭，所谓“见乃谓之象，形

① “象征指涉论”(theory of symbolic reference)，系由英国学者怀特海提出，成中英先生认为此说与中国哲学方法颇多一致。参见《世纪之交的抉择——论中西哲学的会通与融合》，北京：知识出版社，1991 年，第 229—245 页。

② 胡适：《先秦名学史》，上海：学林出版社，1983 年，第 37 页。

③ 苏舆：《春秋繁露义证》，钟哲点校，北京：中华书局，第 1992 年，第 285 页。

④ 《论语·子路》有“子路曰：‘卫君待子而为政，子将奚先?’子曰：‘必也正名乎!’”见阮元校刻《十三经注疏》，第 2506 页。

⑤ 《庄子·天下》曰：“《春秋》以道名分。”见郭庆藩《庄子集释》，王孝鱼点校，北京：中华书局，1961 年，第 1067 页。

乃谓之器”，“以制器者尚其象”① 也。“器”作为“名”的象征、“礼”的载体，与“名”一样有着非同寻常的意义。所以，孔子说：“唯器与名，不可以假人，君之所司也。”②

从“天道”到圣人头脑中的“意象”，再到“名”，最后到“器”，经过多重的比附、象征、转换、推衍，形成了繁复而庞大的周礼“象符号系统”。“象”派生“名”“器”，不仅强化了自身的符号作用，同时还巩固了礼乐传统的稳定性。此后，无论王朝如何更迭，礼乐总能传承不衰，一如夏之九鼎、周之五爵。周礼之“象符号系统”，也为我国文艺理论象喻批评提供了丰富的思想给养与重要的话语借鉴。

二、六艺之象

六艺之象是象喻思维的早期成果，在先秦文献中极具典型性和代表性。“六艺”的概念在我国古代知识谱系中有两个指向：其一是指礼、乐、射、御、书、数六种技能；③ 其二是指《诗》《书》《礼》《易》《乐》《春秋》六种典籍，亦即儒家所谓的“六经”④。我们这里所说的“六艺”指的是后者。

在我国学术史上，明人王夫之最早提出“六艺之象”。其《周易外传》有：“盈天下而皆象也。《诗》之比兴，《书》之政事，《春秋》之名分，《礼》之仪，《乐》之律，莫非象也。而《易》统会其理。”⑤ 在王夫之看来，六艺皆凭“象”而明理，是象喻思维的产物，其中《周易》更是此思维方式的理论总纲。清代学者章学诚也持同样的观点，《文史通义》说：“象之所包广矣，非徒《易》而已，六艺莫不兼之。”⑥ 章学诚不仅指出了“象”兼“六艺”的

---

① 《周易·系辞上》，见阮元校刻《十三经注疏》，第 82、81 页。

② 《左传·成公二年》，见阮元校刻《十三经注疏》，第 1894 页。

③ 此说见诸《周礼·地官·保氏》：“养国子以道。乃教之六艺：一曰五礼，二曰六乐，三曰五射，四曰五驭，五曰六书，六曰九数。”见阮元校刻《十三经注疏》，第 731 页。

④ 此说见诸《春秋繁露·玉环》：“君子知在位者不能以恶服人也，是故简六艺以赡养之。《诗》《书》序其志，《礼》《乐》纯其美，《易》《春秋》明其知，六学皆大，而各有所长。”见苏舆《春秋繁露义证》，钟哲点校，第 35 页。

⑤ 王夫之：《周易外传》，载王夫之撰《船山全书》第 1 册，第 1039 页。

⑥ 章学诚：《文史通义》，叶瑛校注，第 18 页。

事实，还进一步对《周易》之外其他五经中“象”的存在样态，进行了提纲挈领的论述：“雎鸠之于好逑，樛木之于贞淑，甚而熊蛇之于男女，象之通于《诗》也。五行之征五事，箕毕之验雨风，甚而傅岩之入梦赉，象之通于《书》也。古官之纪云鸟，《周官》之法天地四时，以至龙翟章衣，熊虎志射，象之通于《礼》也。歌协阴阳，舞分文武，以至磬念封疆，鼓思将帅，象之通于《乐》也。笔削不废灾异，《左氏》遂广妖祥，象之通于《春秋》也。”①

“六艺之象”中，影响最大者莫过于“易象”。“易象”原是殷周巫卜文化的产物，属于《周易》“数”“象”“辞”符号系统不可或缺之居间环节。春秋战国时期，经过以《易传》作者为代表的众多思想家的哲学阐释，《周易》逐渐从神学背景中走出。随着筮数之神秘功能逐渐削弱，“象”在《周易》符号系统中的重要性得到进一步凸显。尤其是《易传》提出“《易》者，象也；象也者，像也”② 的主张，使“象”的中心地位得以确立。对此，马一浮先生指出：“卦固象也，言亦象也”，“数犹象也，象即理也。”他认为“学《易》之要观象而已”③。《易传》作者的哲学阐释，不仅提升了“象”在整个《周易》符号系统中的地位，而且极大地拓展了“象”的指涉范围。《易传》剖判阴阳，将八经卦、六十四别卦所象征的自然物象与人文事象推衍至更广大的范围。这种连类引申，在《易传》之前已经流行于春秋各国，《左传》《国语》载录颇多，至《易传》，卦象连类指涉更形繁复。高亨先生曾就《彖传》《象传》两篇卦象引申情况予以列表说明④：

表 1 《彖传》《象传》中之卦象备查表

八卦	卦象
乾	天；天，比朝廷；天，比其它；君；君子；阳气；刚健

① 章学诚：《文史通义》，叶瑛校注，第 18 页。

② 《周易·系辞下》，见阮元校刻《十三经注疏》，第 87 页。

③ 马一浮：《复性书院讲录》，载《马一浮全集》第一册，杭州：浙江古籍出版社，2013 年，第 341—342 页。

④ 高亨：《周易大传今注》，济南：齐鲁书社，1979 年，第 25—30 页。为节约篇幅计，本表删去了“见于某卦”一栏，完整表格可查阅高亨先生原作。

续表

八卦	卦象
坤	地；地，比人；民或臣民；小人；阴气；柔顺
震	雷；雷，比刑；鹄；刚；动
巽	风；风，比教令；木；木，比其它；柔；巽（逊）；入
坎	水；水，比民众；水，比美德；水，比其它；雨；雨，比恩赏；云，比恩赏；刚；险
离	火；火，比明察；火，比其它；日，比明德；电，比明察；女；柔；文与文明；丽
艮	山；山，比贵族；山，比贤人；山，比其它；男；阳气；刚；止
兑	泽；泽，比民；泽，比其它；女；阴气；柔；说（悦）

由上表可知，在《易传》中卦象引申从最初的侧重于天、地、雷、风、水、火、山、泽等具象连类，转向较为抽象的比附，如雷比刑罚、风比教令、离比文明，等等，其指涉功能得以大大增强。至若坎比水、水比云雨、云雨比恩赏，离比火、火比日电、日电比明德、明察，这样一些连类比附、辗转引申情况出现，更是使卦象的象征范围几乎到了无所不包的境地。

“易象”而外，其他五经也是各有其象。“《诗》之象”。南宋陈骙在《文则》中指出：“《易》之有象，以尽其意；《诗》之有比，以达其情。”① 章学诚也认为：“《易》象虽包六艺，与《诗》之比兴，尤为表里。”② 在“六艺之象”中，与“易象”最为接近就是《诗》的比兴。“《书》之象”。《尚书》作为上古历史文献之汇编，蕴藏着先王的政治智慧、民本思想，以及圣贤的人格理想与价值追求。“这些中华传统文化的创始性理念和华夏文明的思想渊薮正是通过古老的元象呈现”③，如以“日月星辰”象征宇宙秩序，以“九畴”象征

① 陈骙：《文则》，刘明晖校点，第12页。

② 章学诚：《文史通义》，叶瑛校注，第19页。

③ 王秀臣：《六艺之变与中国古典学术的生成》，《中国社会科学》2022年第4期。

国家根本大法，等等。[①] “《礼》之象”。礼是宇宙秩序与人文秩序的对应，“《礼》之象”首先体现为先王法天地四时、设官分职、封号赐爵所形成的名物制度，同时还表现在圣人观象制器所产生的器物系统。此外，各种典仪中人们的仪容、辞令、揖让、周旋，亦可视为《礼》之征象。“《乐》之象”。“《乐》之象”即“乐象”，是指五声与十二律的有规则搭配。此外，在古人的文化视野中，五行五方、阴阳时序、尊卑贵贱、道德伦常等一切自然与社会之情形，皆可通于声、象于乐。“《春秋》之象”。《春秋》以道名分，周礼君臣父子的名分是“《春秋》之象”的第一要义，胡适先生认为：“一部《春秋》便是孔子实行正名的方法。”[②] 此外，“《春秋》之象”还表现为其中所记录的诸如地震、日食、山崩一类的灾异。在《春秋》的思想世界中，善有祥瑞，恶有妖征，善、恶、吉、凶皆有天象的预兆。

除“六艺之象”外，文字之象、中医之象，亦是象喻思维的早期成果。“文字之象”。按照许慎《说文解字叙》的记载，仓颉“依类象形”造为书契，是受包牺氏仰观俯察创制八卦的启发，可知汉字与卦画、易象一样，皆是圣人“观物取象”“立象见意”的产物。“援物比类”的“中医之象”，也是基于同样的运思逻辑。《类经》在解说“藏象”时指出：“象，形象也，藏居于内，形见于外，故曰藏象。”[③] 可见，所谓“藏象”者，就是指不可见的脏腑现象，形之于外的生理病理征象。

“六艺之象”“文字之象”“中医之象”，作为象喻思维的早期成果，进一步巩固了“象”在古代知识生产与学术思想中的地位，同时也对古代文艺理论象喻批评的产生起到了重要的促进作用。特别是《周易》之“观物取象”，《诗经》之“比兴”，汉字之“近取诸身，远取诸物”，中医之“援物比类”，等等，更是为古代文艺理论象喻批评提供了直接的方法论启迪。

---

① 前者出自《尚书·尧典》，后者出自《尚书·洪范》，见阮元校刻《十三经注疏》，第119、187页。

② 胡适：《中国哲学史大纲》，上海：上海古籍出版社，1997年，第70页。

③ 张介宾：《类经》，北京：人民卫生出版社，1965年，第33页。

第三节 诸子的以象比德与以象论道

春秋战国，随着礼乐制度的衰落，古典学术从庙堂散落乡野，由贵族走向平民，“王官六艺之学”逐渐为“诸子之学”所吸收取代，华夏文明由是进入百家争鸣的光辉时期。“诸子之学”源出“六艺”，是历代学者的共识。班固《汉书·艺文志》继承刘歆《七略》的观点，提出诸子“各推所长，穷知究虑，以明其指，虽有蔽短，合其要归，亦《六经》之支与流裔”①。诸子之学从属于六艺学术体系，“六艺之象”所蕴含的象喻思维，也被诸子所全面继承，成为百家争鸣最重要的言说方式。

一、诸子的以象比德

诸子对于象喻思维的继承，首先体现于“以象比德”的伦理言说。“以象比德”早在“六艺之象”中已现端倪。刘勰在谈《诗经》之比兴时曾指出：“关雎有别，故后妃方德；尸鸠贞一，故夫人象义。……金锡以喻明德，珪璋以譬秀民，……凡斯切象，皆比义也。”② 刘勰之论虽不免汉儒解经的附会习气，但他指出《卫风·淇奥》《大雅·卷阿》以金锡、珪璋“比德”，基本上是符合事实的。儒家比德于玉的传统或许正是渊源于此。

在“六艺之象”的影响下，“以象比德”成为诸子伦理言说的重要方式。《管子·小问》载，桓公曾向群臣发问“何物可比于君子之德”，管仲对曰：“苗，始其少也，眴眴乎何其孺子也！至其壮也，庄庄乎何其士也！至其成也，由由乎兹免，何其君子也！……故命之曰禾。此其可比于君子之德矣。”③以禾谷由苗而壮最后至成的自然生长比譬君子德行修养的全过程。《管子·水地》又提出仁、精、正、义、卑的“水之五德”说与仁、知、义、行、洁、

---

① 班固：《汉书》，颜师古注，北京：中华书局，1964年，第1746页。

② 范文澜：《文心雕龙注》，第601页。

③ 黎翔凤：《管子校注》，北京：中华书局，2004年，第969页。

勇、精、容、辞的“玉之九德”说①。《管子》一书作为先秦各家思想之融汇，生动体现出诸子“以象比德”的话语风尚。其他如《晏子春秋》载，晏子对晋平公问，谓：“君子如雨，渊泽容之，众人归之，如鱼有依，极其游泳之乐。”② 以雨之滋润万物，比譬国君福泽百姓；《韩非子·扬权》：“若天若地，是谓累解。若地若天，孰疏孰亲。”③ 以天地之高厚无私比譬君王的公平正义，等等，亦是其例。而《老子》之“上善若水”“上德若谷”④，更是“以象比德”的典范。

先秦儒家作为西周“王官之学”的嫡传正宗，“游文于六经之中，留意于仁义之际”⑤，于“六艺之象”最是心领神会，对“以象比德”言说方式的运用亦是超迈诸子。孔子重“言”，所以“言语”列于“四科”。不过，孔子所重之“言”，并非日用口语，而是一种艺术化的“微言”，所谓“不学《诗》，无以言”“文以足言”⑥ 者是也。故而，“以象比德”的象喻言说尤其为孔子所青睐。孔子最为人熟知的“以象比德”之例莫过于“知者乐水，仁者乐山”⑦。对于这则象喻言说，汉代韩婴的阐释可谓周全：“夫水者，缘理而行，不遗小间，似有智者。动而下之，似有礼者。蹈深不疑，似有勇者。障防而清，似知命者。历险致远，卒成不毁，似有德者。天地以成，群物以生，国家以宁，万事以平，品物以正。此智者所以乐于水也。”“夫山者，万民之所瞻仰也。草木生焉，万物植焉，飞鸟集焉，走兽休焉，四方益取与焉，出云道风嵷乎天地之间。天地以成，国家以宁。此仁者所以乐于山也。”⑧ 由此，夫子以山水之仁智比譬圣贤之大德的用意，豁然可见。此外，“子曰：天何言哉。四时

---

① 黎翔凤：《管子校注》，第813—815页。

② 王更生：《晏子春秋今注今译》，台北：台湾商务印书馆，1987年，第182页。

③ 王先慎：《韩非子集解》，钟哲点校，第48—49页。

④ 楼宇烈：《老子道德经注校释》，第20、112页。

⑤ 班固：《汉书》卷三十《艺文志》，颜师古注，第1728页。

⑥ 前者出自《论语·季氏》，后者出自《左传·襄公二十五年》，见阮元校刻《十三经注疏》，第1985、2522页。

⑦ 《论语·雍也》，见阮元校刻《十三经注疏》，第2479页。

⑧ 许维遹：《韩诗外传集释》，北京：中华书局，1980年，第110—111页。

行焉，百物生焉。天何言哉”，“子曰：岁寒，然后知松柏之后凋也”[①]，“孔子曰：……夫玉者，君子比德焉”[②]，等等，也都是“以象比德”的经典用例。

孟、荀等儒家后学也全面继承了孔子的“以象比德”。孔子比德于水，孟子也说：“流水之为物也，不盈科不行；君子之志于道也，不成章不达”，“源泉混混，不舍昼夜，盈科而后进，放乎四海。有本者如是，是之取尔。”[③] 荀子更是推衍出了“水之九德”：“夫水，大遍与诸生而无为也，似德。其流也埤下，裾拘必循其理，似义。其洸洸乎不淈尽，似道。若有决行之，其应佚若声响，其赴百仞之谷不惧，似勇。主量必平，似法。盈不求概，似正。淖约微达，似察。以出以入，以就鲜絜，似善化。其万折也必东，似志。”[④] 孔子比德于玉，荀子发挥为“玉之九德”[⑤]。孔子比德于松柏，荀子亦云：“岁不寒无以知松柏，事不难无以知君子无日不在是。”[⑥] 先秦诸子的“以象比德”传统及其话语实践，对汉魏两晋的人物品藻以及古代文艺理论象喻批评均产生了极为深远的影响。

二、诸子的以象论道

诸子对象喻思维的继承，还体现于“以象论道”的哲学言说。周朝末年，礼乐崩坏，王官六艺之学失去权力话语的地位，百家蜂起，“道术将为天下裂”[⑦]。诸子纷纷言道，其道虽各不相同，但“以象论道”的言说方式却为各家所共同采用。诸子“以象论道”所取之象可分为物象与事象两类。

物象方面，举凡目之所及、身之所接的天地自然之物、人工制造之物，皆可成为诸子论道时取譬的对象。比如，老子曾以“水”“谷”“玄牝”“婴

---

① 前者出自《论语·阳货》，后者出自《论语·子罕》，见阮元校刻《十三经注疏》，第2526、2491页。

② 《荀子·法行》引，见王先慎《荀子集解》，沈啸寰、王星贤点校，北京：中华书局，1988年，第535页。

③ 前者出自《尽心上》，后者出自《离娄下》，见阮元校刻《十三经注疏》，第2727、2768页。

④ 王先慎：《荀子集解》，沈啸寰、王星贤点校，第524—526页。

⑤ 王先慎：《荀子集解》，沈啸寰、王星贤点校，第535—536页。

⑥ 王先慎：《荀子集解》，沈啸寰、王星贤点校，第506页。

⑦ 郭庆藩：《庄子集释》，王孝鱼点校，第1069页。

儿”“天下母”等喻象比类“道”之本体，① 以“江海”“谷”“橐籥”等喻象比方“道”之虚无，② 以“辐毂”“埏埴”“户牖”等喻象比譬“道”之以无为用。③ 孔子曾以北辰居所而众星拱卫来譬喻德治为先的治政之道，④ 以大车之輗、小车之軏来譬喻“言而有信”的立身之道。⑤ 墨子曾以“丝缕之有纪”“罔罟之有纲”比譬“五刑”在国家治理中的重要意义，⑥ 以“火之就上”“水之就下”来比譬民众对于兼爱之道的向往。⑦ 孙武子论用兵之道，亦颇多象喻之辞，“其疾如风，其徐如林，侵掠如火，不动如山，难知如阴，动如雷震”“兵形象水，水之形，避高而趋下，兵之形，避实而击虚。水因地而制流，兵因敌而制胜。故兵无常势，水无常形”⑧，等等，即是其例。韩非子论御下之道，也惯用譬喻之法，“明君之行赏也，暖乎如时雨，百姓利其泽；其行罚

---

① 《老子》第八章有“水善利万物而不争，处众人之所恶，故几于道”，第六章有“谷神不死，是谓玄牝”，第十五章有“敦兮其若朴，旷兮其若谷”，第十章“专气致柔，能婴儿乎”，第二十八章有“常德不离，复归于婴儿”，第二十五章有“寂兮寥兮，独立不改，周行而不殆，可以为天下母”，第五十二章有“天下有始，以为天下母”。见楼宇烈《老子道德经注校释》，第 20、16、33、22、73、62—63、139 页。

② 《老子》第三十二章有“譬道之在天下，犹川谷之于江海”，第二十八章有“知其荣，守其辱，为天下谷。为天下谷，常德乃足，复归于朴”，第五章有“天地之间，其犹橐籥乎”。见楼宇烈《老子道德经注校释》，第 81、74、14 页。

③ 《老子》第十一章有“三十辐共一毂，当其无，有车之用。埏埴以为器，当其无，有器之用。凿户牖以为室，当其无，有室之用。故有之以为利，无之以为用”。见楼宇烈《老子道德经注校释》，第 26—27 页。

④ 《论语·为政篇》“子曰：‘为政以德，譬如北辰，居其所而众星共之。’”见阮元校刻《十三经注疏》，第 2461 页。

⑤ 《论语·为政篇》“子曰：‘人而无信，不知其可也。大车无輗，小车无軏，其何以行之哉。’”见阮元校刻《十三经注疏》，第 2463 页。

⑥ 《墨子·尚同上》“子墨子言曰：‘古者圣王为五刑，请以治其民。譬若丝缕之有纪，罔罟之有纲，所连收天下之百姓不尚同其上者也。’”见孙诒让《墨子间诂》，孙启治点校，北京：中华书局，2001 年，第 77—78 页。

⑦ 《墨子·兼爱下》：“人之于就兼相爱、交相利也，譬之犹火之就上，水之就下也，不可防止于天下。”见孙诒让《墨子间诂》，孙启治点校，第 127 页。

⑧ 孙武撰：《十一家注孙子校理》，杨丙安校理，北京：中华书局，1999 年，第 143—144、124—125 页。

也，畏乎如雷霆，神圣不能解也”“探其怀，夺之威。主上用之若电若雷”①，等等，即其例也。

事象方面，在先秦诸子笔下，专业技能、生活常识、神话传说、历史故事等，也常常成为其“以象论道”的取譬对象。比如，孔子曾以“譬如为山，未成一篑，止，吾止也。譬如平地，虽覆一篑，进，吾往也”② 的土工之技，喻示“学者自强不息，则积少成多；中道而止，则前功尽弃”③ 的修业之道。墨子曾以“医之攻人之疾者然，必知疾之所自起，焉能攻之”的岐黄之术，比譬“圣人以治天下为事者也，必知乱之所自起，焉能治之”④ 的治国之道。列子曾用“大道以多歧亡羊”的生活常识，比譬“学者以多方丧生”的为学之道，又以九方皋相马观其天机而不辨玄黄、牝牡，譬喻得精忘粗、遗貌取神的认知规律。⑤ 战国后期，孟子、庄子、韩非子等对“以事为喻”言说方式的运用愈加自觉。孟子为向君王宣传其仁政、王道学说，多会以通俗之理打比方，诸如“五十步笑百步”“缘木求鱼”“攘邻之鸡”者，皆是其例。庄子为阐述其自然无为之道，也每以浅近之事为譬喻，而对日常技艺尤为青睐，如“庖丁解牛”“佝偻承蜩”“吕梁丈夫蹈水”等。此外，庄子还改编创造了许多神话故事以为载道之筌蹄，像“鲲鹏之变”“倏忽凿混沌”“黄帝遗玄珠”等。⑥ 庄子“以事为喻”言说方式的大量运用，形成了“寓言十九，重言十七，卮言日出，和以天倪”⑦ 的独特风格。韩非子更是“以事为喻”言说方式的集大成者。据统计，《韩非子》一书中寓言故事多达三百余则，仅《储说》六篇，就有寓言两百多则，⑧ 其中如“滥竽充数”“买椟还珠”“自相矛盾”“守株待兔”等，都是人们耳熟能详的。

---

① 王先慎：《韩非子集解》，钟哲点校，第 30、53 页。
② 《论语·子罕》，见阮元校刻《十三经注疏》，第 2491 页。
③ 朱熹：《四书章句集注》，北京：中华书局，1983 年，第 114 页。
④ 孙诒让：《墨子间诂》，孙启治点校，第 99 页。
⑤ 杨伯峻：《列子集释》，北京：中华书局，1979 年，第 265—266、256—258 页。
⑥ 参见袁珂《〈庄子〉的神话与寓言》，《中华文化论坛》1995 年第 3 期。
⑦ 郭庆藩：《庄子集释》，王孝鱼点校，第 947 页。
⑧ 参见陈蒲清《中国古代寓言史》，长沙：湖南教育出版社，1983 年，第 57—64 页。

先秦诸子不仅有“以象比德”“以象论道”的具体实践，还曾对“以象为喻”的言说方式，进行过深入的理性剖析。孔子重言，提出“能近取譬，可谓仁之方也已”①。墨子重辩，归纳出“辟”“侔”“援”“推”之逻辑方法，而其所谓“辟”者，即“举也物以明之也”② 的象喻之法。庄子认识到“天下为沈浊，不可与庄语”，于是“以卮言为曼衍，以重言为真，以寓言为广”，“独与天地精神往来，而不敖倪于万物”。③ 惠施云：“夫说者，固以其所知谕其所不知，而使人知之。”④ 荀子亦云：“谈说之术……分别以喻之，譬称以明之。”⑤ 惠、荀二子所论均指出了“以象为喻”言说方式在先秦知识传播中的重要意义。先秦诸子的“以象论道”，深刻影响了后世的子书创作，同时也为我国文艺理论象喻批评提供了极其重要的话语借鉴。

第四节　佛教的譬喻

除过先民的“尚象”传统、巫卜文化、礼乐文化，以及诸子的以象比德、以象论道等本土思想资源外，外来佛教方便说法之“象教”及其对于譬喻言说方式的深入剖析，也为古代文艺理论象喻批评另开一源头活水。我国文艺理论象喻批评能在魏晋南北朝时期的蓬勃发展，佛教之譬喻与有力焉。

一、以象为教

印度佛教特别是大乘佛教在本体论上表现出鲜明的贵无贱有的倾向，对于作为交流、表达工具之语辞持深刻的怀疑态度。佛教经典常以“名”或“名相”的概念，来指称语言符号所表征的对象，且佛教诸宗大都认为，真如佛性、般若至理是无法言传、不可思议的。

---

① 《论语·雍也》，见阮元校刻《十三经注疏》，第 2479 页。

② 孙诒让：《墨子间诂》，孙启治点校，第 416 页。

③ 郭庆藩：《庄子集释》，王孝鱼点校，第 1098—1099 页。

④ 惠施之言载录于刘向《说苑·善说》，见向宗鲁《说苑校证》，北京：中华书局，1987 年，第 272 页。

⑤ 王先慎：《荀子集解》，沈啸寰、王星贤点校，第 86 页。

对于语辞和名相功能的怀疑，在原始佛教中已现端倪。据《南传中部·圣求经》记载，佛陀初证无上涅槃时，即曾对出世说法心怀犹疑。“予所得此法，甚深难见、难解、寂静、殊妙、虑绝、微妙，而唯智者所能知。然此众生实是好执、执于爱著、欢喜执。……予若说法，其他者不能解此者，予唯有彼疲劳，予唯有彼困惑而已。”① 这种对于语言、名相的怀疑，在后来的大乘佛教中更加明显。如《摩诃般若波罗蜜经》指出：“是第一义，实无有相，无有分别，亦无言说。”②《大乘起信论》亦云：“以一切言说，假名无实，但随妄念，不可得故。言真如者，亦无有相。谓言说之极，因言遣言。此真如体无有可遣，以一切法悉皆真故。亦无可立，以一切法皆同如故。当知一切法不可说不可念，故名为真如。”③《大智度论》更是提出“言语道断”④ 的经典命题。既然般若至理不可言传，所以大乘佛教提出要把握“真如”，最好摒弃语言，排除名相，作直接冥合的“亲证”与“现观”。《维摩诘经》即有：“至于智者，不以明著，故无所惧。悉舍文字，于字为解脱；解脱相者，则诸法也。”⑤

佛教虽然对语辞的言道功能持怀疑态度，但却并未就此废绝名相。所以，在主张“言语道断”的同时，又提出“道不离言”的观点。佛教中观学说创立者龙树大师就在其《大智度论》中，一方面检讨“可说法语言度人，皆是有为虚诳法”，另一方面又指出“若失语言，则义不可得”，“般若波罗蜜因语言、文字、章句可得其义，是故佛以般若经卷殷勤嘱累阿难”。⑥《摩诃般若波罗蜜经》也提出：“若以名字因缘和合等知诸法，是色是声香味触法，是内是外，是有为法是无为法，以是名字相语言知诸法，是名知诸法相。”⑦ 在大乘佛教看来，语言、名相是帮助人们理解诸法相，进而解脱法相，最终达至般

① 元亨寺通妙译：《汉译南传大藏经》，石家庄：河北佛教协会，2012 年，第 232 页。
② 高楠顺次郎：《大正新修大藏经》册 8，东京：大藏出版株式会社，1962 年，第 397 页中。
③ 高楠顺次郎：《大正新修大藏经》册 32，第 576 页上。
④ 高楠顺次郎：《大正新修大藏经》册 25，第 71 页下。
⑤ 高楠顺次郎：《大正新修大藏经》册 14，第 522 页中。
⑥ 高楠顺次郎：《大正新修大藏经》册 25，第 391 页中、第 620 页上、第 619 页中。
⑦ 高楠顺次郎：《大正新修大藏经》册 8，第 270 页中。

若涅槃之境的必由津梁。不过，出于对语言功能的深刻怀疑，佛教向众生说法时，采用的多非日常语言，而是“譬喻”（或称“象喻”）式的微言。佛教之所以又被称为“象教”，除大殿、石窟中丈六金身的塑像，以及寺壁、纸帛上庄严妙好的画像外，佛经中所在皆是的象喻也是至关重要的因素。

“譬喻”，梵文作“Avadâna”（“阿婆陀那”或“阿波陀那”），是佛教的“十二分教”① 之一。丁福保先生将其译为：“以了知之法，显未了知之法也。《法华文句》五曰：‘譬者，比况也；喻者，晓训也。托此比彼，寄浅训深。……动树训风，举扇喻月，故言譬喻。’”②《金刚经》“一切有为法，如梦幻泡影，如露亦如电，应作如是观”的“金刚六喻”，《法华经》之“火宅喻”“药草喻”“衣珠喻”“穷子喻”等“法华七喻”，《如来藏经》之“莲花喻”“岩树醇蜜喻”“真金堕秽喻”“铸造金像喻”等“如来藏九喻”，《大品般若经》之“如幻”“如焰”“如响”“如梦”“如影”“如水中月”“如虚空”等“般若十喻”，为佛教譬喻流传较广者。其他为方便说法时随手采撷之譬喻更是如恒河之沙，难以计数。另外，佛经中还有不少以“譬喻”为名或专门设“譬喻品”者，前者如《百喻经》《譬喻经》《阿育王譬喻经》《法句譬喻经》等，后者如《大般若波罗蜜多经》《放光般若经》《法华经》等。譬喻言说方式对于佛教的重要意义，于此可见一斑。

印度佛教对于“名相”的怀疑和超越，与我国老庄道家哲学以及由其所衍生的魏晋玄学有着内在的相似性。佛教“言语断道”，有类于老庄的“道不可言”；佛教的“微言津道”“以象为教”，有类于王弼的“尽意莫若象，尽象莫若言”“得意而忘象，得象而忘言”③。故而，魏晋南北朝时期那些深受道家与玄学“言意之辨”洗礼的中国本土高僧，更能得印度佛教名相论之三昧。支遁《大小品对比要抄序》：“至理冥壑，归乎无名。无名无始，道之体也。”④

---

① “十二分教”，据《弥沙塞部和醯五分律》，分别为“修多罗、祇夜、受记、伽陀、忧陀那、尼陀那、育多伽婆、本生、毘富罗、未曾有、阿婆陀那、忧波提舍”，见高楠顺次郎《大正新修大藏经》册 22，第 1 页下。

② 丁福保：《佛学大辞典》，上海：上海书店出版社，1991 年，第 2887 页。

③ 楼宇烈：《王弼集校释》，第 609 页。

④ 见释僧佑《出三藏记集》，苏晋仁、萧炼子点校，北京：中华书局，1995 年，第 299 页。

僧肇《涅槃无名论》："涅槃之为道也，寂寥虚旷，不可以形名得；微妙无相，不可以有心知。"① 他们阐述的就是佛教"言语断道"的思想。僧肇《般若无知论》讲到"无名之法，故非言所能言也。言虽不能言，然非言无以传。是以圣人终日言，而未尝言也"②，借助了庄子"言无言，终身言，未尝不言；终身不言，未尝不言"③，以明佛教之"道不离言"。惠皎《义解论》："悠悠梦境，去理殊隔，蠢蠢之徒，非教孰启？是以圣人资灵妙以应物，体冥寂以通神，借微言以津道，托形象以传真。故曰：兵者不详之器，不获已而用之；言者不真之物，不获已而陈之。……将令乘蹄以得兔，藉指以知月。知月则废指，得兔而忘蹄。经云：依义莫依语，此之谓也。"④ 惠皎更是将佛教对于语言、名相"不获已而陈之"的矛盾态度，以及希望信众能够在穷达幽旨后解脱言相的良苦用心，阐释得淋漓尽致。

二、譬喻理论

佛经中不仅有恒河沙数的生动譬喻，还有对譬喻言说的理性剖析，首先表现在对"譬喻"概念的辨析上。在印度佛教中，"阿婆陀那"或曰"譬喻"，有两种意义指向：一者是指佛陀及佛弟子的光辉事迹和业报因缘一类通俗化故事，如《大毘婆沙论》"譬喻云何？谓诸经中所说种种众多譬喻，如长譬喻、大譬喻等"⑤，《大智度论》"阿波陀那者，与世间相似柔软浅语。如中阿含中长阿波陀那经，长阿含中大阿波陀那，毘尼中亿耳阿波陀那，二十亿阿波陀那，解二百五十戒经中，欲阿波陀那一部，菩萨阿波陀那出一部"⑥，等等；一者是指讲经时为使听众解会义理所作的譬喻比况，《瑜伽师地论》（卷

① 张春波：《肇论校释》，北京：中华书局，2010年，第180页。

② 张春波：《肇论校释》，第84页。

③ 郭庆藩：《庄子集释》，王孝鱼点校，第949页。

④ 石峻等：《中国佛教思想资料选编》第1卷，北京：中华书局，1981年，第342页。

⑤ 高楠顺次郎：《大正新修大藏经》册27，第660页上。

⑥ 高楠顺次郎：《大正新修大藏经》册25，第307页中。

二五）“云何譬喻？谓于是中有譬喻说，由譬喻故，本义明净，是名譬喻”[①]之“譬喻”即是此意[②]。其次是对于“譬喻”类型的探讨。《大般涅槃经》“师子吼菩萨品之三”中曾将佛教譬喻析分为八种：顺喻、逆喻、现喻、非喻、先喻、后喻、先后喻、遍喻，并以典范喻例对每种譬喻的运思逻辑进行演绎。[③] 除此八分法之外，《大般涅槃经》中尚有“凡所引喻不必尽取，或取少分，或取多分，或复全取”之“少分喻”“多分喻”“全部喻”的三分法，[④] 前引《大智度论》中亦有“长阿波陀那”“大阿波陀那”“亿耳阿波陀那”等六种譬喻之法。

我国本土的大德高僧，深受华夏文化尚象传统和象喻思维的浸淫，对于譬喻理论表现出更多的热情。在我国现存最早的本土佛学著作《理惑论》中，即有对譬喻理论的深入探讨。书中采用中国传统答客难的论辩方式，以假客之口表达了世俗对于佛教譬喻言说的指摘，“问曰：夫事莫过于诚，说莫过于实。老子除华饰之辞，崇质朴之语。佛经说不指其事，徒广取譬喻。譬喻非道之要，合异为同，非事之妙。虽辞多语博，犹玉屑一车，不以为宝矣”。对此，牟子的辩难是：“事尝共见者，可说以实。一人见一人不见者，难与诚言也。昔人未见麟，问尝见者：‘麟何类乎？’见者曰：‘麟如麟也。’问者曰：‘若吾尝见麟，则不问子矣；而云麟如麟，宁可解哉！’见者曰：‘麟，麏身、牛尾、鹿蹄、马背。’问者霍解。”[⑤] 牟子首先分析了譬喻发生的逻辑基础，见

① 高楠顺次郎：《大正新修大藏经》册 25，第 418 页下。其中“本义”，《显扬圣教论》卷一二作“隐义”，见高楠顺次郎《大正新修大藏经》册 31，第 538 页下。

② 参见释印顺《原始佛教圣典之集成》，载《印顺法师佛学著作全集》第十四卷，北京：中华书局，2009 年，第 480—503 页。

③ 高楠顺次郎：《大正新修大藏经》册 12，第 536 页中。

④ 高楠顺次郎：《大正新修大藏经》册 12，第 537 页上。

⑤ 石峻等：《中国佛教思想资料选编》第 1 卷，第 9 页。

者与不见者言，难以实说，唯假譬喻方能使之霍解，接着以麒麟为喻说明此理。[①] 他进一步指出，不仅佛经善喻，“诗之三百，牵物合类，自诸子谶纬、圣人秘要，莫不引譬取喻”[②]。可见，汉魏时期思想家无论是对华夏文化的象喻思维，还是对印度佛教的譬喻言说，都有着清晰的理论自觉。康法邃为汉译《譬喻经》做序时亦曾指出：“《譬喻经》者，皆是如来随时方便四说之辞，敷演弘教训诱之要。牵物引类，转相证据，互明善恶罪福报应，皆可寤心，免彼三途。”[③]

佛教名相观、譬喻理论，以及汉魏六朝本土大德高僧的相关探讨，对于我国中古时期的文学艺术、文艺理论批评产生了深刻的影响。鲁迅先生在为《痴花鬘》（即《百喻经》）所作题记中，曾指出：“天竺寓言之富，如大林深泉，他国艺文，往往蒙其影响。”[④] 从我国的情况来看，蒙其影响者并不限于艺文，文艺理论批评也多受其沾溉。比如我们所探讨的象喻批评，就目前可见的文献而言，“象喻”一词最早出现于南北朝时期，《世说新语·轻诋》刘孝标注引《支遁传》曰：“遁每标举会宗，而不留心象喻，解释章句，或有所漏，文字之徒，多以为疑。”[⑤] 萧纲《庄严旻法师成实论义疏序》亦有：“手擎四钵，始乎鹿园之教，身卧双林，终于象喻之说。”[⑥] 可以看出，上述两例中的“象喻”皆是指佛教“以象为教”的譬喻。魏晋南北朝是我国古代文艺理论象喻批评大发展、大繁荣的时期，而此时期恰是佛教与玄学合流，在士大夫阶层产生普遍影响的一个时期。当时，理论界擅长“以象为喻”谈文论艺

---

① 牟子的“麒麟之喻”，可能是受了惠子“弹弓之喻”的影响。《说苑·善说》载：“客谓梁王曰：‘惠子之言事也善譬，王使无譬，则不能言矣。’王曰：‘诺！’明日见，谓惠子曰：‘愿先生言事则直言耳，无譬也。’惠子曰：‘今有人于此而不知弹者，曰：“弹之状何若？”应曰：“弹之状如弹。”则谕乎？’王曰：‘未谕也。’‘于是，更应曰：“弹之状如弓，而以竹为弦。”则知乎？’王曰：‘可知矣。’惠子曰：‘夫说者，固以其所知谕其所不知，而使人知之。今王曰“无譬”，则不可矣。’王曰：‘善。’”见向宗鲁《说苑校证》，第272页。

② 石峻等：《中国佛教思想资料选编》第1卷，第9页。

③ 见释僧佑《出三藏记集》，苏晋仁、萧炼子点校，第354—355页。

④ 鲁迅：《〈痴花鬘〉题记》，《鲁迅全集》第七卷《集外集》，第103页。

⑤ 余嘉锡：《世说新语笺疏》（修订本），上海：上海古籍出版社，1993年，第843页。

⑥ 严可均辑：《全梁文》，北京：商务印书馆，1999年，第128页。

的批评家中，不少人都具有深厚的佛学修养与积淀，如王羲之、沈约、刘勰、萧衍、袁昂、颜之推等。若说中国古代文艺理论象喻批评曾受佛学思想之浸淫，当不为无据。唐宋时期，随着佛教中国化进一步推进，佛教之譬喻对于古代文艺理论象喻批评的影响也与日俱增，最终产生了以皎然、严羽为代表的“以禅喻诗”。

魏晋南北朝是我国古代文艺理论象喻批评的繁盛时期，《文心雕龙》作为此时期的标志性成果，更是象喻批评的光辉典范。在《文心雕龙》的理论体系建构中，无论是枢纽论、文体论、文术论，抑或鉴赏论、作家论，象喻批评都是最核心的话语范式。《文心雕龙》象喻批评之所以能够达到如此高的水平，主要取决于刘勰丰富的知识积累。刘勰早年依沙门僧祐，居处定林寺十余年，其间，刘勰颐情坟籍，不惟内典精湛，而且博通外学，形成了极为完备的知识结构。更为重要的是，在知识积累的过程中，刘勰还受到思想方法的系统训练。① 刘勰对《文心雕龙》创作产生深刻影响的象喻批评方法，就是在长期的知识积淀过程中逐渐习得的。刘勰醉心三代礼乐文化和儒家经典，对于礼乐文化的“尚象”传统和“六艺之象”了然于胸。“玄圣创典，素王述训，莫不原道心以敷章，研神理而设教，取象乎《河》《洛》，问数乎蓍龟，观天文以极变，察人文以成化。”② 可见，刘勰对殷周巫卜文化“象数”之学，周礼“天文”“人文”符号系统，都有深入的了解。“六艺之象”，尤其是“易象”与“《诗》之比兴”，也是刘勰所稔熟的。礼乐文化之外，刘勰对诸子之学也是心向往之，对于诸子的以象论道同样谙熟于心。《文心雕龙》一书，很大程度上就是刘勰追踪诸子的产物。诸子以象论道的象喻言说，也每每为刘勰所征引，如《神思》篇“轮扁不能语斤”出自《庄子》，《议对》篇“秦女嫁晋”“楚珠鬻郑”出自《韩非子》，等等。刘勰寝馈佛学积年，对于佛教譬喻开示的“象教”之法更是心领神会。除上述六艺之学、诸子之学、佛学的知识积累外，刘勰对于汉末以来文艺批评领域所取得的成果更是有全面的了

---

① 参见罗宗强《〈文心雕龙〉的成书和刘勰的知识积累——读〈文心雕龙〉续记》，《社会科学战线》2009 年第 4 期。

② 范文澜：《文心雕龙注》，第 2—3 页。

解。彼时，象喻批评已成为文艺理论批评领域的公共话语方式。刘勰《文心》之作，对于汉魏六朝文论经典的象喻批评也多有取则。正是在上述知识积累与方法训练的基础上，才有了《文心雕龙》这部象喻批评的光辉典范。

第二章　“近取诸身”：《文心雕龙》的“以人为喻”

在我国古代文艺理论批评领域，存在着一种将文艺看成是“我们自己同类的活人”，亦即把文艺“通盘的人化或生命化”的倾向，[①] 我们称之为文艺理论批评的“以人为喻”。“以人为喻”是象喻批评最重要的组成部分。古代文艺理论“以人为喻”滥觞于汉末的书法批评，在此后的魏晋南北朝时期逐渐趋于繁盛，并在书论和诗文评两个领域表现得尤为凸出。文艺理论批评“以人为喻”，除受到前述中华文化“尚象”传统、汉字“近取诸身”造字思维等的影响外，汉末魏晋时期人的自觉、人物品藻也为它的生成与发展提供了更切近的思想基础与文化语境。在具体批评实践中，“以人为喻”范式先后形成了艺术品形态美、艺术家风格美两种主要言说向度，这种“形神之际”的转变带有魏晋玄学“言意之辨”的鲜明印记。《文心雕龙》作为魏晋南北朝文艺理论批评的典范之作，在“以人为喻”范式的运用方面，取得了非常高的成就。刘勰以“人体”比况“文体”，意在强调“宜正体制”的辨体原则；以“体气”比譬“文气”，表达了对“其异如面”之独特风格的追求；以“疾病”比类“文病”，凸出了对整体生机与无限活力的推崇。此外，通过《文心雕龙》“以人为喻”的批评实践，刘勰形成了诸如体制、体貌、骨鲠、风骨、风力、义脉、风清骨峻等一系列范畴与命题，对后世文艺理论批评产生了极为深远的影响。

---

① 钱锺书：《中国固有的文学批评的一个特点》。

第一节 人的自觉、人物品藻与文艺理论批评“以人为喻”

汉末以来，随着人的自觉，文艺创作突破了儒家“温柔敦厚”诗教传统的拘囿，对个体情感和人的独特个性表现出前所未有的热情。与之相应，文艺理论批评领域产生了曹丕以气论文的“文气说”。此外，魏晋时期的人物品藻也一改先秦两汉人伦识鉴侧重德行、偏于实用的批评倾向，更多关注品藻对象的体貌行止与气度风神。在人的自觉与人物品藻的文化氛围中，“人”逐渐成为审美的理想与典范。我国古代文艺理论批评“以人为喻”范式，正是基于这样的文化语境而产生并迅速壮大的。

一、人的自觉

汉末魏晋时期是我国历史上一个风云激荡的大变革时期，政治、经济等方面都经历了重大转折。两汉数百年积聚和建构起的雄厚经济基础与强大上层建筑，在战火与党争的双重打击下迅速削弱并逐渐趋于瓦解。政治、经济的巨大动荡，也带来了意识形态的深刻变化。西汉以来主导思想界的经学失去了独尊地位，鼓吹天命神权的谶纬之学也跌落神坛，一种新的价值观念体系，亦即士人阶层的世界观、人生观代之而起。最能体现这种新的价值观念的社会思潮，莫过于“人的自觉”。从这个意义上来说，“人的自觉”，“恰好成为从两汉时代逐渐脱身出来的一种历史前进的音响”①。文变染乎世情，相较其他领域而言，文学艺术对“人的自觉”思潮感受最为灵敏，对它的反映也最为直接。

其一，“忧生之嗟”② 成为汉末曹魏时期文艺创作的主流基调。东汉末年，王权式微、诸侯割据，各方势力为争夺控制范围，频繁发动战争。连年的战火不仅造成难以计数的战斗伤亡，锋镝所向，无辜百姓亦惨遭屠戮。“出门无

---

① 李泽厚：《美的历程》，北京：三联书店，2009 年，第 90 页。

② “忧生之嗟”系谢灵运在《拟魏太子邺中集诗》中评价曹植时提出：“公子不及世事，但美遨游，然颇有忧生之嗟。”不惟曹植，整个汉末曹魏时期的文学创作皆带有这种悲情的色彩。

所见，白骨蔽平原”①，战争中大量将士与百姓尸骸得不到及时掩埋，本就容易引发瘟疫的流行，再加上军队的转战，百姓的流徙，瘟疫便随之迅速蔓延。据统计数据显示，在我国封建社会的三千年中，瘟疫流行的第一个活跃期就在公元 2 世纪到 3 世纪之间②，这恰好是汉末董卓之乱，以及曹操连年用兵的时期。“建安二十二年，疠气流行，家家有僵尸之痛，室室有号泣之哀。或阖门而殪，或覆族而丧。”③ 建安七子中的徐幹、陈琳、应玚、刘桢等四人均殁于斯疫，足见疫情之汹涌。战争叠加疾疫，造成了人口的锐减。东汉前期，我国人口峰值为六千万，到汉末三国时期仅余两千三百万，百年间竟折损过半。④

战火连天、疾疫匝地，生如朝露、命似飞蓬。在这样的时代语境之下，“忧生之嗟”弥漫于整个文坛。⑤“忧生之嗟”的主题由汉末《古诗十九首》发其先声，“人生寄一世，奄忽若飙尘”，“人生非金石，岂能长寿考”⑥。建安时期，以曹氏父子为中心的邺下文人，目睹了“白骨露于野”，“生民百遗一”⑦的残酷现实，经历了亲友或毙命烽火，或丧生疾疫的悲痛变故，对生之短促、命难久长的感喟更加深沉。曹丕的“人生如寄，多忧何为？今我不乐，岁月如驰”“人生居天壤间，忽如飞鸟栖枯枝”⑧，曹植的“天地无终极，人命若朝霜”“盛时不再来，百年忽我遒”⑨，刘桢的“四节相推斥，岁月忽已殚”“低昂倏忽去，炯若风中烛”⑩，等等，皆是这种情感的真实流露。即便豪迈如曹

---

① 王粲《七哀诗》，见俞绍初校点《王粲集》，北京：中华书局，1980 年，第 6 页。

② 参见孙关龙《中国历史大疫的时空分布及其规律研究》，《地域研究与开发》2004 年第 6 期。

③ 曹植《说疫气》，见赵幼文《曹植集校注》，北京：人民文学出版社，1984 年，第 177 页。

④ 参见葛剑雄《中国人口发展史》，福州：福建人民出版社，1991 年，第 118—124 页。

⑤ 参见詹福瑞《魏晋诗文的忧生之嗟》，《文学评论》2020 年第 4 期。

⑥ 《今日良宴会》《回车驾言迈》，见逯钦立辑校《先秦汉魏晋南北朝诗》，北京：中华书局，1983 年，第 330、332 页。

⑦ 曹操《蒿里行》，见《曹操集》，北京：中华书局，1974 年，第 6 页。

⑧ 《善哉行·其一》，见夏传才、唐绍忠《曹丕集校注》，石家庄：河北教育出版社，2013 年，第 25、29 页。

⑨ 《送应氏·其二》《箜篌引》，见赵幼文《曹植集校注》，第 4、460 页。

⑩ 《赠五官中郎将诗·其三》《阙名》，见俞绍初辑校《建安七子集》，北京：中华书局，1989 年，第 182、187 页。

操，亦曾发出“天地何长久，人道居之短”[①] 的无奈感慨；旷达如孔融，也会有“人生自有命，但恨生日希”[②] 之悲情喟叹。

其二，文艺创作中情感的发抒，突破了儒家“温柔敦厚”诗教的藩篱。有关文艺创作与主体情感之间的关系，古人很早就有清晰的认识。在“诗言志”的开山纲领中，即蕴含着情感的因素。屈原的“发愤杼情”[③]，司马迁的“发愤著书”[④]，更加强调文学家主体情感在文艺创作中的动力作用。不过，在儒家“温柔敦厚”诗教的主导下，以往的文学抒情大都限定于“发乎情，止乎礼义”[⑤] 的范围之内。即使有个别越界的现象，也都会受到正统批评家的抨击，比如班固等人对于屈原《离骚》“露才扬己”“责数怀王”[⑥] 的指摘。汉末魏晋时期，王权衰落、儒学式微，再加上连年不断的战争、疾疫所触发的“忧生之嗟”，艺术家在创作中有意识地突破“乐而不淫，哀而不伤”[⑦] 的儒家诗教藩篱，追求主体情感的自由宣泄。这种变化在《古诗十九首》中已显其端倪，所谓“荡涤放情志，何为自结束”[⑧] 者是也，在这里“止乎礼义”的顾虑似乎已不复存在。

邺下文人在情感的自由抒发方面，表现出更高的热情和更清晰的理论自觉。除前文已述及的“忧生之嗟”外，还有羁旅他乡的故园之思，如“冉冉老将至，何时返故乡？……狐死归首丘，故乡安可忘”[⑨]“平原远而极目兮，蔽荆山之高岑。……悲旧乡之壅隔兮，涕横坠而弗禁”[⑩]；壮志难酬的无限悲慨，如“建功不及时，钟鼎何所铭。收念还寝房，慷慨咏坟经”[⑪]“抚剑而雷

① 《秋胡行·其二》，见《曹操集》，第 14 页。
② 《杂诗二首》，见俞绍初辑校《建安七子集》，第 3 页。
③ 《九章·惜诵》，见洪兴祖《楚辞补注》，北京：中华书局，1983 年，第 94 页。
④ 参见司马迁《史记》卷一三〇《太史公自序》，第 3300 页。
⑤ 《毛诗序》，见阮元校刻《十三经注疏》，第 272 页。
⑥ 《离骚序》，见洪兴祖《楚辞补注》，第 49 页。
⑦ 《论语·八佾》，见阮元校刻《十三经注疏》，第 2468 页。
⑧ 《东城高且长》，见逯钦立辑校《先秦汉魏晋南北朝诗》，第 330、332 页。
⑨ 曹操《却东西门行》，见《曹操集》，第 19—20 页。
⑩ 王粲《登楼赋》，见俞绍初校点《王粲集》，第 19 页。
⑪ 陈琳《游览二首·其二》，见俞绍初辑校《建安七子集》，第 33 页。

音，猛气纵横浮。泛泊徒嗷嗷，谁知壮士忧”①；民生疾苦的深彻悲悯，如“白骨露于野，千里无鸡鸣。生民百遗一，念之断人肠”②“生男慎莫举，生女哺用脯。君独不见长城下，死人骸骨相撑拄”③，等等，也是邺下文人文艺创作的常见主题，由此形成了“志深而笔长”“梗概而多气”④ 的建安风骨。当然，邺下文人在慷慨悲歌之外，也不乏愉悦的欢唱，所谓“合坐同所乐，但诉杯行迟。……今日不极欢，含情欲待谁”⑤，“清歌制妙声，万舞在中堂。……长夜忘归来，聊且为太康”⑥ 者是也。情之悦豫，每“大笑而吐辞”⑦，心有郁陶，则“叙意于濡翰”⑧，“思若流波，情似坻颓”⑨。邺下文人的诗文，总能带给人一种情感喷薄的淋漓与酣畅。

其三，在文艺创作与文艺批评中，艺术家的个性气质、独特风格也受到前所未有的关注。先秦时期，理论家关注的焦点主要是文艺的现实功用，比如儒家所提出的教化说、箴谏说等。两汉时期，思想领域儒术独尊，先秦儒家注重教化、箴谏的文艺传统被全面继承。理论批评方面，《毛诗序》提出：“经夫妇，成孝敬，厚人伦，美教化，移风俗”，“国史明乎得失之迹，伤人伦之废，哀刑政之苛，吟咏情性，以风其上。”⑩ 创作实践方面，作为一代文学的汉大赋，润色鸿业、箴规讽谏为其公共职能，铺张扬厉、极尽藻饰为其稳固风格。在此情形下，作家个人的风格特点很难得到彰显。东汉后期，王权式微，润色鸿业的散体大赋也随之衰落，咏物言志的抒情小赋应运而生。相较散体大赋的千篇一律，汉末抒情小赋取材广泛、形制灵活，风格也呈现出多样化的发展态势。张衡《归田》若白云出岫，去留无迹；赵壹《刺世》如

---

① 曹植《鰕䱇篇》，见赵幼文《曹植集校注》，第 381 页。

② 曹操《蒿里行》，见《曹操集》，第 6 页。

③ 陈琳《饮马长城窟行》，见俞绍初辑校《建安七子集》，第 34 页。

④ 《文心雕龙·时序》，见范文澜《文心雕龙注》，第 674 页。

⑤ 王粲《公宴诗》，见俞绍初校点《王粲集》，第 8 页。

⑥ 刘桢《赠五官中郎将诗·其一》，见俞绍初辑校《建安七子集》，第 182 页。

⑦ 曹植《与丁敬礼书》，见严可均辑《全三国文》，北京：商务印书馆，第 1999 年，第 161 页。

⑧ 刘桢《赠五官中郎将诗·其三》，见俞绍初辑校《建安七子集》，第 182 页。

⑨ 王粲《思亲诗为潘文则作》，见俞绍初校点《王粲集》，第 4 页。

⑩ 阮元校刻：《十三经注疏》，第 270、271 页。

惊雷摩空，声彻寰宇；祢衡《鹦鹉》似严霜结庭，众芳萎绝。抒情小赋的出现，既强化了中国文学的抒情色彩，也极大地丰富了它的风格类型。

建安时期，作家与批评家更加注重文学的个性化。创作方面，随着文体的日渐丰富，作家因才性不同而各擅胜场。王粲、徐幹长于辞赋，陈琳、阮瑀章表为能，所以曹丕赞誉七子："咸以自骋骥騄于千里。"① 沈德潜也说："邺下诸子，各自成家。"② 曹氏父子中，曹操乐府称雄，曹丕七言挺秀，曹植五言命世。理论批评方面，曹丕提出"文以气为主"的经典论断。在我国古代思想史上，"'文'与'气'均有源远流长的历史，以气论物、以气论文，亦有源远流长的传统。但从现存文献来看，第一次明确提出'文以气为主'思想的是曹丕"③。曹丕说："文以气为主，气之清浊有体，不可力强而致。譬诸音乐，曲度虽均，节奏同检，至于引气不齐，巧拙有素，虽在父兄，不能以移子弟。"④ 曹丕的"文气说"，渊源于我国古代的气论传统。孟子与庄子的"养气说"、汉代的"元气说"，对于曹丕"文气说"的提出都有直接的启迪作用。不过，在汉魏"人的自觉"思潮影响下，曹丕对于"文""气"的阐释，又在一定程度上脱逸了传统伦理、哲学的言说范围，赋予了它新的意涵。

曹丕"文气说"的卓绝贡献，在于它首次明确了作家气质禀赋等先天质素，对于才性养成以及文学创作的决定意义。"孔融体气高妙"，"公幹有逸气"⑤，曹丕认为正是作家独特的气质禀赋，才形成了他们与众不同的文学风格。在曹丕的时代，与他持有同样观点的作家、批评家并不在少数。杨修曾指出，曹植的文学创作之所以能"含王超陈，度越数子"，决定因素即是其先天禀赋，"非夫体通性达，受之自然，其孰能至于此乎"。⑥ 陈琳也认为曹植的

---

① 《典论·论文》，见夏传才、唐绍忠《曹丕集校注》，第 234 页。

② 沈德潜：《古诗源·例言》，北京：中华书局，1963 年，第 2 页。

③ 夏静：《文气话语形态研究》，北京：商务印书馆，2014 年，第 239—240 页。

④ 《典论·论文》，见夏传才、唐绍忠《曹丕集校注》，第 237 页。

⑤ 《典论·论文》《又与吴质书》，见夏传才、唐绍忠《曹丕集校注》，第 235—236、110 页。

⑥ 《答临淄侯笺》，见严可均辑《全后汉文》卷五十一，北京：商务印书馆，第 1999 年，第 528 页。

“高世之才”,“乃天然异禀,非钻仰者所庶几也”①。刘桢评价孔融时亦曾指出:“孔氏卓卓,信含异气,笔墨之性,殆不可胜。”② 可见,注重个性气质、天赋异禀,是汉魏之际作家与批评家的普遍共识。汉魏批评家对于气质禀赋的推崇,尤其是曹丕所提出的“巧拙有素”因有意回避传统主流话语所强调的后天之学,不免陷入偏颇。不过,这种偏颇也正是建安文学批评的光辉所在。更进一步来说,建安文学批评的光辉,又是从汉魏“人的自觉”折射而来。

二、人物品藻

汉魏时期,“人的自觉”为文艺理论批评“以人为喻”提供了思想与价值的引领。而汉末魏晋盛极一时的人物品藻,也包括此前流行的相术,其对于文艺理论批评“以人为喻”起到了更加直接的促进作用。③ 人物品藻与相术实践中所积累的一系列概念、范畴、术语、命题,为文艺理论批评“以人为喻”提供了无比丰富的话语资源。更为重要的是,人物品藻还为文艺理论批评提供了“人”这一美的理想与典范。

在我国思想文化传统中,人物的鉴识与品藻并非始于魏晋,它有着极其悠久的渊源。包牺氏创制八卦、仓颉氏造为书契时的“近取诸身”,已开启了自我观照的端绪。中医学的阴阳应象、临证观象,老聃、孔丘等先秦诸子的以象比德,亦可视为人物鉴识的早期实践。当然,若就亲疏远近而论,起自先秦,盛于两汉的相术,则是人物品藻更直接的渊源。相术是通过人的体貌特征来预测其寿夭贵贱、吉凶祸福的一种方术。《左传·文公元年》所载,内史叔服为公孙谷相面时,提出的“谷也丰下”④,被认为是我国相术的滥觞。所谓“丰下”,即是说公孙谷下颌丰满,面呈方形,属大富大贵之相。两汉时期,神道设教与谶纬神学风靡社会,在此背景下相术获得极大发展,形成了包括面相、身相、骨相、气相等在内的一套完备的知识与话语体系。眉有龙

① 《答东阿王笺》,见俞绍初辑校《建安七子集》,第 50 页。

② 《文心雕龙·风骨》引,见范文澜《文心雕龙注》,第 514 页。

③ 参见党圣元《体貌与文相》,《贵州社会科学》2016 年第 12 期。

④ 阮元校刻:《十三经注疏》,第 1836 页。

眉、虎眉、剑眉、柳叶眉、卧蚕眉等，目有凤目、鱼目、蜂目、鸳鸯目、桃花目等，鼻有龙鼻、象鼻、狮鼻、悬胆鼻、鲫鱼鼻等。两汉相术的繁荣，不仅表现为丰富的相术实践，而且还有思想家对于相术的理论探讨。王充之于相术，尤重“骨法”，《论衡·骨相》提出：“人命禀于天，则有表候见于体。察表候以知命，犹察斗斛以知容矣。表候者，骨法之谓也。”① 王符对于相术的探讨更加全面，《潜夫论·相列》说：“人之相法，或在面部，或在手足，或在行步，或在声响……头面手足，身形骨节，皆欲相副称。此其略要也。”② 先秦两汉的相术，为此后的人物鉴识贡献了重要的品藻题目，也为文艺理论“以人为喻”批评提供了宝贵的话语资源。

东汉末年，随着大一统王朝的衰颓以及相伴而来的思想解放，在文人阶层中，相术的影响大大削弱，取而代之的是人物品藻的风行。“人物品评虽与相术关系密切，但其目的不是对于命运的预测，而是由人的形象风姿入手品评其风神才性。”③ 人物品藻原是汉末党争中，士大夫阶层抗争外戚与宦官的重要手段。士大夫以品题清议的方式，或抨击权要、贬斥奸邪，或褒奖同志、称扬道义，在当时产生了很大影响。如桓帝时，宦官单超、左悺、徐璜、具瑗、唐衡等五人，因诛梁冀之功，同日封侯，单超死后，余之四人更加骄横，天下为之语曰：“左回天，具独坐，徐卧虎，唐两堕。”④ 极言其嚣张跋扈之气焰。与之形成鲜明对比的是，士大夫领袖李膺（字元礼）、陈蕃（字仲举）、王畅（字叔茂）等人，立身清正，不畏强权，太学生为之语曰：“天下模楷李元礼，不畏强御陈仲举，天下俊秀王叔茂。”⑤ 盛赞其刚正不阿之气节。桓灵之际，党锢迭起，遂有“三君”“八俊”“八顾”“八及”等广泛流传的品题称号⑥。除了这些直指其人的品题称号外，还有一类譬况式品题，如郭泰称黄宪

---

① 黄晖：《论衡校释》，北京：中华书局，1990 年，第 108 页。

② 王符：《潜夫论笺校正》，王继培笺，彭铎校正，北京：中华书局，1985 年，第 310 页。

③ 吴承学：《生命之喻——论中国古代关于文学艺术人化的批评》。

④ 范晔：《后汉书》卷七八《宦者列传》，北京：中华书局，1965 年，第 2521 页。

⑤ 范晔：《后汉书》卷六七《党锢列传》，第 2186 页。

⑥ 参见侯外庐主编《中国思想通史·第三卷·两汉思想》，北京：人民出版社，1957 年，第 364—371 页。

“汪汪若千顷之陂，澄之不清，淆之不浊”①，陈纪赞其父陈寔“譬如桂树生泰山之阿，上有万仞之高，下有不测之深”②，等等。此类譬况式品题，为文艺理论象喻批评提供了话语范式的借鉴。

曹魏时期，在尚书令陈群的建议下，施行九品中正制简拔人才、登庸官吏。九品官人之法，对于人物品藻的盛行起到了重要的促进作用。自此以后，“对人的评议正式成为社会、政治、文化谈论的中心”③。刘劭的《人物志》便是这种批评实践理论的升华。刘劭指出，人的性情、才干等内在质素同其外在仪容密切相关。“其刚柔明畅贞固之征著乎形容，见乎声色，发乎情味，各如其象”④，因此可以通过人的外部表征鉴别其内在品质。“性之所尽，九质之征也。然则平陂之质在于神，明暗之实在于精，勇怯之势在于筋，强弱之植在于骨，躁静之决在于气，惨怿之情在于色，衰正之形在于仪，态度之动在于容，缓急之状在于言”⑤，此即著名的“九征”识人法。“九征”之法代表着人物鉴识从先秦两汉偏于德行，向曹魏时期偏于性情、才干的转变。刘劭提出人物品藻的九个方面也被文艺理论批评所吸收，尤其是“精”“神”“骨”“气”，成为后世文艺理论“以人为喻”批评的核心范畴。

魏晋南北朝时期，随着玄学的兴盛，切近时政的清议逐渐演变为言及玄远的清谈，人物品藻也从性情、才干的实用批评转向更加注重仪容举止、气度风神的审美批评。《世说新语·容止》：“嵇康身长七尺八寸，风姿特秀。见者叹曰：‘萧萧肃肃，爽朗清举。’或云：‘肃肃如松下风，高而徐引。’山公曰：‘嵇叔夜之为人也，岩岩若孤松之独立；其醉也，傀俄若玉山之将崩。’”⑥ 山涛以“孤松”“玉山”比譬嵇康，就其批评方法而言，与孔子“岁寒，然后知松柏之后凋也”⑦ 的以象比德，以及郭泰“汪汪若千顷之陂”的譬

① 范晔：《后汉书》卷五三《周黄徐姜申屠列传》，第 1744 页。
② 余嘉锡：《世说新语笺疏》（修订本），第 10 页。
③ 李泽厚：《美的历程》，第 95 页。
④ 刘劭：《人物志》，北京：中华书局，2009 年，第 16 页。
⑤ 刘劭：《人物志》，第 20 页。
⑥ 余嘉锡：《世说新语笺疏》（修订本），第 607 页。
⑦ 《论语·子罕》，见阮元校刻《十三经注疏》，第 2491 页。

况品题并无二致，皆是典范的象喻言说。不过，他们之间的不同也一望可知，夫子之“岁寒松”、郭泰之“千顷陂”的比方，其标的无疑侧重于君子坚贞品格与宽宏气量；而山公“孤松”“玉山”之譬喻，其靶侯显然偏向于嵇康伟岸身姿与俊美仪容。当然，“孤松”意象中似乎也蕴含着孤介不群的性格指向。《世说新语》载录的魏晋人物品藻，占绝大多数的就是这种以人的体貌仪容为重点的审美批评。“魏明帝使后弟毛曾与夏侯玄共坐，时人谓‘蒹葭倚玉树’。”“裴令公有俊容仪，脱冠冕，粗服乱头皆好。时人以为‘玉人’。见者曰：‘见裴叔则如玉山上行，光映照人。’”“王右军见杜弘治，叹曰：‘面如凝脂，眼如点漆，此神仙中人。’”[①] 诸如此类的例子不胜枚举。

在魏晋人物品藻的文化语境中，人成为美的理想与典范。《世说新语·容止》载：“魏武将见匈奴使，自以形陋，不足雄远国，使崔季珪代，帝自捉刀立床头。”[②] 即使豪壮、豁达如曹操者，也会因自己的“形陋”而惭秽，足见时人对于仪容的重视。“潘岳妙有姿容，好神情。少时挟弹出洛阳道，妇人遇者，莫不连手共萦之”，刘孝标注引《语林》：“安仁至美，每行，老妪以果掷之，满车。”“卫玠从豫章至下都，人久闻其名，观者如堵墙。玠先有羸疾，体不堪劳，遂成病而死。”[③] 从“掷果潘郎”“看杀卫玠”的故事，更能见出崇尚仪容的时代风气是多么深入人心。姣美的仪容不仅能深餍人心，甚至还可以平息妒火，泯灭嫌隙。《妒记》载：“（桓）温平蜀，以李势女为妾。郡主凶妒，不即知之，后知，乃拔刃往李所，因欲斫之。见李在窗梳头，姿貌端丽，徐徐结发，敛手向主，神色闲正，辞甚凄惋。主于是掷刀前抱之曰：‘阿子，我见汝亦怜，何况老奴。’遂善之。”[④]《世说新语·容止》载：“石头事故，朝廷倾覆。温忠武与庾文康投陶公求救，陶公云：‘肃祖顾命不见及，且苏峻作乱，衅由诸庾，诛其兄弟，不足以谢天下。’于时庾在温船后闻之，忧怖无计。别日，温劝庾见陶，庾犹豫未能往，温曰：‘溪狗我所悉，卿但见之，必

① 余嘉锡：《世说新语笺疏》（修订本），第 607、611、619 页。
② 余嘉锡：《世说新语笺疏》（修订本），第 605 页。
③ 余嘉锡：《世说新语笺疏》（修订本），第 608、613 页。
④ 刘孝标注引，见余嘉锡《世说新语笺疏》（修订本），第 692—693 页。

无忧也！’庾风姿神貌，陶一见便改观，谈宴竟日，爱重顿至。”① 在魏晋人物品藻的文化语境中，人成为美的理想与典范。文艺理论批评将人作为审美标准来谈文论艺，其思想依据也正在于此。

三、文艺理论批评“以人为喻”

在我国文艺理论批评史上，“以人为喻”批评范式最早出现于汉末的书法批评②，在此后的魏晋南北朝时期逐渐趋于繁盛，而魏晋南北朝时期，恰好是人的自觉思潮与人物品藻风靡的时期。于此可见，人的自觉、人物品藻对于文艺理论批评“以人为喻”有深刻影响。在具体的文艺批评实践中，“以人为喻”批评范式先后形成了艺术品形态美、艺术家风格美两种主要的言说向度。

书法批评是“以人为喻”批评范式里出现最早且最具代表性的领域。按照许慎的观点，中国汉字与绘画艺术均源于包牺氏制作的八卦。先贤创造汉字时“近取诸身，远取诸物”③ 的思维方式，决定了早期汉字的象形特质。不过，作为有别于具象图画的抽象符号系统，绝大多数汉字并不能具体描摹实物的形象，尤其是汉字隶变以后，其象形性进一步被削弱。因而，汉字形象与万物本原形象之间，处于一种若即若离、似与不似的微妙关系。书论家为展现书法之美，需要做的则是一种逆向的处理，也就是强化汉字与书法的象形性，在汉字形象、书法形象与万物本原形象之间建立一种清晰而明确的关联。此时，批评家所运用的正是先贤创造汉字时“观物取象”的象喻思维，这也就是卫恒所说的“睹物象以致思，非言辞之所宣”④。批评家通过象喻批评，将抽象的点画、笔墨比譬为具体可感的世间万象，进而实现对书法之美的体认与言说。“人”作为先贤造字时拟容取象的渊薮，同样也是书法批评连

---

① 余嘉锡：《世说新语笺疏》（修订本），第615页。

② 《吕氏春秋·侈乐》的“乐之有情，譬之若肌肤，形体之有情性也”是典型的“以人喻乐”。不过，这在当时属于个别现象，并未像汉末书法批评中的“以人喻书”那样蔚成风气。

③ 郦承铨：《说文解字叙讲疏》，上海：商务印书馆，1935年，第1页。

④ 《四体书势》，见华东师范大学古籍整理研究室《历代书法论文选》，第13页。

类引譬的源泉。① 汉末蔡邕《九势》即有“下笔用力，肌肤之丽”②，以人的肌肤之丽来形容书法作品笔力调匀所呈现出的墨色之美；其《笔论》亦有“为书之体，须入其形，……若往若来，若卧若起”③，以人的坐卧行止来比类书法线条的动感之美。

书法批评“以人为喻”范式，在魏晋南北朝时期获得了极大的发展，尤其是在书势、笔势之类批评文献中，“以人为喻”用例几乎俯拾皆是。索靖《草书势》“类婀娜以羸羸，欻奋亹而桓桓。及其逸游盼向，乍正乍邪”④，杨泉《草书赋》“字要妙而有好……或敛束而相抱，或婆娑而四垂”⑤，鲍照《飞白书势铭》“丝萦发垂，平理端密”⑥，传为王羲之所作《笔势论十二章》“踠脚之法，如壮士之屈臂，……行中廓落，如勇士伸钩”⑦，等等，即其例也。在书势、笔势批评文献中，“以人为喻”批评范式或被用以比拟各类书体所表现出的形态之美，或被用以形容各种笔画所呈现出的力量之美。而在书评类文献中，“以人为喻”批评范式则主要被用以比譬不同书法家的风格之美⑧。诸如袁昂《古今书评》“王右军书如谢家子弟，纵复不端正者，爽爽有一种风气”“羊欣书如大家婢为夫人，虽处其位，而举止羞涩，终不似真”⑨，萧衍《古今书人优劣评》“王献之书绝众超群，无人可拟，如河朔少年皆悉充悦，举体沓拖而不可耐”“陶隐居书如吴兴小儿，形状虽未成长，而骨体甚峭、快”⑩，等等。

魏晋南北朝时期，“以人为喻”批评范式也从书论辐射到更大的范围，在

① 赵忠富：《以人为喻与汉魏六朝书论美学》，《中国美学研究》2023年第1期。

② 华东师范大学古籍整理研究室：《历代书法论文选》，第6页。

③ 华东师范大学古籍整理研究室：《历代书法论文选》，第6页。

④ 华东师范大学古籍整理研究室：《历代书法论文选》，第19—20页。

⑤ 崔尔平：《历代书法论文选续编》，上海：上海书画出版社，1993年，第17—18页。

⑥ 钱仲联：《鲍参军集注》，上海：上海古籍出版社，2005年，第122页。

⑦ 华东师范大学古籍整理研究室：《历代书法论文选》，第33页。

⑧ 赵忠富：《以人为喻与中国书法批评——以萧衍〈古今书人优劣评〉为中心》，《书法》2023年第9期。

⑨ 华东师范大学古籍整理研究室：《历代书法论文选》，第73页。

⑩ 华东师范大学古籍整理研究室：《历代书法论文选》，第82页。

诗文评、画论等领域产生了广泛影响。诗文评方面，前述杨修、陈琳、曹丕等人的“文气说”，即可视为“以人为喻”批评范式的早期实践。两晋以来，“以人为喻”批评范式在诗文评中的应用更加频繁，陆机《文赋》“放言遣辞，良多变矣，妍蚩好恶，可得而言”“混妍蚩而成体，累良质而为瑕”①，葛洪《抱朴子·外篇·钧世》“今诗与古诗俱有义理，而盈于差美。方之于士，并有德行，而一人偏长艺文，不可谓一例也；比之于女，俱体国色，而一人独闲百伎，不可混为无异也”②，颜之推《颜氏家训》“文章当以理致为心肾，气调为筋骨，事义为皮肤，华丽为冠冕”③，等等，都是“以人为喻”的用例。画论方面，批评家也开始将相术、人物品藻对于“骨相”“骨法”“气色”“气度”的探讨引入绘画批评当中。顾恺之《魏晋胜流画赞》即有“《周本纪》重叠弥纶有骨法”“《伏羲神农》虽不似今世人，有奇骨而兼美好”“《汉本纪》季王首也，有天骨而少细美”“《孙武》大荀首也，骨趣甚奇”“《列士》有骨俱”④ 等“以骨论画”的批评实践。谢赫更是将“气韵生动”“骨法用笔”⑤列入绘画“六法”中，在具体的批评实践中也每每采用“以骨为喻”或“以气为喻”的方法，如“曹不兴……观其风骨，名岂虚成”“卫协……虽不该备形妙，颇得壮气”“江僧宝……用笔骨梗，甚有师法”“丁光……非不精谨，乏于生气”⑥ 等即是。

古代文艺理论批评“以人为喻”批评范式，在长期的批评实践中先后形成了艺术品形态美、艺术家风格美两种主要的言说向度。早期的“以人为喻”批评范式，偏重于艺术品形态美的比况，也就是以人的肌肤体貌、坐卧行止来形容艺术品在接受者头脑中形成的直观审美印象。而后，“以人为喻”又被用于比拟艺术家的风格之美，亦即用人的不同身份地位、意态风神来比拟艺

---

① 张少康：《文赋集释》，第 1、183 页。

② 杨明照：《抱朴子外篇校笺》下册，北京：中华书局，1997 年，第 74 页。

③ 王利器：《颜氏家训集解》（增补本），北京：中华书局，1993 年，第 267 页。

④ 俞剑华：《中国画论类编》，第 347—348 页。

⑤ 谢赫、姚最：《古画品录·续画品录》，王伯敏标点注译，北京：人民美术出版社，1959 年，第 1 页。

⑥ 谢赫、姚最：《古画品录·续画品录》，王伯敏标点注译，第 7、8、15、22 页。

术家创作给接受者带来的整体的、深层次的审美体验。前者如钟繇《用笔法》“去若鸣凤之游云汉，来若游女之入花林”[①]，杨泉《草书赋》“提墨纵体，如美女之长眉”[②]，等等；后者如萧衍《古今书人优劣评》“萧思话书如舞女低腰，仙人啸树”[③]，袁昂《古今书评》“卫恒书如插花美女，舞笑镜台”[④]，等等。“以人为喻”批评范式言说向度由艺术品形态美到艺术家风格美的转变，带有魏晋玄学的鲜明印记。以王弼、何晏为代表的魏晋玄学，在《周易》、老庄的基础上，对言意问题展开更加深入的探讨，提出了如“得意忘象”“得象忘言”等经典命题。玄学“言意之辨”，“轻忽有形之粗迹，而专期神理之妙用”[⑤]，对魏晋南北朝时期的艺术创作产生了极其深刻的影响，比如诗歌创作中玄言诗与山水诗的勃兴，书法体式从篆隶向行草的演进，绘画题材由人物到山水的迁延，等等。文艺理论批评也多受其沾溉，诗文评、书论、画论等均表现出从偏向“有形之粗迹”到注重“神理之妙用”的嬗变。所谓“书之妙道，神彩为上，形质次之”[⑥] “但取精灵，遗其骨法”[⑦]，说的就是这种转变。仅就“以人为喻”批评范式来说，其言说向度从艺术品形态美到艺术家风格美的转变，同样可以清晰地感受到超言绝象、遗貌取神的玄学旨趣。

古代文艺理论“以人为喻”批评范式方面，值得注意的还有“疾病之喻”。“疾病之喻”作为“以人为喻”的衍生形态，体现了古代批评家对于“令章靡疚”[⑧] 之全美的推崇与追求。就目前文献考证而言，文艺理论批评“疾病之喻”最早见于曹植《与杨德祖书》“世人之著述不能无病，仆常好人讥弹其文，有不善者，应时改定。……刘季绪才不能逮于作者，而好诋诃文章，掎摭利病”[⑨]，挚虞《文章流别论》“前世为赋者有孙卿、屈原，尚颇有古

---

① 崔尔平：《书苑菁华校注》，上海：上海辞书出版社，2013年，第4页。
② 崔尔平：《历代书法论文选续编》，第18页。
③ 华东师范大学古籍整理研究室：《历代书法论文选》，第81页。
④ 华东师范大学古籍整理研究室：《历代书法论文选》，第75页。
⑤ 汤用彤：《魏晋玄学论稿》，上海：上海古籍出版社，2001年，第24页。
⑥ 王僧虔：《笔意赞》，见华东师范大学古籍整理研究室《历代书法论文选》，第62页。
⑦ 谢赫、姚最：《古画品录·续画品录》，王伯敏标点注译，第8页。
⑧ 《文心雕龙·指瑕》，见范文澜《文心雕龙注》，第639页。
⑨ 赵幼文：《曹植集校注》，第153—154页。

诗之义。至宋玉，则多淫浮之病矣”“李尤为铭，自山河都邑，至于刀笔符契，无不有铭，而文多秽病”①，葛洪《抱朴子·外篇·辞义》“属笔之家，亦各有病，其深者，则患乎譬烦言冗，申诫广喻，欲弃而惜，不觉成烦也；其浅者则患乎妍而无据，证援不给，皮肤鲜泽，而骨鲠迥弱也”②，以及王融、沈约等人提出的“蜂腰”“鹤膝”一类声律之病，皆是其例。在书论领域，“疾病之喻”取得了更显著的成果，尤其是卫铄《笔阵图》提出的“多力丰筋者圣，无力无筋者病”③，在后世文艺理论批评的各个领域都产生了广泛影响。此外，传为王羲之《笔势论十二章》中亦有“字之形势不得上宽下窄，不宜伤密，密则似疴瘵缠身”“倘一点失所，若美人之病一目；一画失节，如壮士之折一肱”④ 等，“疾病之喻”的用例。

在汉魏六朝批评家的眼中，无论人的肌肤体貌、坐卧行止，抑或人的身份地位、意态风神，甚至是眇目折肱、乏力无筋之沉疴宿疾，均可成为文艺理论批评援物比类的对象。陶明濬先生评严羽《沧浪诗话》时曾指出，严氏“以诗章与人体相为比拟……近取诸身，远取诸物，而诗道成焉”⑤。援此语以论汉魏六朝文艺批评亦无不当，“近取诸身”的“以人为喻”批评范式，在汉魏六朝文艺理论话语生成与体系建构中起到了极其关键的作用。

第二节 《文心雕龙》“以人为喻”用例统计

刘勰生活的齐梁时期，“以人为喻”业已成为文艺批评家公共的话语范式。而对于万物灵长的人类，刘勰又是推崇备至，《文心雕龙·原道》即有：

---

① 严可均辑录：《全晋文》，北京：商务印书馆，1999 年，第 819、820 页。

② 杨明照：《抱朴子外篇校笺》下册，第 399 页。

③ 华东师范大学古籍整理研究室：《历代书法论文选》，第 22 页。

④ 华东师范大学古籍整理研究室：《历代书法论文选》，第 35、36 页。

⑤ 严羽《沧浪诗话·诗辨》“以人为喻”论诗，有“诗之法有五：曰体制，曰格力，曰气象，曰兴趣，曰音节”之语，陶明濬先生的评骘正是就此而发。见《诗说杂记》，《文艺丛考初编》，沈阳：盛京时报社，1926 年，第 219 页。

“惟人参之，性灵所钟，是谓三才。为五行之秀，实天地之心。”① “以人为喻”的话语范式尤其为刘勰所钟爱。在《文心雕龙》中，举凡人之四体妍媸、血脉筋骨、气度风神，乃至骈枝赘疣、偏枯沈腿，等等，皆被他援以论文。刘勰“以人为喻”论文叙笔，为我国文艺理论批评贡献了诸如“体要”“体势”“体制”“风骨”“文骨”“骨采”“辞气”“声气”“腠理”“义脉”“即体成势”“风清骨峻”“情与气偕”“其异如面”等一系列影响深远的范畴与命题。

为获得对《文心雕龙》“以人为喻”批评范式整体的把握，我们在爬梳文本的基础上，按照取譬指向将《文心雕龙》“以人为喻”区分为“人体之喻”“体气之喻”“疾病之喻”三种类型，剩余那些无法被统摄的用例则一并归入其他类型。直观起见，列表如下：

表 2 《文心雕龙》“以人为喻”用例统计

类型	篇目	具体用例
人体之喻（174 例）	《征圣》	明理以立体‖《书》云“辞尚体要，弗惟好异”‖正言所以立辩，体要所以成辞‖微辞婉晦，不害其体要‖体要与微辞偕通
	《宗经》	极文章之骨髓者也
	《辨骚》	典诰之体‖体慢于三代‖骨鲠所树，肌肤所附
	《明诗》	观其结体散文‖体有因革‖四言正体
	《乐府》	诗为乐心‖声为乐体‖乐体在声‖乐心在诗‖树辞为体
	《诠赋》	立赋之大体‖愈惑体要
	《颂赞》	岂不褒过而谬体哉‖末代之讹体‖大体所底‖颂体以论辞‖古来篇体‖此其体也
	《祝盟》	盟之大体
	《铭箴》	体义备焉‖义正体芜‖体贵弘润
	《诔碑》	文体伦序‖体实繁缓‖传体而颂文‖骨鲠训典‖属碑之体
	《哀吊》	体旧而趣新‖哀辞大体‖观文而属心则体奢‖奢体为辞‖体同而事核‖全为赋体
	《杂文》	体奥而文炳‖荀卿《蚕赋》，已兆其体

① 范文澜：《文心雕龙注》，第 1 页。

续表 1

类型	篇目	具体用例
	《谐讔》	本体不雅
	《史传》	创为传体‖史肇轩黄,体备周孔
	《诸子》	本体易总‖吕氏鉴远而体周‖体势漫弱
	《论说》	详观论体‖释经则与传注参体‖论家之正体‖善入史体‖体同书抄‖论之为体‖解散论体
	《诏策》	诏体浮新‖体宪风流
	《檄移》	得檄之体‖壮有骨鲠‖抗辞书衅,皦然露骨‖檄之大体‖有移檄之骨焉‖文移之首‖体义大同
	《封禅》	体因纪禅‖骨掣靡密‖宜明大体‖树骨于训典之区
	《章表》	体赡而律调‖骨采宜耀‖表体多包‖肃恭节文,条理首尾
	《奏启》	可谓识大体矣‖骨鲠得焉‖此其体也‖宜明体要
	《议对》	经典之体‖达议体矣‖大体所资‖议之别体‖蔚为举首
	《书记》	书之为体‖详总书体‖衣被事体‖随事立体,贵乎精要
	《神思》	文之制体‖体变迁贸
	《体性》	体式雅郑‖**各师成心,其异如面**‖数穷八体‖八体屡迁‖文洁而体清‖八体虽殊‖摹体以定习‖文体繁诡‖**辞为肤根,志实骨髓**
	《风骨》	风冠其首‖莫先于骨‖**辞之待骨,如体之树骸;情之含风,犹形之包气**‖文骨成焉‖练于骨者,析辞必精‖骨髓峻也‖曲昭文体‖昭体故意新而不乱‖骨采未圆,风辞未练‖辞尚体要‖篇体光华‖情与气偕,辞共体并‖蔚彼风力,严此骨鲠‖骨劲而气猛
	《通变》	设文之体有常‖有常之体‖体必资于故实‖宜宏大体
	《定势》	莫不因情立体‖即体成势‖文章体势‖体制于宏深‖循体而成势‖文之体指实强弱‖原其为体‖苟异者以失体成怪‖文体遂弊
	《镕裁》	立本有体‖设情以位体‖精论要语,极略之体‖极繁之体‖**夫百节成体,共资荣卫,万趣会文,不离辞情**
	《声律》	声画妍蚩‖和体抑扬
	《章句》	总义以包体‖须意穷而成体‖**外文绮交,内义脉注,跗萼相衔,首尾一体**‖诗颂大体‖两体之篇‖剖句之旧体
	《丽辞》	丽辞之体
	《比兴》	兴体以立‖比体云构‖**物虽胡越,合则肝胆**

续表 2

类型	篇目	具体用例
	《事类》	操刀能割，必裂**膏腴**
	《练字》	斯乃言语之**体貌**‖**《雅》以渊源诂训，《颉》以苑囿奇文，异体相资，如左右肩股**‖字形单复，**妍媸异体**‖古今殊迹，**妍媸**异分
	《隐秀》	隐之为**体**
	《附会》	**才童学文，宜正体制。必以情志为神明，事义为骨髓，辞采为肌肤，宫商为声气**‖**大体**文章‖**首尾**周密‖表里一**体**‖锐精细巧，必疏**体统**‖或制**首**以通**尾**‖悬识**腠理**‖**善附者异旨如肝胆，拙会者同音如胡越**‖**首尾**相援‖附会之**体**
	《总术》	实**体**未该‖何**妍蚩**之能制乎‖莫不解**体**‖务先**大体**
	《时序》	**篇体**轻澹‖流成**文体**
	《才略》	意繁而**体**疏‖具**体**而皆微‖解散辞**体**‖**膏**润于笔，气形于言矣
	《知音》	一观位**体**
	《序志》	文**体**解散‖**体**乎经‖**毛目**显矣‖**虽复轻采毛发，深极骨髓**‖擘**肌**分**理**
体气之喻（148 例）	《原道》	**精义**坚深
	《征圣》	四象**精义**以曲隐‖**精义**曲隐‖**精义**并用‖**精理**为文，秀**气**成采
	《宗经》	**风**清而不杂
	《辨骚》	莫不拟其**仪表**‖**气**往轹古‖顾盼可以驱**辞力**‖枚贾追**风**以入丽‖惊才**风**逸
	《明诗》	**力**柔于建安‖慷慨以任**气**
	《乐府》	**气**变金石‖**气**爽才丽
	《诠赋》	子云《甘泉》，构深玮之**风**‖**风**归丽则‖伟长博通，时逢**壮采**
	《祝盟》	臧洪歃辞，**气**截云蜺‖刘琨铁誓，**精**贯霏霜
	《铭箴》	信所谓追清**风**于前古
	《诔碑》	**观风似面**
	《杂文》	辩盈乎**气**‖**气**实使文‖负文余**力**‖陈思《七启》，取美于**宏壮**‖高谈宫馆，**壮语**畋猎
	《诸子》	**气**伟而采奇‖**辞气**之大略‖辞约而**精**，尹文得其要‖心奢而**辞壮**
	《诏策》	**气**含风雨之润‖体宪**风**流
	《檄移》	**壮**有骨鲠‖桓温檄胡，观衅尤切，并**壮笔**也‖**声**如冲风所击，**气**似欃枪所扫‖**气**盛而辞断‖植义扬辞，务在**刚健**

续表 3

类型	篇目	具体用例
	《封禅》	法家辞气‖疏而能壮，亦彼时之绝采‖风矩应明‖雅义以扇其风
	《章表》	文举之荐祢衡，气扬采飞‖孔璋称健
	《奏启》	砥砺其气，必使笔端振风‖气流墨中‖辞有风轨
	《议对》	辞气质素‖风格存焉
	《书记》	随事立体，贵乎精要‖辞气纷纭‖志气槃桓‖条畅以任气‖言以散郁陶，托风采
	《神思》	气倍辞前‖神思之谓也‖文之思也，其神远矣‖思理为妙，神与物游‖神居胸臆，志气统其关键‖疏瀹五藏，澡雪精神‖神思方运‖神用象通
	《体性》	风趣刚柔，宁或改其气‖气有刚柔‖才力居中，肇自血气‖气以实志，志以定言‖公干气褊，故言壮而情骇‖才气之大略‖三曰精约‖六曰壮丽‖壮与轻乖
	《风骨》	风骨不飞‖深乎风者，述情必显‖风骨之力‖骨采未圆，风辞未练‖文明以健‖风清骨峻，篇体光华‖志气之符契‖意气骏爽，则文风清焉‖缀虑裁篇，务盈守气‖刚健既实，辉光乃新‖相如赋仙，气号凌云‖乃其风力遒也‖骨劲而气猛‖析辞必精‖文章才力‖若风骨乏采，则鸷集翰林；采乏风骨，则雉窜文囿‖意气骏爽，则文风清焉‖情与气偕，辞共体并‖蔚彼风力，严此骨鲠
	《通变》	文辞气力‖魏之篇制，顾慕汉风‖负气以适变
	《定势》	公干所谈，颇亦兼气‖不必壮言慷慨
	《情采》	神理之数也‖五千精妙
	《镕裁》	精论要语
	《声律》	声含宫商，肇自血气‖韵气一定‖文章神明枢机‖缀文难精‖风力穷于和韵
	《章句》	节文辞气
	《丽辞》	气无奇类‖贵在精巧‖精味兼载
	《夸饰》	奖气挟声‖气靡鸿渐‖精言不能追其极‖壮辞可得喻其真‖相如凭风，诡滥愈甚
	《事类》	将赡才力，务在博见
	《练字》	声画昭精
	《隐秀》	俱适乎壮采‖志高而言壮

续表 4

类型	篇目	具体用例
	《指瑕》	精思以纤密
	《养气》	清和其心，调畅其气‖卫气之一方‖玄神宜宝，素气资养‖无扰文虑，郁此精爽
	《附会》	才童学文，宜正体制。必以情志为神明，事义为骨髓，辞采为肌肤，宫商为声气‖锐精细巧，必疏体统
	《总术》	辞气从杂而至‖精虑造文
	《时序》	梗概而多气‖微言精理‖荀卿宰邑，故稷下扇其清风‖遗风余采，莫与比盛‖渐靡儒风‖余风遗文‖正始余风‖鸿风懿采
	《物色》	珪璋挺其惠心，英华秀其清气‖写气图貌，既随物以宛转；属采附声，亦与心而徘徊
	《才略》	五子作歌，辞义温雅，万代之仪表‖苏秦历说壮而中‖子桓虑详而力缓‖膏润于笔，气形于言矣‖孔融气盛于为笔‖嵇康师心以遣论，阮籍使气以命诗‖精思愈疏‖核取精意‖蔡邕精雅‖瑗寔踵武，能世厥风者矣‖休琏风情‖刘琨雅壮而多风‖遗风籍甚
疾病之喻（39 例）	《正纬》	辞富膏腴
	《诠赋》	膏腴害骨
	《哀吊》	辞韵沈腿
	《杂文》	腴辞云构
	《史传》	偏举则病于不周
	《诸子》	两汉以后，体势浸弱
	《封禅》	法家辞气，体乏弘润‖邯郸《受命》，攀响前声，风末力寡
	《议对》	腴辞弗剪，颇累文骨
	《神思》	神有遁心‖王充气竭于思虑
	《体性》	轻靡者，浮文弱植
	《风骨》	负声无力‖瘠义肥辞‖无骨之征‖索莫乏气，则无风之验也
	《通变》	竞今疏古，风味气衰
	《镕裁》	骈拇枝指，由侈于性；附赘悬肬，实侈于形。二意两出，义之骈枝也；同辞重句，文之肬赘也‖骈赘必多
	《声律》	迂其际会，则往蹇来连，其为疾病，亦文家之吃也‖夫吃文为患
	《章句》	篇之彪炳，章无疵也

续表5

类型	篇目	具体用例
	《丽辞》	对句之骈枝
	《事类》	斯则寡闻之病也
	《练字》	单复者，字形肥瘠者也‖瘠字累句，则纤疏而行劣‖肥字积文，则黯黕而篇暗
	《指瑕》	虑动难圆，鲜无瑕病
	《养气》	钻砺过分，神疲而气衰‖长艾识坚而气衰‖气衰者虑密以伤神‖精气内销，有似尾闾之波；神志外伤，同乎牛山之木‖曹公惧为文之伤命，陆云叹用思之困神‖若销铄精胆，蹙迫和气‖神之方昏，再三愈黩
	《附会》	义脉不流，则偏枯文体‖若首唱荣华，而媵句憔悴，则遗势郁湮，余风不畅。此《周易》所谓“臀无肤，其行次且”也
	《才略》	才力沈腿‖绚采无力
其他（30例）	《原道》	夫岂外饰，盖自然耳
	《宗经》	群言之祖
	《辨骚》	乃《雅》《颂》之博徒，而词赋之英杰也
	《诠赋》	凡此十家，并辞赋之英杰也
	《祝盟》	季代弥饰
	《谐讔》	谲辞饰说
	《论说》	平叔之二论，并师心独见，锋颖精密，盖论之英也
	《诏策》	王言之大，动入史策，其出如綍，不反若汗
	《檄移》	文不雕饰
	《章表》	左雄表议，台阁为式；胡广章奏，天下第一；并当时之杰笔‖文举之荐祢衡，气扬采飞；孔明之辞后主，志尽文畅；虽华实异旨，并表之英也
	《情采》	夫铅黛所以饰容，而盼倩生于淑姿；文采所以饰言，而辩丽本于情性‖藻饰以辩雕
	《章句》	若辞失其朋，则羁旅而无友，事乖其次，则飘寓而不安
	《夸饰》	文辞所被，夸饰恒存‖自宋玉、景差，夸饰始盛‖义成矫饰‖穷饰则饰犹未穷‖夸其威而饰其事‖因夸以成状，沿饰而得奇‖饰穷其要‖夸而有节，饰而不诬‖夸饰在用，文岂循检

续表 6

类型	篇目	具体用例
	《事类》	**属意立文，心与笔谋，才为盟主，学为辅佐；主佐合德，文采必霸**‖**或微言美事，置于闲散，是缀金翠于足胫，靓粉黛于胸臆也**
	《隐秀》	**纤手丽音，宛乎逸态，若远山之浮烟霭，娈女之靓容华。然烟霭天成，不劳于妆点；容华格定，无待于裁镕**‖**若篇中乏隐，等宿儒之无学，或一叩而语穷**
	《养气》	攻奇**饰**说
	《时序》	**《大风》、《鸿鹄》之歌，亦天纵之英作也**
	《序志》	**饰**羽尚画，文绣鞶帨

说明：

1. 《文心雕龙》“以人为喻”用例为数甚夥，虽经细心爬梳，但遗珠之憾恐亦难免；
2. 本书“导论”部分指出，《文心雕龙》象喻批评就其形式而言有“完形话语”和“简省话语”。为示区别，“完形”者以粗体加下划直线为标志，“简省”者以粗体加下划曲线为标志。其余三章中象喻批评用例统计，均为这种处理方式，不再一一说明；
3. 《文心雕龙》有不少“连类而譬”的现象，即一句之中包含多个譬喻，若所连之类为同一类型，则计为一例，若所连之类为不同类型，则分别计之；
4. 本书第二、三、四、五章的《文心雕龙》象喻批评用例统计表引文所用版本均为范文澜先生的《文心雕龙注》（北京：人民文学出版社，1958 年版），因用例数量过于庞大，故注释从略。

第三节 《文心雕龙》“以人为喻”的理论意涵[①]

汉魏六朝时期，随着人的自觉思潮以及人物品藻的风行，人成为审美观照的对象，“近取诸身”的“以人为喻”也由此成为文艺理论批评领域公共的话语范式。刘勰的《文心雕龙》作为六朝诗文评的典范之作，在“以人为喻”批评范式的运用方面也达到了极高的水平。刘勰以人体比类文体、以血气比拟文气、以疾病比况文病，在完成文体理论系统建构的同时，也实现了相术、人物品藻的概念、范畴、术语向文艺理论批评领域的迁移。

一、人体与文体

在我国文艺理论批评的传统中，所谓“文体”，有两种不同的意义指向。一是“体类”之体，指文学的类别（Literary kinds），亦即通常所说的体裁，如诗、赋、序、论、奏、议、铭、诔等。一是“体派”之体，指文学的作风（Style），亦即通常所说的风格，如诗歌中的永明体、宫体、元和体、李昌吉体、李义山体等。[②] 文体是沟通作者与读者的中介与桥梁。从作者来看，文体

---

① 本书以“《文心雕龙》象喻批评”为研究对象，出于行文方便，我们根据《文心雕龙》象喻批评取譬对象之不同区分出“以人为喻”“以自然物为喻”“以技艺为喻”等主要类型和“以器物为喻”“以乐舞为喻”“以兵为喻”等次要类型，并且全文以此为纲目结构。不过，刘勰阐释某种理论观点，很多时候并不是单单取譬一类喻象，在不同篇章甚至是同一篇章中他会援引各种喻象以为比类。比如有关文学风格的问题，刘勰就主要采用了“以人为喻”“以自然物为喻”两种类型，《体性》篇有“风趣刚柔，宁或改其气……各师成心，其异如面”，《通变》篇有“论文之方，譬诸草木，根干丽土而同性，臭味晞阳而异品”。再比如刘勰在《知音》篇论批评家博观的问题，则采用“以自然物为喻”“以器物为喻”“以乐舞为喻”三种类型，如“凡操千曲而后晓声，观千剑而后识器。故圆照之象，务先博观。阅乔岳以形培塿，酌沧波以喻畎浍。无私于轻重，不偏于憎爱，然后能平理若衡，照辞如镜矣”，其中的“操千曲”“观千剑”“阅乔岳”“酌沧波”就分别代表了“以乐舞喻文”“以器物喻文”“以自然物喻文”。考虑刘勰“两记则失于复重，偏举则病于不周”的谆谆之诫，本书绝大部分章节采用了《史记》“互见法”的处理方式。如上述文学风格问题，我们主要在“以人为喻”中进行讨论，而将其他相关类型象喻用例也在这里一并进行简要介绍，而批评家的博观问题则归入“以器物为喻”之中。如此，既可展现《文心雕龙》象喻批评的丰富性，又能免于“复重”与“不周”之累。特此说明。

② 参见罗根泽《中国文学批评史》，第147页。

是创作的结晶；就读者而言，文体则是他从作品中所获得的印象，读者唯有通过此一印象方能接触到作者。就此而言，文体堪称是整个文学活动的枢纽与关节。所以，文学的自觉，是以文体的自觉为标志。

曹丕对于“文体”问题的探讨，已包含了上述两种意义指向。诸如“文以气为主，气之清浊有体，不可力强而致”“孔融体气高妙”“徐干时有齐气”① 之类，明显是对体派与风格的言说。而“文本同而末异，盖奏议宜雅，书论宜理，铭诔尚实，诗赋欲丽”“文非一体，鲜能备善”② 云云，则属于体类、体裁的探讨。《典论·论文》之所以被视为我国文学自觉的开端，原因也正在于此。曹丕之后，两晋批评家的文体论，则主要偏向于体类一端。陆机《文赋》“诗缘情而绮靡，赋体物而浏亮”③ 等“十体说”，挚虞《文章流别论》“赋者，敷陈之称，古诗之流也。……前世为赋者有孙卿、屈原，尚颇有古诗之义，至宋玉则多淫浮之病矣。楚辞之赋，赋之善者也”“哀辞者，诔之流也。崔瑗、苏顺、马融等为之，率以施于童殇夭折不以寿终者。……哀辞之体，以哀痛为主，缘以叹息之辞”④，李充《翰林论》“容象图而赞立，宜使辞简而义正，孔融之赞杨公，亦其义也”“在朝辨政而议奏出，宜以远大为本，陆机议晋断，亦名其美矣”⑤，等等，皆是。此外，曹植《七启序》，桓范《世要论》之《序作》《赞象》《铭诔》，以及傅玄《七谟序》等，也都属于体类探讨的范畴。

刘勰在曹丕、陆机等人的基础上，对文体问题展开更加全面、深入的探讨。关于《文心雕龙》全书的理论体系，刘勰在《序志》中曾指出：

> 盖《文心》之作也，本乎道，师乎圣，体乎经，酌乎纬，变乎骚，文之枢纽，亦云极矣。若乃论文叙笔，则囿别区分，原始以表末，释名以章义，选文以定篇，敷理以举统，上篇以上，纲领明矣。至于割情析

① 《典论·论文》，见夏传才、唐绍忠《曹丕集校注》，第235—237页。
② 《典论·论文》，见夏传才、唐绍忠《曹丕集校注》，第237、233页。
③ 张少康：《文赋集释》，第99页。
④ 严可均辑录：《全晋文》，第819、821页。
⑤ 严可均辑录：《全晋文》，第560页。

采，笼圈条贯，摛神性，图风势，苞会通，阅声字，崇替于《时序》，褒贬于《才略》，怊怅于《知音》，耿介于《程器》，长怀《序志》，以驭群篇，下篇以下，毛目显矣。①

研究者据此，多将从《明诗》到《书记》的二十篇看作是“论文叙笔”的文体论。徐复观先生对此有不同的看法。他认为，广义的来说，《文心雕龙》全书皆可算作文体论，“《文心雕龙》全书五十篇，依照刘彦和的《序志》，可分为三部分。第一部分，由《原道》到《辨骚》共五篇，乃追溯文体的根源。第二部分亦称为上篇，由《明诗》到《书记》共二十篇，是说明在各类文章中对于文体的要求，及既成作品中文体的得失；……第三部分，亦称为下篇，又可分为两部分。由《神思》到《总术》共二十篇，是分析构成文体的内外诸因素，及学习文体的方法；……其余五篇……除《序志》系自序外，也都是以文体为中心所展开的议论”②。虽然徐先生“文体论……系《文心雕龙》之中心课题”，“《文心雕龙》一书，实际便是一部文体论”③ 的结论尚待商榷。不过，徐先生的研究无疑为我们提供了统观、圆览的方法论启迪。不管是探讨《文心雕龙》的文体论，抑或是创作论，均应把五十篇作为一个整体进行观照。

《文心雕龙》体大虑周，其文体论与《典论·论文》一样，也涵盖了“‘体类’之体”与“‘体派’之体”两种意义指向。而无论是对于体裁的分析，还是对于风格的阐释，“以人为喻”话语范式都是刘勰的首选。《文心雕龙》“以人为喻”的风格论，将在接下来的“血气与文气”部分展开，这里我们先来看体裁论。

《文心雕龙》“以人为喻”的体裁论，首先表现为以人体构造比譬文体的要素融合。刘勰认为，正如人的“百节成体”，文体亦是由语辞、声律、事义

---

① 范文澜：《文心雕龙注》，第 727 页。

② 徐复观：《中国文学论集·〈文心雕龙〉的文体论》，载《徐复观全集》第六册，北京：九州出版社，2014 年，第 4—5 页。

③ 徐复观：《中国文学论集·〈文心雕龙〉的文体论》，载《徐复观全集》第六册，第 1、5 页。

等不同质素形成的统一体。《附会》中说到的“夫才量学文，宜正体制。必以情志为神明，事义为骨髓，辞采为肌肤，宫商为声气”①，可视为上述文体观念最经典的表述。对于《附会》中的这段话，詹锳先生曾给予周详的疏解：“刘勰首先肯定思想情感是文章中最根本的东西，犹之乎人的神经中枢，事义是用事例、用典故类比说明作品的含义的，这就是具体内容或题材，犹之乎人身上的骨髓，是支撑人的身体的。辞采相当于人的肌肉和皮肤，是表面的，附着在人身体的骨干上的。‘宫商’是说文章的声调，它类似人的声音和气息。”② 通过詹先生的义证，我们更能清晰地感受到刘勰“以人为喻”的话语习惯。此外，《辨骚》篇之“骨鲠所树，肌肤所附”，《体性》篇之“辞为肤根，志实骨髓”，《风骨》篇之“辞之待骨，如体之树骸，情之含风，犹形之包气”，《序志》篇之“轻采毛发，深极骨髓”③，等等，也都是以人体构造比譬文体诸要素的融合贯通。

刘勰以人体构造比譬文体的要素融合，体现了追求有机统一的形式观念。刘勰对于对文体构成要素之间逻辑关系的认识，受到人体生命形式的深刻启迪。生命形式是包含毛发、腠理、肌肤、骨骼、五脏、六腑、血脉、精神等在内的多层级有机系统，文体结构也是这样多层级的有机系统。④ 前述刘勰所谓“以情志为神明，事义为骨髓，辞采为肌肤，宫商为声气”，以及颜之推在此基础上提出的“文章当以理致为心肾，气调为筋骨，事义为皮肤，华丽为冠冕”⑤ 等，都是在强调文体结构的层级系统。人体的生命形式可以分为形而下与形而上两个部分：形下者即肌肤骨骼等具体可感的物质形式；形上者乃人的精神风貌，虽也可感，却较为抽象、不易把捉。文体结构同样存在形而下与形而上的区分：形下者是辞采、宫商、事义等具体可感的形式载体；形上者为诸形下要素融合贯通所呈现出的气韵、神采。人体固然由四体百骸等众多器官所构成，然而每部分都不可或缺，一者残损则生机萎顿。文体结构

① 范文澜：《文心雕龙注》，第 650 页。

② 詹锳：《文心雕龙义证》，上海：上海古籍出版社，1989 年，第 1595 页。

③ 范文澜：《文心雕龙注》，第 47、506、513、727 页。

④ 参见吴承学《生命之喻——论中国古代关于文学艺术人化的批评》。

⑤ 王利器：《颜氏家训集解》（增补本），第 267 页。

亦复如是，只有诸要素有机统一，才能形成生意盎然的艺术作品。此即刘勰所谓“外文绮交，内义脉注，跗萼相衔，首尾一体”①。

《文心雕龙》“以人为喻”的体裁论，也表现在以人的举止得体譬喻文学合乎体制规范。刘勰对于以周礼为代表的三代礼乐文明心驰神往，《文心》之作在某种程度上即是对文武周公“制礼作乐”的效法与追随。从《序志》篇刘勰对自己“执丹漆之礼器，随仲尼而南行”② 之夜梦的追述，以及对马融、郑玄等人笺注经典所表现出的心仪，是不难得出上述结论的。在《文心雕龙》中，刘勰曾两度征引《易经》“节卦”象辞“君子以制数度”③，并多次论及君臣之间的礼仪节文，诸如《章表》“夫设官分职，高卑联事。天子垂珠以听，诸侯鸣玉以朝”，《书记》“若夫尊贵差序，则肃以节文”④，等等，足见他对礼乐制度的推崇。刘勰认为文学创作依循体制规范，正如君子言行合乎礼仪节文一样，言行合乎礼仪节文名曰“得体”，创作依循体制规范谓之“体要”。刘勰极为重视文体的体制规范，不仅在文体论各篇中设置了“敷理以举统”的环节，还在《定势》中对重要文体的体制规范进行了总体论述：“章表奏议，则准的乎典雅；赋颂歌诗，则羽仪乎清丽；符檄书移，则楷式于明断；史论序注，则师范于核要；箴铭碑诔，则体制于宏深；连珠七辞，则从事于巧艳。”⑤ 刘勰文体总论与曹丕、陆机等人并无二致，这也就是所谓的“势自不可异也”⑥。

我国早期文学样式多具有显著的实用性，凡实用性文学，其文体必定受到更多的规制。这种规制一方面来自现实的需要，另一方面则是特殊题材自身所附带的制约性。以诔体为例，“诔者，累也，累其德行，旌之不朽也”⑦，

---

① 范文澜：《文心雕龙注》，第 571 页。

② 范文澜：《文心雕龙注》，第 725 页。

③ 《周易正义》，见阮元校刻《十三经注疏》，第 70 页。《文心雕龙》的两次征引分别出现于《诏策》《议对》，《诏策》有“《易》称‘君子以制度数’”，《议对》有“《易》之《节卦》，‘君子以制度数，议德行’”。

④ 范文澜：《文心雕龙注》，第 406、456 页。

⑤ 范文澜：《文心雕龙注》，第 530 页。

⑥ 范文澜：《文心雕龙注》，第 727 页。

⑦ 范文澜：《文心雕龙注》，第 212 页。

此乃诔之现实功用。从“累德行”“旌不朽”的实用目的出发，便产生“诔之为制，盖选言录行，传体而颂文”① 的体制规范。再者，因诔文所处理的题材是逝者的德行与平生，故而又形成“论其人也，暧乎若可觌，道其哀也，凄焉如可伤”② 的写作要求。此外，在“选文以定篇”的部分，刘勰还通过对以往文学实践的回顾，从正反两方面总结诔的文体规范与写作要求，“至如崔骃诔赵、刘陶诔黄，并得宪章，工在简要。陈思叨名而体实繁缓。文皇诔末，旨言自陈，其乖甚矣。”③ 刘勰认为，诔文“选言录行”，“工在简要”，崔骃、刘陶的诔文，堪称体要；而曹植的《文帝诔》繁冗拖沓，又自陈平生，于体乖甚。刘勰“以人为喻”论文体，符合体制规范者，名曰“体要”“明体”“识体”“达体”，反之，则称为“谬体”“讹体”“奢体”“失体”“文体解散”。

需要特别指出的是，刘勰虽然在文学创作方面倡导“摹体”“立体”，在文学批评方面讲求“正体”“本体”，但并未就此走向机械、僵化。刘勰已经认识到，文体在保持一定之规的前提下，会因作者的不同、时代的变迁、文体的互渗而呈现出不同的风貌，此即“设文之体有常，变文之数无方”④。刘勰进一步指出，“体有因革”“体变迁贸”“契会相参”⑤ 的通变之数，正是新文体不断萌生、传统文体永葆生机的根源所在，所谓“文律运周，日新其业。变则其久，通则不乏”⑥ 者是也。

二、血气与文气

“人体与文体”部分，论述了《文心雕龙》文体论“‘体类’之体”的意义指向，也就是体裁论的问题。下面将接着探讨《文心雕龙》文体论的另一意义指向，即“‘体派’之体”的风格论。刘勰认为文学风格作为创作主体艺

① 范文澜：《文心雕龙注》，第 213 页。
② 范文澜：《文心雕龙注》，第 213—214 页。
③ 范文澜：《文心雕龙注》，第 213 页。
④ 范文澜：《文心雕龙注》，第 519 页。
⑤ 范文澜：《文心雕龙注》，第 67、495、530 页。
⑥ 范文澜：《文心雕龙注》，第 521 页。

术个性的集中体现，是作家血气禀赋的反映，“盖沿隐以至显，因内而符外者也”[①]。因而，风格问题也必须借助作家血气禀赋，才能得到合理说明。此外，文学风格所具有的独特艺术感染力，亦可通过取譬人的气度风神来加以诠释。所以，刘勰在探讨文学风格问题时，也重点采用了“以人为喻”的话语范式。

《文心雕龙》“以人为喻”的风格论，首先体现在以作家与众不同的血气禀赋来比类说明其创作个性和艺术特色。在《体性》篇，刘勰将文学风格类型提炼概括为八种：“一曰典雅，二曰远奥，三曰精约，四曰显附，五曰繁缛，六曰壮丽，七曰新奇，八曰轻靡。”[②] 刘勰认为“才性异区，文体繁诡”[③]（此中的“文体”显然为“体派之体”，其具体指代对象就是上文所说的“典雅”“远奥”等“八体”），正是创作主体才性、血气的不同，才形成纷繁多样的文学风格。为证明这一结论，刘勰胪列了两汉至齐梁十二位重要作家的文学风格：

> 贾生俊发，故文洁而体清；长卿傲诞，故理侈而辞溢；子云沈寂，故志隐而味深；子政简易，故趣昭而事博；孟坚雅懿，故裁密而思靡；平子淹通，故虑周而藻密；仲宣躁锐，故颖出而才果；公干气褊，故言壮而情骇；嗣宗俶傥，故响逸而调远；叔夜俊侠，故兴高而采烈；安仁轻敏，故锋发而韵流；士衡矜重，故情繁而辞隐。[④]

除此之外，在上编文体论部分，刘勰也经常以不同作家相同文体作品所表现出的不同风貌，来说明作家气质对于作品风格的深刻影响。如《章表》“文举之荐祢衡，气扬采飞；孔明之辞后主，志尽文畅”，《书记》“嵇康《绝交》，实志高而文伟矣；赵至叙离，乃少年之激切”[⑤]，等等。通过上述例证，不难看出作家血气禀赋对其文学风格的决定作用。

---

① 范文澜：《文心雕龙注》，第 505 页。
② 范文澜：《文心雕龙注》，第 505 页。
③ 范文澜：《文心雕龙注》，第 506 页。
④ 范文澜：《文心雕龙注》，第 506 页。
⑤ 范文澜：《文心雕龙注》，第 407、456 页。

《文心雕龙》的风格论，在注重作家血气禀赋的决定作用的同时，还认识到作家后天学习对于风格形成的重要影响。《文心雕龙》的风格论，虽是在曹丕等人“文气”探讨的基础上发展而来，但刘勰的高明之处在于，他还认识到后天因素对于风格的形塑作用。《体性》篇提出：“才有庸俊，气有刚柔，学有浅深，习有雅郑，并情性所铄，陶染所凝。”① “才”“气”“学”“习”四者中，才、气本乎性情，肇自先天血气；学、习由乎陶染，源于后天积累。② 相较曹丕等人“文气说”的先天决定论，刘勰的四要素说更具有科学性与合理性。更加难能可贵的是，刘勰还注意到了时代、地域等外部因素对于文学风格的深刻影响。③ 时代因素方面，《时序》篇中，刘勰以“风动于上，而波震于下”的“自然之喻”，比譬“时运交移，质文代变”④ 的风格变化规律。在此规律指引下，他回顾了“蔚映十代，辞采九变”的风格变迁史，其所提炼的“志深而笔长，故梗概而多气”的建安风骨和“结藻清英，流韵绮靡”⑤ 的太康文风，成为文学批评史的定论。地域因素方面，《物色》篇中，刘勰在探讨屈原楚骚创作时，提出了“江山之助”的著名观点。⑥ 此外，《乐府》篇有关“南音”“北声”“赵代之音”“齐楚之气”等的论述，也都触及了地域与文学风格的问题。刘勰对于风格问题的探讨，代表着汉魏六朝风格理论的最高水平。⑦

《文心雕龙》“以人为喻”的风格论，也体现在以人的血气风度来比拟文

---

① 范文澜：《文心雕龙注》，第 505 页。

② 参见黄侃《文心雕龙札记》，周勋初导读，上海：上海古籍出版社，2000 年，第 97 页。

③ 可以看出，在刘勰的理论视野中，文学风格是一个外延极具包容性的概念，它至少统摄了文体风格、作家风格、作品风格、时代风格、地域风格等领域。参见詹锳《〈文心雕龙〉的风格学》，北京：人民文学出版社，1982 年，第 1—161 页。

④ 范文澜：《文心雕龙注》，第 671 页。

⑤ 范文澜：《文心雕龙注》，第 675、674 页。

⑥ 刘勰所谓的“江山之助”，参考王夫之《楚辞通释·序例》：“楚，泽国也，其南沅湘之交，抑山国也。叠波旷宇，以荡遥情，而迫之以崟嵚戌削之幽菀。故推宕无涯，而天采矗发，江山光怪之气，莫能掩抑。”这段文字应当是指楚地奇崛瑰伟、光怪陆离的山川风物在楚骚风格形成过程中所发挥的襄助作用。

⑦ 在西方文艺理论批评史上，直到 19 世纪的斯达尔夫人、丹纳等人才开始关注时代、环境等外部因素对于文学风格的影响。由此，我们可以看出刘勰作为理论家的远见与卓识。

艺作品所具有的艺术感染力。前文在论述“人物品藻”时，曾提到曹操“将见匈奴使，自以形陋，不足雄远国，使崔季珪代，帝自捉刀立床头”的典故，而匈奴使的印象却是“魏王雅望非常，然床头捉刀人，此乃英雄也”①。从中可以看出，人的血气所外化的风度，是一种多么动人的力量。优秀的文艺作品所具有的艺术感染力，有似于此，《毛诗序》即曾指出：“风，风也，教也。风以动之，教以化之。”② 刘勰结合儒家诗教传统与魏晋人物品藻理论，提出了“风骨”“风力”两个重要范畴。有关“风骨”一词，黄侃先生指出，“风”“骨”“二者皆假于物以为喻”③。细加寻绎则会发现，刘勰的“风”“骨”之喻皆含有双重的取譬指向：风者，一方面指“长风”“朔风”之风，此为“以自然物为喻”，另一方面指“风采”“风神”，此为“以人为喻”；骨者，一方面指“骨髓”之骨，另一方面指“骨气”之骨，虽同是“以人为喻”，但却有肉身与精神、形下与形上之别④。当然，自然的“风”、肉身的“骨”是这两组譬喻的基源，人物品藻、文学批评均是其支派。所谓“风骨”，并不是某种如“八体”一般的风格类型⑤，“风骨是丰沛郁勃的生命力的外化，表现为一种骏爽挺特的刚健风貌和力度美”⑥。“风力”范畴在很多时候等同于“风骨”，只是其言说向度更偏重于风骨的审美效果。对于有风骨的作品之审美效果，《文心雕龙》有许多精彩的描述，如《祝盟》“臧洪歃辞，气截云蜺；刘琨铁誓，精贯霏霜”，《檄移》“声如冲风所击，气似欃枪所扫”，《奏启》“不畏强御，气流墨中，无纵诡随，声动简外，乃称绝席之雄，直方之举耳”⑦，等等，皆是其例。

---

① 余嘉锡：《世说新语笺疏》（修订本），第605页。

② 《毛诗正义》，见阮元校刻《十三经注疏》，第269页。

③ 黄侃：《文心雕龙札记》，周勋初导读，第101页。

④ 参见陆侃如《〈文心雕龙〉术语用法举例——书〈释“风骨”〉后》（《文学评论》1962年第2期），蒲震元《“人化”批评与“泛宇宙生命化”批评——中国传统艺术批评模式中的两种重要批评形态》（《文学批评》2006年第5期），党圣元、桓晓红《〈文心雕龙〉“骨鲠”释义——兼议“博徒”褒贬》（《社会科学战线》2014年第9期）等。

⑤ 参见寇效信《文心雕龙美学范畴研究》，西安：陕西人民出版社，1997年，第94页。

⑥ 汪涌豪：《中国古典美学风骨论》，北京：中国人民大学出版社，1994年，第143页。

⑦ 范文澜：《文心雕龙注》，第178、378、423页。

作为风骨理论的补充，刘勰又提出了文艺创作的养气说。在古人的文化视野中，“气”是出现最早、包容性和衍生性最强的元范畴，它涵盖了化生宇宙万物的“本体之气”（或称元气）、周行天地的“具象之气”（包括水、云、风、雾等各种形态）、充盈于四体百骸的“血气”、贯注在翰墨篇籍的“文气”等诸多层面。[①] 其中，“文气”与“血气”的关系最为密切，创作主体丰沛郁勃的生命力正是渊源于其自身血气，此即刘勰所谓“才力居中，肇自血气”[②]。加之中医“血气者，人之神，不可不谨养”[③]，以及道教“养生之道，安身养气”[④] 等理论的启发，刘勰提出了文艺创作的“养气说”[⑤]：

> 吐纳文艺，务在节宣，清和其心，调畅其气，烦而即舍，勿使壅滞，意得则舒怀以命笔，理伏则投笔以卷怀，逍遥以针劳，谈笑以药倦，常弄闲于才锋，贾余于文勇，使刃发如新，腠理无滞，虽非胎息之万术，斯亦卫气之一方也。[⑥]

中医、道教养气的目的是祛病延年，文学创作养气旨在援笔投篇。创作主体操觚染翰之前节宣虚静、调畅疏瀹的工夫，为的就是创作出才锋文勇、骨峻力遒，亦即有风骨的优秀作品。《风骨》篇所说“缀虑裁篇，务盈守气，刚健既实，辉光乃新”[⑦]，正是此意。

刘勰“以人为喻”的风格论，主要得益于魏晋人物品藻的盛行。宗白华先生曾指出，中国的美学出发于人物品藻之美学，“美的概念、范畴、形容

---

① 参见夏静《文气话语形态研究》，北京：商务印书馆，2014 年，第 125—157 页。

② 范文澜：《文心雕龙注》，第 506 页。

③ 人民卫生出版社整理：《黄帝内经》（影印本），北京：人民卫生出版社，2013 年，第 62 页。

④ 《太平经》，上海：上海古籍出版社，1993 年，第 138 页。

⑤ 需要说明的是：关于刘勰“养气说”与孟子“养气论”，虽然不可否认两者存在一定渊源关系。但相较而言，我们认为刘勰“养气说”的提出，更多是受传统医学与道家、道教养生思想的影响。即就刘勰在《养气》中提到的王充“《养气》之篇”而言，结合《论衡》相关篇目，亦能看出王充所发挥的也主要是岐黄老庄一派的摄生之术，而非孟子的养气之说。

⑥ 范文澜：《文心雕龙注》，第 647 页。

⑦ 范文澜：《文心雕龙注》，第 513 页。

词，发源于人格美的评赏”①。徐复观先生也认为，魏晋六朝文艺批评与人物品藻有甚深之渊源，人物品藻所用的名词、观念很多被转用到文艺批评之中。② “风格”一词即出自于人物品藻，多被用于指称人的韵度格量，如《魏氏春秋》“（夏侯玄）风格高朗，弘辩博畅”③，《世说新语·德行》“李元礼风格秀整，高自标持”④，《晋书·和峤传》“峤少有风格”⑤，等等。风神、风骨、风气、风力等风格的近义词，亦皆发源于人物鉴识。风神，如《世说新语·赏誉》“（王弥）风神清令，言话如流”⑥，《续晋阳秋》“（谢安）弘雅有气，风神调畅”⑦，等等。风骨，如《晋安帝纪》“羲之风骨清举”⑧，《宋书·武帝纪》“（刘裕）身长七尺六寸，风骨奇特”⑨，等等。风气，如《晋阳秋》“（吕安）志量开旷，有拔俗风气”⑩，《世说新语·赏誉》“王平子与人书，称其儿‘风气日上，足散人怀’”⑪，等等。风力，如《高僧传·义解》“（王羲之）诣（支）遁，观其风力”⑫，《宋书·孔觊传》“觊少骨梗有风力”⑬，等等。刘勰在风格论中频繁用到的，诸如“风”“气”“精”“神”“壮”“健”“风采”“神明”“韵气”“骨鲠”等一系列范畴、术语，也都与人物品藻密切相关。设若没有魏晋人物品藻的盛行，我们很难想象，刘勰“以人为喻”的风格论乃至整个魏晋六朝文艺理论风格批评，会取得如此卓绝的成就。

---

① 宗白华：《论〈世说新语〉和晋人的美》，载《美学与意境》，北京：人民出版社，1987年，第185页。

② 参见徐复观《中国文学论集》，载《徐复观全集》第六册，第282页。

③ 《世说新语·方正》，刘孝标注引，见余嘉锡《世说新语笺疏》（修订本），第285页。

④ 余嘉锡：《世说新语笺疏》（修订本），第6页。

⑤ （唐）房玄龄等：《晋书》卷四五，北京：中华书局，1974年，第1283页。

⑥ 余嘉锡：《世说新语笺疏》（修订本），第494页。

⑦ 《世说新语·赏誉》，刘孝标注引，见余嘉锡《世说新语笺疏》（修订本），第493页。

⑧ 《世说新语·赏誉》，刘孝标注引，见余嘉锡《世说新语笺疏》（修订本），第476页。

⑨ 沈约：《宋书》，北京：中华书局，1974年，第1页。

⑩ 《世说新语·简傲》，刘孝标注引，见余嘉锡《世说新语笺疏》（修订本），第768页。

⑪ 余嘉锡：《世说新语笺疏》（修订本），第451页。

⑫ 释惠皎：《高僧传》，汤用彤校注，汤一玄整理，北京：中华书局，1992年，第160页。

⑬ 沈约：《宋书》，第2153页。

三、疾病与文病

前文提到，文艺理论批评“疾病之喻”是“以人为喻”的衍生形态，或者说它本身就是“以人为喻”的组成部分。就以目前可见文献而言，文艺理论批评的“疾病之喻”最早可追溯至曹植的《与杨德祖书》。不过，在刘勰之前，诗文评领域的“疾病之喻”均属于零星用例，未能形成气候。《文心雕龙》的出现，使这种局面得到彻底改观。《文心雕龙》的“疾病之喻”，无论是使用的频次、取譬的广度，抑或论证的深度，都是前所未有的。刘勰以疾病比譬文病，目的是从反方向印证、强化在“以人为喻”中所提出的理论观点与创作主张。“以人为喻”“疾病之喻”参伍互见、符契相合，有力地推动了《文心雕龙》文体论的系统建构。

《黄帝内经·素问·刺要论》说：“病有在毫毛腠理者，有在皮肤者，有在肌肉者，有在脉者，有在筋者，有在骨者，有在髓者。”《调经论》亦云：“神有余，有不足；气有余，有不足；血有余，有不足；形有余，有不足；志有余，有不足。凡此十者，其气不等也。”① 据此，我们也可以把《文心雕龙》“疾病之喻”的取譬对象，大致区分为“腠理肌肤之疾”“筋骨血脉之疾”“精气神志之疾”等三种类型。

《文心雕龙》的“疾病之喻”，首先体现为以“腠理肌肤之疾”比譬文体形态要素方面所存在的弊病。刘勰在《附会》篇提出：“才量学文，宜正体制。必以情志为神明，事义为骨髓，辞采为肌肤，宫商为声气。”② 其中的“辞采”“宫商”诉诸感官，我们称之为文体的“形态要素”。对于“辞采”，刘勰曾“以人为喻”，提出“精练”的修辞标准，所谓“练于骨者，析辞必精”③。除了正面的阐发，刘勰又借助“疾病之喻”从反面展开论述“膏腴害骨”“腴辞弗剪，颇累文骨”“瘠义肥辞”④ 等，即是对“精练”标准的反向强

---

① 人民卫生出版社整理：《黄帝内经》（影印本），第 101、122 页。

② 范文澜：《文心雕龙注》，第 650 页。

③ 范文澜：《文心雕龙注》，第 513 页。

④ 范文澜：《文心雕龙注》，第 136、438、513 页。

化。刘勰在《镕裁》篇提出：“骈拇枝指，由侈于性；附赘悬肬，实侈于形。二意两出，义之骈枝也；同辞重句，文之肬赘也。”[①] 其中的“骈枝”“肬赘”之喻，所强化的亦是“精练”“清省”的修辞标准。关于声律，刘勰提出：“夫音律所始，本于人声者也。声含宫商，肇自血气。……故言语者，文章神明枢机，吐纳律吕，唇吻而已。”[②] 以人的“声含宫商”比譬文章的“吐纳律吕”，树立了“吹律胸臆，调钟唇吻”[③] 的声律理想。除正面立论之外，刘勰同样借助“疾病之喻”从反面进行陈说，以人的謇吃之疾，比譬文学之声韵安排中龃龉不合的弊病，“迂其际会，则往蹇来连，其为疾病，亦文家之吃也”[④]。当然，“謇吃之喻”亦是为了印证和强化“吹律胸臆，调钟唇吻”的声律理想。

《文心雕龙》的“疾病之喻”，也体现在以“筋骨血脉之疾”比譬文体机能要素方面存在的弊病。[⑤] 人体机能是指身体各器官及其整体系统所表现出的生命活动。《黄帝内经·灵枢·本藏》指出：“人之血气精神者，所以奉生而周于性命者也。经脉者，所以行血气而营阴阳，濡筋骨，利关节者也；……是故血和则经脉流行，营复阴阳，筋骨劲强，关节清利矣。”[⑥] 可见，健康的机体会呈现出经脉贯通、气血流行、筋骨劲强、关节清利的生命机能。文体机能有似于此，所以刘勰推崇的是“骨鲠壮”“风力遒”“内义脉注”“文明以健”[⑦] 的艺术风貌。为了强化这种理论主张，刘勰又援疾病以为譬喻，“攀响前声，风末力寡”，“博识有功，而绚采无力”，“两汉以后，体势漫弱”，“繁杂失统，则无骨之征”，“统绪失宗，辞味必乱；义脉不流，则偏枯文体”[⑧]，风末力寡与风力遒健相对，体弱无骨与壮有骨鲠相违，内义脉注与义脉不流

---

① 范文澜：《文心雕龙注》，第 543 页。
② 范文澜：《文心雕龙注》，第 552 页。
③ 范文澜：《文心雕龙注》，第 554 页。
④ 范文澜：《文心雕龙注》，第 553 页。
⑤ 参见蒋寅《医学与中国古代文论的知识背景——以〈黄帝内经〉〈素问〉〈灵枢〉为中心》。
⑥ 人民卫生出版社整理：《黄帝内经》（影印本），第 289 页。
⑦ 范文澜：《文心雕龙注》，第 378、513、571、514 页。
⑧ 范文澜：《文心雕龙注》，第 394、699、310、513、651 页。

相反。刘勰通过“以人为喻”和“疾病之喻”的正反两方面论述，树立了“一种作品骨干坚挺、高峻磊落的美学风貌，一种劲气弥满、雄强刚健的力度美”①。此外，诸如“辞韵沈腿”“浮文弱植”“才力沈腿”② 等“疾病之喻”的用例，亦是出于对豪壮、劲健之文体理想的反向强化。

《文心雕龙》的“疾病之喻”，还体现在以“精气神志之疾”比譬文学创作方面存在的弊病。《黄帝内经·灵枢·本神》说：“生之来谓之精，两精相搏谓之神，随神往来者谓之魂，并精而出入者谓之魄。所以任物者谓之心，心有所忆谓之意，意之所存谓之志，因志而存变谓之思，因思而远慕谓之虑，因虑而处物谓之智。”③ 由此可知，人的一切意识活动均是由精神所主导。人生于世，“纷哉万象，劳矣千想”④，精神极易受到困扰。尤其是文学创作这种“心虑言辞”的活动，更容易损耗人的精气与神志，“曹公惧为文之伤命，陆云叹用思之困神，非虚谈也”⑤。刘勰本人对此也心有戚戚，于是在“割情析采”的创作论中设置了《养气》一篇，提出“玄神宜宝，素气资养”“无扰文虑，郁此精爽”⑥ 的总体原则。当然，需要颐养者并不限于“气”之一端，“精气神志”皆需荣卫。刘勰所说的“养气”，原本也是“精气神志”的系统颐养与荣卫。为了印证“养气”的重要性，刘勰同样采用了“疾病之喻”的话语方式从反向予以陈说，诸如“钻砺过分，则神疲而气衰”“气衰者虑密以伤神”“销铄精胆，蹙迫和气，秉牍以驱龄，洒翰以伐性”⑦ 等。创作主体如果不注重“精气神志”的颐养与荣卫，不仅难以创作出风清骨峻、气伟采奇的佳篇，还可能会戕害健康，乃至于危及生命。

从上述“养气”之说与“疾病之喻”，可以真切感受到刘勰珍重性命、佑护苍生的慈悲与仁爱。在汉魏六朝大动荡的社会语境中，“忧生之嗟”遍披士

---

① 汪涌豪：《中国古典美学风骨论》，第 137 页。

② 范文澜：《文心雕龙注》，第 241、505、699 页。

③ 人民卫生出版社整理：《黄帝内经》（影印本），第 232 页。

④ 范文澜：《文心雕龙注》，第 647 页。

⑤ 范文澜：《文心雕龙注》，第 646、647 页。

⑥ 范文澜：《文心雕龙注》，第 647、648 页。

⑦ 范文澜：《文心雕龙注》，第 646、647 页。

林，立言不朽成为文人、学者最紧要的事业。曹丕即曾以副君之重，敦勉有志之士莫以隐约而弗务，莫以康乐而加思，贱尺璧、重寸阴，只争朝夕，强力为文。曹丕的呼吁在其后的魏晋六朝得到了热烈响应，杜预说：“德者非所企及，立言或可庶几。”[①] 刘勰也说：“腾声飞实，制作而已。”[②] 曹、杜、刘三人不惟有思想上的倡导，亦有创作上的实践，于是才有了《典论》《春秋左氏经传集解》《文心雕龙》等经典之作。《神思》：“相如含笔而腐毫，扬雄辍翰而惊梦，桓谭疾感于苦思，王充气竭于思虑，张衡研京以十年，左思练都以一纪。”[③] 从中可以看出，刘勰对司马相如等覃思之人的呕心沥血、强力为文，怀有崇高敬意。不过，刘勰作为孔孟仁学思想的忠实追随者，以及虔诚的佛教徒，出于对生命的珍重、对苍生的怜爱，他本人并不主张殚精竭虑、搜索枯肠的苦吟式创作，对于鉴浅志盛的童少，识坚气衰的长艾来说，尤其如此。[④] 黄发垂髫之外，刘勰还对天资平平的作家提出了忠告：“器分有限，智用无涯；或惭凫企鹤，沥辞镌思。于是精气内销，有似尾闾之波；神志外伤，同乎牛山之木。”[⑤] 刘勰援庄周“尾闾之波”与孟轲“牛山之木”的寓言以为比类，来说明资质不高者如钻砺过分，将会有“精气内销”“神志外伤”的危害。总括而言，刘勰认为文学创作必须要注重“精气神志”的颐养与荣卫，意得则操斛以率尔，理伏则投笔以逍遥，切不可强力而为。彦和此论与子桓之说正相反对，其间因由，除惟务折衷的理论宗旨外，或许更多是儒者的仁心与佛教徒的悲悯使然。

在曹丕、陆机、挚虞、李充等人相关论述的基础上，刘勰借助“以人为

---

① 萧绎《金楼子·序》引，见陈志平、熊清元《金楼子疏证校注》，上海：上海古籍出版社，2014年，第1页。

② 范文澜：《文心雕龙注》，第725页。

③ 范文澜：《文心雕龙注》，第494页。

④ 黄春贵先生在《文心雕龙之创作论》中指出：“大抵言之，童年少壮气力有余，而照理不深，虽用苦思，文章未即工妙。长老耆艾识见精确，然年齿已大，操觚之际，又患气力衰颓。故知鉴浅志盛，识坚气衰，过犹不及，谓之两失，惟长艾者守静致虚以养气，童少者刻苦自厉以向学乃可。”（见《文心雕龙之创作论》，台北：文史哲出版社，1978年，第135页）其实，须养气者并不限于长艾，刘勰养气说指向所有的创作者，当然长艾者尤须荣卫。

⑤ 范文澜：《文心雕龙注》，第646—647页。

喻”话语范式对文体问题展开全面而深入的阐述，初步完成了我国古典文体理论的系统建构。自此以后，体制问题成为文艺创作和文艺批评的优先事项。《文镜秘府论·论体》提出“词人之作也，先看文之大体”①，王安石认为“评文章，先体制而后文之工拙”②，张戒也主张“论诗文当以文体为先，警策为后”③。首先关注文章的体制规范，其次考虑语言形式、表现技巧等末节问题，成为作家、批评家的普遍共识。④ 此外，刘勰频繁援引疾病比譬文病，不仅强化了他在“以人为喻”中所提出的理论主张，也壮大了“疾病之喻”在诗文评领域的影响。正是有了刘勰的推毂，“疾病之喻”才在隋唐文艺理论批评中蔚为大观，并催生了《文镜秘府论》这一“文病说”的代表之作。

---

① ［日］遍照金刚：《文镜秘府论》，北京：人民文学出版社，1975 年，第 151—152 页。

② 严羽《沧浪诗话·诗法》引，见郭绍虞《沧浪诗话校释》，北京：人民文学出版社，1983 年，第 136 页。

③ 陈应鸾：《岁寒堂诗话笺注》，成都：四川大学出版社，1990 年，第 80 页。

④ 参见吴承学《辨体与破体》，《文学评论》1991 年第 4 期。

第三章　“动植皆文”：《文心雕龙》的“以自然物为喻”

中华文明起源于农耕，人与自然的联系尤为紧密。自然不仅为先民提供了生之所资的物质条件，同时，也为他们的精神生产提供了坚实基础。华夏先民仰观俯察的认知方式，使自然成为首要的认知对象。通过与自然界的深入往来，先民积累了无比丰富的自然知识①。不仅如此，先民还将业已获得的自然知识作为认知的前提与中介，通过以象为喻的象喻思维，来实现对更多未知领域的逻辑言说与知识建构。

在与自然的朝夕晤对中，先民不但获得了知识，还受到美的熏陶。人类早期的艺术活动，大都是在自然的启迪下发生，并以自然为主要审美对象。在农耕文明所孕育的中国文学中，自然元素尤为凸出。对于中国文学而言，自然并不仅仅是审美的对象，它更代表着一种美的理想与典范。因此，“以自然物为喻”是我国文艺理论批评中出现最早，且伴随始终的话语范式。《文心雕龙》作为我国古代文艺理论批评的典范之作，在“以自然物为喻”批评范式的运用方面也达到前所未有的水平。刘勰以天文比类人文、以物彩拟况心文，不仅确定了文学与文饰的合法性，同时还树立了“自然会妙”② 的修辞理想。除此之外，他还以根源譬喻经典，揭示出圣人著述之于文学创作的本源价值与典范意义。

---

① 英国科技史学家李约瑟即曾指出：“公元前 1 世纪到公元 15 世纪期间，中国文明在获取自然知识并将其应用于人的实际需要方面要比西方文明有成效得多。”见《文明的滴定：东西方的科学与社会》，张卜天译，北京：商务印书馆，2016 年，第 176 页。

② 《文心雕龙·隐秀》，见范文澜《文心雕龙注》，第 633 页。

第一节 自然的发现与文艺理论批评“以自然物为喻”

冯友兰先生在考察我国传统哲学时指出：“在思想的时候，人们常常受到生活环境的限制。在特定的环境，他就以特定的方式感受生活，因而他的哲学也就有特定的强调之处和省略之处，这些就构成了这个哲学的特色。”① 其实，这种判断不仅适用于哲学的探讨，它对一切精神活动的研究均具有指导意义。中华文明起源于农耕，人与土地的关系构筑了这一古老文明的根基。土地所孕育的植物、动物以及土地本身，构成了一个有机的自然界，它不但为人的繁衍贡献了必要的物质资料，也为他们的精神生产提供了稳固而坚实的背景。② 正是在与自然界逐步深入的往来交流中，我们形成了富有民族特色的理性认知、审美创造与文艺批评。

一、自然：作为认知的对象

“古今来人们开始哲理探索，都应起于对自然万物的惊异。”③ 亚里士多德在追溯古希腊哲学起源时曾做出上述判断。中华文明起源于农耕，相较古希腊的海洋文明，农耕文明样态具有更多的现实规约性。而这种现实规约性，使华夏先民最初的精神生产与知识建构总是围绕着自然展开。《周易·系辞下》：“古者庖牺氏之王天下也，仰则观象于天，俯则观法于地，观鸟兽之文与地之宜；近取诸身，远取诸物，于是始作八卦，以通神明之德，以类万物之情。”④ 先民仰观俯察的认知方式，也决定了自然之于华夏文明的奠基作用。

仰则观象于天，产生了“观象授时”的天文学。华夏文明是人类历史上天文学发端最早的古老文明，文明的起源与天文学的产生几乎处于同一时期。我们知道，在科学技术极端落后的情况下，与时间相关的气候条件对于农业

① 冯友兰：《中国哲学简史》，涂又光译，北京：北京大学出版社，2013 年，第 15 页。

② 参见刘成纪《自然美的哲学基础》，武汉：武汉大学出版社，2008 年，第 316 页。

③ ［古希腊］亚里士多德：《形而上学》，吴寿彭译，北京：商务印书馆，1995 年，第 5 页。

④ 阮元校刻：《十三经注疏》，第 86 页。

生产具有直接的决定性的影响。所以，了解并掌握时间是先民摆脱原始采集渔猎生产方式并有计划开展农业耕作不可或缺的基本前提。“对早期先民而言，解决时间问题的唯一方法只能到天上去寻找，这个工作就是观象授时。”①由于“观象授时”的极端重要性，它多被圣王明君作为理政治民的第一要务。《尚书·尧典》历数帝尧丰功伟绩，排在首位的就是“敬授人时”：

> 乃命羲和，钦若昊天，历象日月星辰，敬授人时。分命羲仲，宅嵎夷，曰旸谷。寅宾出日，平秩东作。日中星鸟，以殷仲春。厥民析，鸟兽孳尾。申命羲叔，宅南交。平秩南讹，敬致。日永星火，以正仲夏。厥民因，鸟兽希革。分命和仲，宅西，曰昧谷。寅饯纳日，平秩西成。宵中星虚，以殷仲秋。厥民夷，鸟兽毛毨。申命和叔，宅朔方，曰幽都。平在朔易。日短星昴，以正仲冬。厥民隩，鸟兽氄毛。帝曰：“咨！汝羲暨和。期三百有六旬有六日，以闰月定四时成岁。允厘百工，庶绩咸熙。”②

要解决农业生产中所遇到的各种时间问题，粗疏地辨别昼夜、区分寒暑显然是不够的，人们需要对星象进行长时间精确地观测，以全面掌握其运行规律，并在此基础上建立时间的周期。所以，观象工作必须由经验丰富之人专门司职。上述帝尧所命之羲和，从孔传“重黎之后羲氏、和氏世掌天地四时之官，故尧命之，使敬顺昊天”③的文字可知，他们就是世代相传的星历之官。除《尚书》外，《诗经》《逸周书》《尔雅》《史记》《汉书》等古代典籍中，也有大量观象授时、天文历法的相关记述。考定星历、观象授时，不仅为当时农

---

① 冯时：《观象授时与文明的诞生》，《南方文物》2016 年第 1 期。
② 阮元校刻：《十三经注疏》，第 119—120 页。
③ 阮元校刻：《十三经注疏》，第 119 页。

业生产提供了可靠指导，也推动了四方观念①与五行学说②的产生。此外，天文学还对我国古代政治制度、祭祀及典章制度产生了全面而深刻的影响。

俯则观法于地，产生了“浚川敷土”的地理学。在华夏先民还处于采集、渔猎为生的时代，他们就需要对周遭地理情况有所了解，否则生活将难以为继。而当他们进入农耕时代以后，就要更全面地了解居住地区的地形、土壤、水文、气候等方面的知识，只有这样才能因地制宜开展农业种植。尧舜时期，“汤汤洪水方割，荡荡怀山襄陵”③，洪水不仅孕育了女娲补天的神话，也使全面掌握九州山岳河渎知识成为当务之急，所以舜帝受禅后的第一件事就是巡守四岳，望秩于山川。《禹贡》《山经》等中国早期地理学著作，正是在此背景下产生的。《禹贡》是《尚书》中的一篇，它以荆、衡、岱、太华四山，河、济、淮、黑四水为界，分全国为九州，并对各州的山川、湖泊、土壤、物产以及田赋等级、贡品名目等进行简要的记述。《禹贡》的最后，还提出一种理想化的政治地理制度，即以王都为中心向外依次划分为甸、侯、绥、要、荒，实行分级管理、等差赋役的“五服制”。可见，“《禹贡》是一部包含了我国最古老的有关政治地理、水文地理、山岳地理、经济地理等内容的系统区域地理著作”④。

《山海经》虽然经常被当作神话作品来读，但其中的《山经》却是以叙述

① 甲骨卜辞曾有：“癸卯卜，今日雨：其自西来雨？其自东来雨？其自北来雨？其自南来雨?”对此，杨向奎先生指出：“为什么他们要问雨的方向？在当时看来，不同方向的风雨，结合到生产事业上说，可以发生不同的作用，因而产生了他们对于不同方向风雨的看法。”(《中国古代社会与古代思想研究》上册，上海：上海人民出版社，1962 年，第 142 页）由此我们也可以断定，华夏先民的四方观念，同样是基于农业生产的需要，在星辰风雨的观测过程中产生。

② 《史记·历书》曰“黄帝考定星历，以立五行”，其《天官书》亦有“天有五星，地有五行”；《汉书·艺文志》曰“五行之序乱，五星之变作”，其《李寻传》亦有“五星者五行之精”。据此，刘起釪先生指出五行起自于星象运动（《释〈尚书·甘誓〉的“五行”与“三正”》，载《古史续辨》，北京：中国社会科学出版社，1991 年，第 192—213 页）。在刘先生之前，胡厚宣先生还提出“五行说”滥觞于殷商时期的“四方观念”（《论殷代五方观念及中国称谓之起源》，石家庄：河北教育出版社，2002 年，第 277—282 页）。其实，无论是“星象运动”，还是“四方观念”，皆属于先民星历之学的成果。

③ 《尚书·尧典》，见阮元校刻《十三经注疏》，第 122 页。

④ 赵荣：《中国古代地理学》，北京：商务印书馆，1997 年，第 8 页。

山川物产为主的地理学著作。《山经》以山列为纲，按照南、西、北、东、中的方位顺序展开，共记述山岳 447 座，每座山岳之下附记与之相关的河流、地形、动植物、矿产与神话等内容。相较《禹贡》而言，《山经》不仅内容更为详细，记述地域也远远超过了《禹贡》九州的范围。根据谭其骧先生的考察，《南山经》所涉及范围东起舟山群岛，西达湖南西部，南抵南海。《西山经》的范围东起山陕黄河，南起陕甘秦岭，北抵盐池、榆林一线，西南抵鸟鼠山、青海湖一线，西北可达阿尔金山。《北山经》的范围西起腾格里沙漠、贺兰山，东抵太行山东麓，南起中条山，北至阴山及北纬四十三度一线。《东山经》的范围北起莱州湾，东抵成山角，西包泰山，主要在山东境内。《中山经》则是指上述四经所夹之地区，主要在河南境内，也包括陕西、湖北部分地区。① 值得注意的还有，《山经》以山列为单元的记述体例，实际已经蕴含了科学意义上的山脉、水系观念的萌芽。《禹贡》和《山经》，代表着华夏先民对于自然山川的认识水平，并对后世地理学的发展产生极其深远的影响。

观鸟兽之文，产生了“类族辨物”的生物学。与天文学、地理学的情况相类似，生物学也源自于先民生产生活的切实需要。采集、渔猎的时代，先民首先要能够辨识哪些是可以食用的植物和动物，同时还需要了解它们分布在哪里，栖息于何处。进入农耕时代以后，先民则需要更全面地了解动植物生长、生活习性，以及驯化、栽培等方面的知识。正如大洪水衍生出女娲补天的神话一样，先民的口腹之需也孕育了神农尝百草的传说。这一神话传说在西汉初年已见诸载籍，《新语·道基》曰：“民人食肉饮血，衣皮毛；至于神农，以为行虫走兽，难以养民，乃求可食之物，尝百草之实，察酸苦之味，教人食五谷。”②《淮南子·修务训》亦有：“神农乃始教民播种五谷，相土地宜燥湿肥墝高下，尝百草之滋味，水泉之甘苦，令民知所辟就。当此之时，一日而遇七十毒。”③ 神农尝百草之外，还有“伏羲尝百草”（见诸《孔丛

---

① 参见谭其骧《论〈五藏山经〉的地域范围》，李国豪等编：《中国科技史探索》，上海：上海古籍出版社，1986 年，第 273—301 页。

② 王利器：《新语校注》，北京：中华书局，1986 年，第 10 页。

③ 何宁：《淮南子集释》，北京：中华书局，1988 年，第 1312 页。

子》）“岐伯尝百草”（见诸《帝王世记》）等不同说法，当然都不及前者流传广泛。为了颂扬神农氏的历史功绩，后人遂将我国最早的药物学专著命名为《神农本草经》。

华夏先民经过长期的生产与生活实践，积累了无比丰富的生物学知识。关于这点，我们通过《诗经》即可窥见一斑。《诗经》作为我国第一部诗歌总集，其所收录的诗歌，从西周初年直到春秋中叶，时间跨度五百余年。《诗经》中出现的植物多达 143 种，涉及的动物亦有 109 种。① 在两千五百年前，先民就能积累如此丰富的物种知识，这在当时世界范围内也是十分罕见的。孔子非常推重《诗经》的博物，要求弟子多学诗，认为学诗可以使人博物洽闻，“多识于鸟兽草木之名”②。孔子本人也是一位当之无愧的博物学家，“羵羊”“麒麟”的故事载诸史册，班班可考。在《周礼·地官司徒》中甚至还出现了动物、植物的概念，并产生了初步的生物分类系统。动物分毛、鳞、羽、介、嬴等五种，植物亦有皁、膏、覈、荚、丛等五类。③ 在《周礼》“十分法”之后，又产生了“《尔雅》体系”“《管子》体系”“《吕氏春秋》体系”“《本草纲目》体系”等，生物分类日趋细致、完备。这些分类法都是华夏先民劳动与智慧的结晶，亦是世界古生物学的宝贵遗产。

华夏先民不仅积累了令人叹为观止的自然知识，而且还将其作为认知的基础和中介，以实现对更多未知领域的逻辑言说与知识建构。葛兆光先生通过对甲骨卜辞的考察，曾将殷商时期的知识系统区分为三大分支：“把握外部世界的星占算历之学”“整顿人间秩序的祭祀仪轨之学”“洞察人类自身的医药方技之学”④。这里的把握世界的知识，即是我们所说的自然知识，当然它并不限于“星占算历”的天文学，还应该包括“浚川敷土”的地理学和“类族辨物”的生物学等。自然知识不仅是先民知识系统最重要的分支，同时也为其他门类知识的生成提供了逻辑前提与认知中介。比如，整顿人间秩序的

① 汪子春、程宝绰：《中国古代生物学》，北京：商务印书馆，1997 年，第 13—19 页。

② 《论语·阳货》，见阮元校刻《十三经注疏》，第 2525 页。

③ 参见阮元校刻《十三经注疏》，第 702 页。

④ 葛兆光：《中国思想史》第一卷，上海：复旦大学出版社，2019 年，第 28—29 页。

礼乐制度，由第一章的相关论述可知，礼乐创制者正是通过对宇宙自然秩序的比附才产生了人伦秩序，所谓“礼之大全，体天地，法四时，则阴阳，顺人情，故谓之礼”①。再比如，“洞察人类自身”的岐黄之术，在北宋以前，由于解剖学的滞后，医学家对人体内部构造很少能获得基于实验与实践的准确知识。所以，往往采用“援物比类”或称“取象比类”的言说方式。而早期中医所援之物、所取之象多为自然之物、天地之象，诸如“肝木”“火心”“土脾”“金肺”“水肾”“风池”“气海”“阴谷”等，皆是其例。由此可以看出，自然知识在华夏先民精神生产中的基源意义。

二、自然：作为审美的对象

古希腊哲学家德谟克利特说：“在许多重要的事情上，我们是摹仿禽兽，作禽兽的小学生的。从蜘蛛我们学会了织布和缝补；从燕子学会了造房子。”②人类早期从自然界获得的还远不止这些，他们绝大部分知识与技能，都是从摹仿自然而习得。与此同时，在与自然的朝夕相处中，人类还受到了美的熏陶。人类早期艺术活动，大都是在自然的启迪下发生，并以自然为主要的审美对象，绘画、雕塑、音乐、文学等，莫不如此。在农耕文明所孕育出的中国早期文学中，自然的元素尤其凸出。

中国文学在自然的和鸣中开启了它宏大的乐章。“关关雎鸠，在河之洲”③这八个字，其写作手法无论是“兴”，是“比”，还是“兴”而兼“比”，它首先为人们提供了耳目之前最直观的声响与景象。“鸠之为鸟，性至谨慤，而尤笃于伉俪之情。”④ 在雎鸠鸟相互应和的鸣唱声中，男女青年既获得美的熏陶，又受到爱的感召，于是满怀憧憬地去追寻属于自己的爱情。《诗经》中不仅有自然声响，还有无边风光；不仅有禽鸟，还有数不清的草木虫鱼、苍苍蒹葭、灼灼桃花、喓喓草虫、雝雝鸣雁、霏霏雨雪、习习谷风，等等，皆是。根据

---

① 《礼记·丧服四制》，见阮元校刻《十三经注疏》，第1694页。

② 伍蠡甫主编：《西方文论选》上卷，北京：人民文学出版社，1964年，第4—5页。

③ 《诗经·周南·关雎》，见阮元校刻《十三经注疏》，第273页。

④ 闻一多：《诗经通义》，载《闻一多全集》第3册，武汉：湖北人民出版社，1993年，第292页。

三国学者陆玑《毛诗草木鸟兽虫鱼疏》的统计，《诗经》305 篇共涉及草本植物 80 种、木本植物 34 种、鸟类 23 种、兽类 9 种、鱼类 10 种、虫类 20 种。①“多识于鸟兽草木之名”的赞誉，《诗经》当之无愧。在稍晚于《诗经》的另一部诗歌总集《楚辞》中，自然同样是重要的文学元素，如阰之木兰、洲之宿莽、江离辟芷、申椒菌桂、留夷揭车、杜衡芳芷等。根据南宋吴仁杰《离骚草木疏》的统计，仅《离骚》一篇，就涉及植物 55 种。②《楚辞》全书中出现的植物更是多达 101 种，其中“以配忠贞”的香草、香木有 35 种，占全部植物的三分之一，“以比谗佞”的臭草、恶木有 20 种，有情志寄托的草木共 55 种，占全部植物的半数以上。③ 由此，形成了对后世文学产生深远影响的“香草美人”传统。两汉时期，赋体文学大盛，自然依旧是不可或缺的内容之一，尤其是《子虚》《上林》一类宫苑赋和《长杨》《羽猎》一类畋猎赋，对于自然景观更是极尽铺张之能事。

魏晋南北朝是我国自然审美与山水文学发展最重要的时期。宗白华先生曾指出：“晋人向外发现了自然，向内发现了自己的深情。”④ 由之前的论述可知，古人对于自然的发现并非始于魏晋，它几乎和人类自身的历史一样久远。不过，在我国自然审美与山水文学的发展历程中，魏晋确实是一个值得特书的阶段。此期，由于庄园经济的迅猛发展，以及老庄思想的复兴和玄学的流行，人们对自然给予了更多的审美观照。建安年间，曹丕、曹植兄弟作为邺下文人领袖，经常发起宴饮酬唱活动。当时的宴饮酬唱多在南皮、西园等风景名胜之地举行，“昔日游处，行则连舆，止则接席，……每至觞酌流行，丝竹并奏，酒酣耳热，仰而赋诗”⑤。游与宴的结合，不仅带来了宴饮题材的繁荣，而且极大地促进了自然审美的发展。“双渠相溉灌，嘉木绕通川，卑枝拂

① 参见陆玑《毛诗草木鸟兽虫鱼疏》，北京：中华书局，1985 年，第 1—72 页。

② 参见吴仁杰《离骚草木疏》，杭州：浙江人民美术出版社，2019 年，第 1—69 页。

③ 参见潘富俊《草木情缘：中国古典文学中的植物世界》，北京：商务印书馆，2016 年，第 67—91 页。

④ 宗白华：《美学与意境》，第 189 页。

⑤ 曹丕：《又与吴质书》，见夏传才、唐绍忠《曹丕集校注》，第 110 页。

羽盖，修条摩苍天。惊风扶轮毂，飞鸟翔我前。”① “明月澄清景，列宿正参差。秋兰被长坂，朱华冒绿池。潜鱼跃清波，好鸟鸣高枝。”② “芙蓉散其华，菡萏溢金塘。灵鸟宿水裔，仁兽游飞梁。华馆寄流波，豁达来风凉。”③ 邺下诸子对于自然的审美，已开晋宋谢灵运等人山水诗的先河。

晋室南渡以后，江南的明山秀水进一步促进了自然审美的发展。“顾长康从会稽还，人问山川之美，顾云：‘千岩竞秀，万壑争流，草木蒙笼其上，若云兴霞蔚。’”“简文入华林园，顾谓左右曰：‘会心处不必在远，翳然林水，便自有濠、濮间想也，觉鸟兽禽鱼，自来亲人。’”④ 南朝人对于山水的体悟，达到了极高的水平，而他们对于自然的深情，更是难以企及。“王子敬云：‘从山阴道上行，山川自相映发，使人应接不暇。若秋冬之际，尤难为怀。’”⑤“（宗炳）有疾还江陵，叹曰：‘老疾俱至，名山恐难遍睹，唯当澄怀观道，卧以游之。’凡所游履，皆图之于室，谓人曰：‘抚琴动操，欲令众山皆响。’”⑥ 在这样的思想语境中，山水艺术的大发展必然是水到渠成之事。于是，绘画方面，出现了人物画向山水画的嬗变。诗歌方面，产生了以陶渊明为代表的田园诗和以谢灵运为代表的山水诗。“采菊东篱下，悠然见南山。山气日夕佳，飞鸟相与还。”“秋菊有佳色，裛露掇其英。……日入群动息，归鸟趋林鸣。”⑦ “初景革绪风，新阳改故阴。池塘生春草，园柳变鸣禽。”“昏旦变气候，山水含清晖。……林壑敛暝色，云霞收夕霏。”⑧ 在陶、谢等山水田园诗人的笔下，即目所见的自然景物，不再是比兴、寄托的对象，也不再是王朝蒸蒸国力的象征，而是成为了纯粹的审美对象。

---

① 曹丕：《芙蓉池作》，见夏传才、唐绍忠《曹丕集校注》，第 4 页。

② 曹植：《公宴诗》，见赵幼文《曹植集校注》，第 49 页。

③ 刘桢：《公宴诗》，见俞绍初辑校《建安七子集》，第 181 页。

④ 余嘉锡：《世说新语笺疏》（修订本），第 143、120—121 页。

⑤ 余嘉锡：《世说新语笺疏》（修订本），第 145 页。

⑥ 沈约：《宋书》卷九三《宗炳传》，第 2279 页。

⑦ 陶渊明：《饮酒二十首》其五、其七，见逯钦立校注《陶渊明集》，北京：中华书局，1979 年，第 89、90 页。

⑧ 谢灵运：《登池上楼》《石壁精舍还湖中作》，见顾绍柏《谢灵运集校注》，郑州：中州古籍出版社，1987 年，第 64、112 页。

更进一步说，在我国古人的眼中，自然并不仅仅是审美的对象，它更代表着一种美的理想与典范。与西方美学以“自然人化”作为美学的起点不同，中国美学以“人的自然化”作为美学的根基。“自然人化”秉持的是“人的尺度”，“人的自然化”标举的是“自然的尺度”。在我国传统的文化语境之中，这种“自然的尺度”几乎随处可见，比如，本书前面所提到的君子比德以及相术的“以物喻人”。再比如，《诗经・卫风・硕人》对于庄姜夫人的描绘：“硕人其颀，衣锦褧衣。……手如柔荑，肤如凝脂，领如蝤蛴，齿如瓠犀，螓首蛾眉。巧笑倩兮，美目盼兮。”① 我们且不去争论诗中所涉及自然物象与人相比到底哪个更美，只从诗人以自然物为尺度来衡量人，就可以得出一个显而易见的结论：“在中国古人眼里，自然界的物象有一种超越人之上的美存在。或者说，当人拿某种自然物象来衬托人的美时，它显然是试图借这种物象达到对人的美的提升，而不是使其下降。”② 在我国的古代文学中，《硕人》并非个例，乐府民歌《焦仲卿妻》“指如削葱根，口如含朱丹”③，李白《清平调词》“云想衣裳花想容，春风拂槛露华浓”④，杜牧《赠别》“娉娉袅袅十三余，豆蔻梢头二月初”⑤，王实甫《西厢记》“［得胜令］你看檀口点樱桃，粉鼻儿倚琼瑶，淡白梨花面，轻盈杨柳腰”⑥，曹雪芹《红楼梦》“闲静时如姣花照水，行动处似弱柳扶风”⑦，等等，皆是。而这样的例子几乎不胜枚举。

庄子的“物化”哲学为上述审美判断提供了思想上的依据。庄子将“齐物”作为哲学的重要使命，将“物化”作为人类的理想归依，将“自然”作为审美的最高境界。按照庄子的“物化”理论，万物皆浸润着“道性”，被自然生命之气所充盈。而这种“道性”或曰“生命本性”不仅决定了物自身的

---

① 阮元校刻：《十三经注疏》，第 322 页。
② 刘成纪：《自然美的哲学基础》，第 350 页。
③ 郭茂倩：《乐府诗集》，北京：中华书局，1979 年，第 1035 页。
④ 瞿蜕园，朱金城：《李白集校注》，上海：上海古籍出版社，1980 年，第 389 页。
⑤ 吴在庆：《杜牧集系年校注》，北京：中华书局，2008 年，第 614 页。
⑥ 张国光校注：《金圣叹批本西厢记》，上海：上海古籍出版社，1986 年，第 79 页。
⑦ 曹雪芹：《红楼梦》，北京：人民文学出版社，2008 年，第 49 页。

审美潜能，也决定了自然美在人之外独立自成的特性。关于自然的价值判断，庄子认为，自然就是自然而然，它代表着最高的自由，人对自然的归依即是对于自由的归依，也就是对于美的归依。① 在庄子看来，大自然在不经意间完成的审美创造，其价值总是高于人类刻意的复制与摹仿，这就是著名的天籁、地籁、人籁之说。《齐物论》曰：

> 子綦曰：“偃，不亦善乎，而问之也！今者吾丧我，汝知之乎？女闻人籁而未闻地籁，女闻地籁而未闻天籁夫！”子游曰：“敢问其方。”子綦曰：“夫大块噫气，其名为风。是唯无作，作则万窍怒呺。而独不闻之翏翏乎？山林之畏佳，大木百围之窍穴，似鼻，似口，似耳，似枅，似圈，似臼，似洼者，似污者。激者，謞者，叱者，吸者，叫者，譹者，宎者，咬者，前者唱于而随者唱喁。泠风则小和，飘风则大和，厉风济则众窍为虚。而独不见之调调，之刁刁乎？”子游曰：“地籁则众窍是已，人籁则比竹是已。敢问天籁。”子綦曰：“夫吹万不同，而使其自己也，咸其自取，怒者其谁邪？”②

这里，作为“大块噫气”的天籁，它无疑是给予万物声音的本源性的风，亦即声音在现象层面的本体。地籁则是大地上形态各异的孔窍与风交互作用所产生的声响。至于人籁，颜成子游说它是“比竹是已”，也就是乐器演奏的声音，它是对演奏者气息的器具性再造。由上述文字可以看出，在庄子的哲学体系与审美观念中，天籁高于地籁，地籁高于人籁。庄子的“三籁”说对后世的思想文化产生了极为深远的影响，更是为文艺创作和文艺批评树立了自然的审美理想与典范。

三、文艺理论批评“以自然物为喻”

中华文明源起于农耕，自然不仅为先民提供了不可或缺的物质资料，也

---

① 参见刘成纪《自然美的哲学基础》，第 345—348 页。

② 郭庆藩：《庄子集释》，王孝鱼点校，第 45—50 页。

为先民的精神生产提供了坚实基础。对于华夏先民而言，自然不仅是认知的对象、审美的对象，同时也是认知的中介、审美的理想。崇尚自然的精神，对中华文明产生了全面而深刻的影响。具体到文艺理论批评领域，“以自然物为喻”成为最早出现的话语范式。在先秦两汉的乐论、书论、诗文评中，均能看到“以自然物为喻”的用例。魏晋南北朝时期，随着庄园经济的迅速崛起，以及老庄思想的复兴、玄学的流行，“以自然物为喻”获得了极大的发展，成为文艺理论批评最重要的话语范式之一。

“以自然物为喻”是我国古代文艺理论批评的固有范式。《诗经·大雅·蒸民》品评诗歌曰：“吉甫作诵，穆如清风。”① 《左传·襄公二十九年》季札子论乐谓：“美哉，渊乎”，“美哉，泱泱乎。”② 以和穆的清风、渊深浩大的水面比譬诗歌、音乐的审美效果。可见，早在先秦时期，“以自然物为喻”已经是批评家经常援用的话语范式。两汉时期，“以自然物为喻”的施用更加普遍，取譬范围也更加宽广。两汉文学批评最初的对象是屈原等人的楚辞创作，在楚辞的批评中就大量运用了“以自然物为喻”的话语范式。淮南王刘安评价屈原其人其作时说：“蝉蜕浊秽之中，浮游尘埃之外，皭然泥而不滓；推此志，虽与日月争光可也。”③ 班固《离骚序》有：“其文弘博丽雅，为辞赋宗。后世莫不斟酌其英华，则象其从容。”④ 王逸《楚辞章句叙》亦云：“自终没以来，名儒博达之士著造词赋，莫不拟则其仪表，祖式其模范，取其要妙，窃其华藻。”⑤ 蝉蜕喻其高洁，英华譬其丽辞，日月象其久长。楚辞之外，“以自然物为喻”也被施用于其他批评对象，如桓宽《盐铁论·遵道》“文繁如春华”⑥，《汉书·扬雄传》“（雄）作《太玄》五千文，支叶扶疏”，《汉书·叙传》“摛藻如春华”⑦，等等。

---

① 阮元校刻：《十三经注疏》，第569页。

② 阮元校刻：《十三经注疏》，第2006页。

③ 班固《离骚序》引，见洪兴祖《楚辞补注》，第49页。

④ 洪兴祖：《楚辞补注》，第50页。

⑤ 洪兴祖：《楚辞补注》，第49页。

⑥ 王利器：《盐铁论校注》，北京：中华书局，1992年，第291页。

⑦ 班固：《汉书》，颜师古注，第3566、4226页。

东汉时期，“以自然物为喻”范式在书法批评领域取得令人瞩目的成就。崔瑗的《草书势》是我国流传至今的第一篇书法批评专论，其中就出现了许多“以自然物为喻”的精彩用例，诸如“观其法象，俯仰有仪。……兽跂鸟跱，志在飞移；狡兔暴骇，将奔未驰”“旁点邪附，似蜩螗挶枝。绝笔收势，馀綖纠结。若杜伯揵毒，看隙缘巇。腾蛇赴穴，头没尾垂”“故远而望之，摧焉若阻岑崩崖”①。崔瑗以鸟兽飞移、狡兔暴骇、蜩螗挶枝、杜伯揵毒、腾蛇赴穴、猛浪崩崖等一系列充满力量感的自然喻象，比譬草书的遒劲之形、飞动之势。崔瑗的《草书势》既开启了我国书法理论象喻批评的先河，又为后世书论提供了“以自然物为喻”的话语范式。稍晚于崔瑗的蔡邕，在其书论著作中也大量运用了这种话语范式。《篆势》有：“体有六篆，妙巧入神。或龟文针裂，栉比龙鳞，纾体放尾，长翅短身。颓若黍稷之垂颖，蕴若虫蛇之棼緼。扬波振撇，鹰跱鸟震，延颈胁翼，势欲凌云。”②《笔论》亦有：“为书之体，须入其形，……若虫食木叶，若利剑长戈，若强弓硬矢，若水火，若云雾，若日月，纵横有可象者，方得谓之书矣。”③“纵横有可象者，方得谓之书矣”，在蔡邕看来，书法作品的一笔一画均具有形象意味，才能称得起书法艺术。

魏晋南北朝时期，文艺理论批评“以自然物为喻”范式获得空前的大发展。在书法批评方面，“以自然物为喻”范式运用范围进一步扩大。它不仅被援以比譬各体书势，如成公绥《隶书体》“若乃八分玺法，殊好异制。……或若虬龙盘游，蜿蜒轩翥，鸾凤翱翔，矫翼欲去；或若鸷鸟将击，并体抑怒，良马腾骧，奔放向路。仰而望之，郁若霄雾朝升，游烟连云；俯而察之，漂若清风厉水，漪澜成文”④，索靖《草书势》“盖草书之为状也，婉若银钩，漂若惊鸾，舒翼未发，若举复安。……骐骥暴怒逼其辔，海水窊窿扬其波。芝

① 崔瑗：《草书势》，收入卫恒《四体书势》，见华东师范大学古籍整理研究室《历代书法论文选》，第16—17页。

② 蔡邕：《篆势》，收入卫恒《四体书势》，见华东师范大学古籍整理研究室《历代书法论文选》，第14页。

③ 华东师范大学古籍整理研究室：《历代书法论文选》，第6页。

④ 华东师范大学古籍整理研究室：《历代书法论文选》，第10页。

草蒲萄还相继，棠棣融融载其华。玄熊对踞于山岳，飞燕相追而差池。举而察之，又似乎和风吹林，偃草扇树，枝条顺气，转相比附，窈娆廉苫，随体散布”①，等等。同时，它还被用以拟况各种笔画，如卫铄《笔阵图》“‘一’如千里阵云，隐隐然其实有形。‘、’如高峰坠石，磕磕然实如崩也。‘丿’陆断犀象。……‘丨’万岁枯藤。‘乁’崩浪雷奔”②，王羲之《笔势论十二章》“横则正，如孤舟之横江渚；竖则直，若春笋之抽寒谷。夫著点皆磊磊似大石之当衢，或如蹲鸱，或如科斗，或如瓜瓣，或如栗子，存若鹗口，尖如鼠屎。……夫斫戈之法，落竿峨峨，如长松之倚溪谷，似欲倒也”③，等等。此外，“以自然物为喻”范式还常常被用于对书法家风格的批评，如袁昂《古今书评》“萧子云书如上林春花，远近瞻望，无处不发”“崔子玉书如危峰阻日，孤松一枝，有绝望之意”“师宜官书如鹏羽未息，翩翩自逝”“孟光禄书如崩山绝崖，人见可畏”④，萧衍《古今书人优劣评》“鍾繇书如云鹄游天，群鸿戏海”“王羲之书字势雄逸，如龙跳天门，虎卧凤阙”“索靖书如飘风忽举，鸷鸟乍飞”“程旷平书如鸿鹄高飞，弄翅颉颃。又如轻云忽散，乍见白日”⑤，等等。

诗文评方面，批评家对于“以自然物为喻”范式的运用也更加频繁。曹魏时期，曹植对于“以自然物为喻”范式表现出极大的热情。曹植称誉他人创作则有“文若春华，思若涌泉”⑥“文采委曲，晔若春荣，浏若清风”⑦。评骘自己作品亦云：“俨乎若高山，勃乎若浮云。质素也如秋蓬，摛藻也如春葩。汜乎洋洋，光乎皜皜。”⑧阮瑀、应玚曾就文质问题展开争辩，二人虽观点迥异，但在论述各自主张时，均采用了“以自然物为喻”的论证方式。阮

① 华东师范大学古籍整理研究室：《历代书法论文选》，第19—20页。
② 华东师范大学古籍整理研究室：《历代书法论文选》，第22页。
③ 华东师范大学古籍整理研究室：《历代书法论文选》，第32页。
④ 华东师范大学古籍整理研究室：《历代书法论文选》，第74—75页。
⑤ 华东师范大学古籍整理研究室：《历代书法论文选》，第81—82页。
⑥ 曹植：《王仲宣诔》，见赵幼文《曹植集校注》，第164页。
⑦ 曹植：《与吴季重书》，见赵幼文《曹植集校注》，第143页。
⑧ 曹植：《前录自序》，见赵幼文《曹植集校注》，第434页。

文曰:“若乃阳春敷华,遇冲风而陨落;素叶变秋,既究物而定体。”[①] 应文曰:“日月运其光,列宿曜其文,百谷丽于土,芳华茂于春。”[②] 可见,“以自然物为喻”范式在当时具有广泛影响。两晋时期,陆机、葛洪在“以自然物为喻”范式的实践方面,取得了更为突出的成就。《文赋》中,无论是解说文思通塞的规律,还是阐述修辞与警策的原则,陆机都会援自然物以为比类,如“其始也,皆收视反听,耽思傍讯。……沈辞怫悦,若游鱼衔钩而出重渊之深;浮藻联翩,若翰鸟缨缴而坠曾云之峻”“若夫应感之会,通塞之纪,来不可遏,去不可止。藏若景灭,行犹响起”“收百世之阙文,采千载之遗韵。谢朝华于已披,启夕秀于未振”“石韫玉而山辉,水怀珠而川媚。彼榛楛之勿翦,亦蒙荣于集翠”[③]。《抱朴子》中,论文章之于德行,则有“八卦生鹰隼之所被,六甲出灵龟之所负。文之所在,虽贱犹贵。犬羊之鞟,未得比焉。且夫本不必皆珍,末不必悉薄。譬若锦绣之因素地,珠玉之居蚌、石,云雨生于肤寸,江河始于咫尺。尔则文章虽为德行之弟,未可呼为馀事也”[④];论才学之于文章,则有“夫迹水之中,无吞舟之鳞。寸枝之上,无垂天之翼。蚁垤之巅,无扶桑之林。潢潦之源,无襄陵之流。……且夫雷霆之骇不能细其响,黄河之激不能局其流,骐騄追风不能近其迹,鸿鹄奋翅不能卑其飞。云厚者雨必猛,弓劲者箭必远”[⑤]。

书论、诗文评之外,“以自然物为喻”范式在魏晋南北朝乐论、画论领域亦有不少精彩的用例。乐论方面,如傅玄《琵琶赋》“素手纷其若飘兮,逸响薄于高梁。弱腕忽以竞骋兮,象惊电之绝光。飞纤指以促柱兮,创发越以哀伤。时旃搦以劫蹇兮,声皦耀以激扬”[⑥],嵇康《琴赋》“尔乃理正声,奏妙曲;扬《白雪》,发《清角》。纷淋浪以流离,奂淫衍而优渥。粲奕奕而高逝,驰岌岌以相属。沛腾遌而竞趣,翕韡晔而繁缛。状若崇山,又象流波。浩兮

① 阮瑀:《文质论》,见俞绍初辑校《建安七子集》,第163页。
② 应玚:《文质论》,见俞绍初辑校《建安七子集》,第178页。
③ 张少康:《文赋集释》,第36、241、36、145页。
④ 《抱朴子·外篇·尚博》,见杨明照《抱朴子外篇校笺》下册,第113页。
⑤ 《抱朴子·外篇·喻蔽》,见杨明照《抱朴子外篇校笺》下册,第427—428页。
⑥ 严可均辑:《全晋文》,第460页。

汤汤，郁兮峨峨。……远而听之，若鸾凤和鸣戏云中；迫而察之，若众葩敷荣曜春风”①，等等。画论方面，如顾恺之《画云台山记》“夹冈乘其间而上，使势蜿蟺如龙，因抱峰直顿而上”②，谢赫《古画品录》“姚昙度。画有逸方，巧变锋出。……而輿皁之中，莫与为匹。岂直栋梁萧艾，可搪揬玙璠者哉”③，等等。经过魏晋南北朝批评家的揄扬与实践，“以自然物为喻”范式得到了空前的发展，成为我国文艺理论批评最重要的话语范式之一。刘勰的《文心雕龙》作为我国古代文艺理论批评的典范之作，在“以自然物为喻”范式的运用上也达到了前所未有的水平。当然，刘勰所取得的成就，与古代文艺理论批评“以自然物为喻”的固有传统，以及历代理论家长期的批评实践密不可分。

第二节　《文心雕龙》“以自然物为喻”用例统计

齐梁时期，文坛弥漫着一种重辞藻、重声律、重典故的形式主义创作倾向。刘勰对此的评价是：“辞人爱奇，言贵浮诡，饰羽尚画，文绣鞶帨，离本弥甚，将遂讹滥。”④ 为了矫正讹滥的文风，有远见卓识的批评家开始倡导崇尚自然的创作原则与评价标准。刘勰提出“自然会妙”的修辞理想，钟嵘标举“自然英旨”⑤ 的审美尺度。与此理论主张相配合，“以自然物为喻”批评范式也被他们更加频繁地使用。《诗品》“陈思之于文章也，譬人伦之有周、孔，鳞羽之有龙凤”“宋临川太守谢灵运……譬犹青松之拔灌木，白玉之映尘沙”“范（云）诗清便宛转，如流风回雪。邱（迟）诗点缀映媚，似落花依草”⑥，等等，即是“以自然物为喻”论诗的典范用例。而在《文心雕龙》中，“以自然物为喻”的用例更是不计其数。

---

① 戴明扬：《嵇康集校注》，第 93、101 页。

② 俞剑华：《中国画论类编》，第 581 页。

③ 谢赫、姚最：《古画品录·续画品录》，王伯敏标点注译，第 12 页。

④ 《文心雕龙·序志》，见范文澜《文心雕龙注》，第 726 页。

⑤ 《诗品序》，见周振甫《诗品译注》，北京：中华书局，1998 年，第 25 页。

⑥ 周振甫：《诗品译注》，第 37、49—50、74—75 页。

为获得对《文心雕龙》“以自然物为喻”批评范式的整体把握，我们在爬梳文本的基础上，按照取譬指向将其区分为“日月云霞之喻”“山川草木之喻”“鸟兽禽鱼之喻”三种类型。直观起见，列表如下：

表3　《文心雕龙》“以自然物为喻”用例统计

类型	篇目	具体用例
日月云霞之喻（100例）	《原道》	夫玄黄色杂，方圆体分，日月叠璧，以垂丽天之象 ‖ 云霞雕色，有逾画工之妙；草木贲华，无待锦匠之奇。夫岂外饰，盖自然耳 ‖ 唐虞文章，则焕乎始盛 ‖ 《雅》《颂》所被，英华日新 ‖ 繇辞炳曜 ‖ 写天地之辉光，晓生民之耳目矣 ‖ 光采元圣，炳耀仁孝
	《宗经》	焕乎为盛 ‖ 夫子删述，而大宝咸耀 ‖ 昭昭若日月之明，离离如星辰之行
	《正纬》	神龟见而《洪范》耀
	《辨骚》	《招魂》《大招》，耀艳而深华 ‖ 枚贾追风以入丽 ‖ 惊才风逸
	《诠赋》	枚马播其风 ‖ 体国经野，义尚光大 ‖ 孟坚《两都》，明绚以雅赡 ‖ 情以物兴，故义必明雅
	《祝盟》	臧洪歃辞，气截云蜺 ‖ 刘琨铁誓，精贯霏霜
	《铭箴》	信所谓追清风于前古
	《诔碑》	碑碣云起 ‖ 观风似面
	《哀吊》	胰辞云构，夸丽风骇
	《杂文》	辞虽小而明润 ‖ 蔡邕《释诲》，体奥而文炳 ‖ 义明而词净 ‖ 枝辞攒映，嘒若参昴
	《史传》	吹霜煦露，寒暑笔端
	《诸子》	炳曜垂文 ‖ 悬诸日月
	《论说》	顺风以托势，莫能逆波而溯洄矣
	《诏策》	诰命动民，若天下之有风矣 ‖ 符采炳耀 ‖ 授官选贤，则义炳重离之辉 ‖ 优文封策，则气含风雨之润 ‖ 敕戒恒诰，则笔吐星汉之华 ‖ 治戎燮伐，则声有洊雷之威 ‖ 眚灾肆赦，则文有春露之滋 ‖ 明罚敕法，则辞有秋霜之烈 ‖ 辉音峻举，鸿风远蹈
	《檄移》	震雷始于曜电，出师先乎威声。故观电而惧雷壮，听声而惧兵威 ‖ 使声如冲风所击，气似欃枪所扫 ‖ 移宝易俗，草偃风迈
	《封禅》	攀响前声 ‖ 飙焰缺焉 ‖ 义吐光芒

续表 1

类型	篇目	具体用例
	《章表》	谓文明也‖章以造阙，风矩应明，表以致禁，骨采宜耀‖章式炳贲，志在典谟‖使要而非略，明而不浅‖言必贞明
	《奏启》	笔端振风，简上凝霜
	《议对》	两汉文明‖风恢恢而能远，流洋洋而不溢，王庭之美对也
	《书记》	文明从容
	《神思》	眉睫之前，卷舒风云之色‖焕然乃珍
	《体性》	笔区云谲‖响逸而调远
	《风骨》	振采失鲜，负声无力‖刚健既实，辉光乃新‖文明以健‖篇体光华‖符采克炳
	《通变》	魏之篇制，顾慕汉风
	《情采》	正采耀乎朱蓝
	《声律》	随音所遇，若长风之过籁
	《丽辞》	日月往来，则隔行悬合‖炳烁联华
	《比兴》	比体云构
	《夸饰》	相如凭风‖光采炜炜而欲然
	《练字》	黯黕而篇暗‖声画昭精，墨采腾奋
	《隐秀》	内明而外润
	《指瑕》	文章岁久而弥光
	《养气》	辞务日新，争光鬻采
	《附会》	余风不畅
	《时序》	故知歌谣文理，与世推移，风动于上，而波震于下者也‖屈平联藻于日月，宋玉交彩于风云‖礼乐争辉‖俊才云蒸‖岳湛曜联璧之华‖霞蔚而飙起‖遗风余采‖余风遗文‖正始余风‖鸿风懿采‖辉光相照‖文思光被‖何刘群才，迭相照耀‖文明自天
	《物色》	故俊才云蒸‖英采云构
	《才略》	光采比肩‖何晏《景福》，克光于后进‖能世厥风‖遗风籍甚‖焜耀似缛锦之肆
	《原道》	山川焕绮，以铺理地之形‖云霞雕色，有逾画工之妙；草木贲华，无待锦匠之奇。夫岂外饰，盖自然耳‖至于林籁结响，调如竽瑟；泉石激韵，和若球锽。故形立则章成矣，声发则文生矣。夫以无识之物，郁然有彩；有心之器，其无文欤‖玉版金镂之实，丹文绿牒之华

续表 2

类型	篇目	具体用例
山川草木之喻（208 例）	《征圣》	圣文之雅丽，固衔华而佩实‖鉴悬日月，辞富山海
	《宗经》	条流纷糅‖固哲人之骊渊也‖藻辞谲喻‖至根柢槃深，枝叶峻茂，辞约而旨丰，事近而喻远。是以往者虽旧，余味日新。后进追取而非晚，前修久用而未先，可谓太山遍雨，河润千里者也‖诏策章奏，则《书》发其源‖赋颂歌赞，则《诗》立其本‖记传盟檄，则《春秋》为根‖正末归本，不其懿欤
	《正纬》	纬候稠叠‖《钩》《谶》葳蕤‖采摭英华‖篇条滋蔓
	《辨骚》	耀艳而深华‖玩华而不坠其实‖马扬沿波而得奇
	《明诗》	华实异用‖雅润为本‖五言流调‖英华弥缛
	《诠赋》	首引情本‖总其归途，实相枝干‖汉初词人，顺流而作‖讨其源流，信兴楚而盛汉矣‖逐末之俦，蔑弃其本‖繁华损枝‖分歧异派
	《颂赞》	情采芬芳‖揄扬以发藻‖发源虽远，而致用盖寡‖颂家之细条
	《祝盟》	群言发华
	《诔碑》	承流而作‖辞多枝杂‖必见清风之华‖石墨镌华
	《哀吊》	虽发其情华，而未极其心实‖华辞末造‖华过韵缓
	《杂文》	藻溢于辞‖文章之枝派‖含懿采之华‖渊岳其心，麟凤其采‖崔瑗《七厉》，植义纯正‖枝附影从‖欲穿明珠，多贯鱼目‖磊磊自转，可称珠耳
	《谐讔》	虽有丝麻，无弃菅蒯
	《史传》	《后汉》纪传，发源《东观》‖讹滥之本源
	《诸子》	咸其流也‖经子异流‖承流而枝附‖《七略》芬菲‖璅语必录‖本体易总‖枝条五经‖览华而食实‖斯则得百氏之华采‖金石靡矣，声其销乎‖怀宝挺秀‖条流殊述
	《论说》	条流多品‖锋颖精密‖论之英也‖辞忌枝碎‖顺风以托势，莫能逆波而泝洄矣‖此说之本也
	《诏策》	本经典以立名目
	《檄移》	植义扬辞，务在刚健‖檄之本源
	《封禅》	华不足而实有余
	《章表》	虽华实异旨，并表之英也‖以文为本者也‖华实相胜
	《奏启》	固以明允笃诚为本‖陈政言事，既奏之异条；让爵谢恩，亦表之别干‖标义路以植矩

续表 3

类型	篇目	具体用例
	《议对》	属辞枝繁‖陆机断议，亦有锋颖‖理不谬摇其枝，字不妄舒其藻‖空骋其华‖文浮于理，末胜其本‖本阴阳之化‖风恢恢而能远，流洋洋而不溢，王庭之美对也
	《书记》	短简编牒，如叶在枝‖廛路浅言，有实无华‖浮藻之所忽也‖文藻条流‖亦运木讷
	《神思》	吟咏之间，吐纳珠玉之声
	《体性》	文苑波诡者矣‖炜烨枝派者也‖浮文弱植‖文辞根叶‖吐纳英华‖虑周而藻密‖沿根讨叶，思转自圆‖颖出而才果
	《风骨》	化感之本源‖丰藻克赡
	《通变》	论文之方，譬诸草木，根干丽土而同性，臭味晞阳而异品矣‖今才颖之士‖乃颖脱之文矣
	《定势》	如机发矢直，涧曲湍回，自然之趣也‖渊乎文者，并总群势‖艳逸之华‖综意浅切者，类乏酝藉；断辞辨约者，率乖繁缛：譬激水不漪，槁木无阴，自然之势也‖若爱典而恶华‖好浮华而不知实核
	《情采》	水性虚而沦漪结，木体实而花萼振，文附质也‖辩丽本于情性‖立文之本源‖谓藻饰也‖华实过乎淫侈‖择源于泾渭之流‖夫桃李不言而成蹊，有实存也；男子树兰而不芳，无其情也。夫以草木之微，依情待实；况乎文章，述志为本‖理正而后摛藻‖英华乃赡‖吴锦好渝，舜英徒艳
	《镕裁》	刚柔以立本‖立本有体‖规范本体谓之镕‖裁则芜秽不生‖舒华布实‖则芜秽而非赡‖辞如川流，溢则泛滥‖芟繁剪秽
	《声律》	本于人声者也‖左碍而寻右，末滞而讨前，则声转于吻，玲玲如振玉；辞靡于耳，累累如贯珠矣
	《章句》	句之清英‖振本而末从‖外文绮交，内义脉注，跗萼相衔，首尾一体
	《丽辞》	丽句与深采并流‖碌碌丽辞‖炳烁联华
	《比兴》	以敷其华‖攒杂咏歌，如川之涣
	《夸饰》	辞人炜烨，春藻不能程其艳；言在萎绝，寒谷未足成其凋‖倒海探珠，倾昆取琰
	《事类》	华实布濩‖姜桂因地，辛在本性；文章由学，能在天资‖经典沉深，载籍浩瀚，实群言之奥区，而才思之神皋也‖经籍深富，辞理遐亘。皓如江海，郁若昆邓‖文梓共采，琼珠交赠

续表 4

类型	篇目	具体用例
	《练字》	魏代缀藻‖《雅》以渊源诂训‖善酌字者，参伍单复，磊落如珠矣
	《隐秀》	源奥而派生，根盛而颖峻‖文之英蕤，有秀有隐‖隐之为体，义生文外，秘响旁通，伏采潜发，譬爻象之变互体，川渎之韫珠玉也。故互体变爻，而化成四象；珠玉潜水，而澜表方圆‖纤手丽音，宛乎逸态，若远山之浮烟霭，娈女之靓容华。然烟霭天成，不劳于妆点；容华格定，无待于裁镕‖藏颖词间‖英锐者抱秀而心悦‖故自然会妙，譬卉木之耀英华；润色取美，譬缯帛之染朱绿。朱绿染缯，深而繁鲜；英华曜树，浅而炜烨
	《指瑕》	情不待根
	《养气》	心绝于道华‖精气内销，有似尾闾之波；神志外伤，同乎牛山之木‖水停以鉴，火静而朗。无扰文虑，郁此精爽
	《附会》	大体文章，类多枝派，整派者依源，理枝者循干‖扶阳而出条‖首唱荣华‖原始要终，疏条布叶
	《总术》	义华而声悴‖落落之玉，或乱乎石；碌碌之石，时似乎玉‖控引情源‖鉴必穷源
	《时序》	岳湛曜联璧之华‖《大风》、《鸿鹄》之歌，亦天纵之英作也‖辞藻竞骛‖颇略文华‖华实所附‖文学蓬转‖茂先摇笔而散珠‖结藻清英‖蔚映十代‖环流无倦
	《物色》	英华秀其清气‖山林皋壤，实文思之奥府‖并体貌英逸
	《才略》	贾谊才颖‖辞令华采‖敬通雅好辞说，而坎壈盛世，《显志》自序，亦蚌病成珠矣‖二班、两刘，弈叶继采，旧说以为固文优彪，歆学精向，然《王命》清辩，《新序》该练，璿璧产于昆冈，亦难得而逾本矣‖华实相扶‖瑰颖独标‖张衡通赡，蔡邕精雅，文史彬彬，隔世相望。是则竹柏异心而同贞，金玉殊质而皆宝也‖拔萃于《咏史》‖长虞笔奏，世执刚中；并桢干之实才，非群华之韡萼也
	《知音》	阅乔岳以形培塿，酌沧波以喻畎浍‖沿波讨源‖盖闻兰为国香，服媚弥芬；书亦国华，玩绎方美
	《程器》	务华弃实‖然将相以位隆特达，文士以职卑多诮，此江河所以腾涌，涓流所以寸折者也‖辞如珠玉‖楩楠其质，豫章其干
	《序志》	形同草木之脆，名逾金石之坚‖唯文章之用，实经典枝条‖详其本源，莫非经典‖离本弥甚‖应论华而疏略‖未能振叶以寻根，观澜而索源‖盖《文心》之作也，本乎道

续表 5

类型	篇目	具体用例
鸟兽禽鱼之喻（49 例）	《原道》	**傍及万品，动植皆文。龙凤以藻绘呈瑞，虎豹以炳蔚凝姿**‖**彪炳**辞义
	《正纬》	六经**彪炳**
	《辨骚》	固已**轩翥**诗人之后，**奋飞**辞家之前
	《明诗》	四始**彪炳**‖五言**腾踊**
	《乐府》	俗听**飞驰**，职竞新异，雅咏温恭，必欠伸**鱼睨**；奇辞切至，则拊髀**雀跃**；诗声俱郑，自此阶矣
	《诠赋》	延寿《灵光》，含**飞动**之势
	《铭箴》	**唯张载《剑阁》，其才清采。迅足骎骎，后发前至**
	《杂文》	渊岳其心，**麟凤**其采‖欲穿明珠，多贯**鱼目**‖**飞**靡弄巧
	《史传》	实圣文之**羽翮**‖述远之**巨蠹**
	《诸子》	九流**鳞萃**‖魏牟比之**鸮鸟**
	《论说》	**飞**文敏以济辞
	《诏策》	**腾**义**飞**辞
	《檄移》	谲诡以**驰**旨，炜晔以**腾**说
	《封禅》	不能**奋飞**‖**鸿律蟠采，如龙如虬**‖声英克**彪**
	《章表》	文举之荐祢衡，气扬采**飞**
	《书记》	**彪蔚**以文其响
	《风骨》	风骨不**飞**‖**其为文用，譬征鸟之使翼也**‖**翚翟备色，而翾翥百步，肌丰而力沈也；鹰隼乏采，而翰飞戾天，骨劲而气猛也。文章才力，有似于此**‖**风骨乏采，则鸷集翰林；采乏风骨，则雉窜文囿；唯藻耀而高翔，固文笔之鸣凤**‖**翔集**子史之术‖**驰骛**新作
	《通变》	**轩翥**出辙‖**采如宛虹之奋鬐，光若长离之振翼**
	《情采》	**虎豹无文，则鞟同犬羊；犀兕有皮，而色资丹漆，质待文也**‖其为**彪炳**
	《声律》	**逆鳞**相比
	《章句》	篇之**彪炳**‖**章句在篇，如茧之抽绪，原始要终，体必鳞次**‖宛转相**腾**
	《丽辞》	**若夫事或孤立，莫与相偶，是夔之一足，趻踔而行也**
	《夸饰》	**言必鹏运，气靡鸿渐**‖声貌**岌岌其将动**‖**轩翥**而欲**奋飞**，**腾掷**而羞**跼步**
	《练字》	声画昭精，墨采**腾奋**

续表 6

类型	篇目	具体用例
	《总术》	义味腾跃而生
	《时序》	王、袁联宗以龙章，颜、谢重叶以凤采‖辞藻竞骛
	《才略》	垂翼不飞‖殊声而合响，异翮而同飞‖辞翰鳞萃

第三节 《文心雕龙》"以自然物为喻"的理论意涵

"以自然物为喻"作为我国古代文艺理论批评的固有传统，经过先秦两汉魏晋南北朝长期的实践积累，业已成为最重要的批评范式之一。刘勰在充分吸收、借鉴前人成果的基础上，深入挖掘、发挥"以自然物为喻"范式的理论意义与阐释潜能。他以天文比类人文、以物彩拟况心文，既确定了文学与文饰的合法性，同时也为文学创作树立了"自然会妙"的修辞理想。此外，刘勰还以根源譬喻经典，揭示了圣人著述之于文学创作的本源与典范意义。

一、天文与人文

对华夏先民而言，天的重大意义在于它是一切存在的价值本原与信仰源头。凡某个问题追溯到最后，仍得不到解答时，古人往往会选择把它悬置在天地的形上层面，并由此获得不证自明的合法性。孔子曰"天何言哉？四时行焉，百物生焉，天何言哉"①，孟子谓"此天之所与我者"②，董仲舒亦云"道之大原出于天，天不变，道亦不变"③，等等，皆为此意。故而，将文学的本原与终极意义悬置于天地的形上层面，也是我国古代文艺理论批评的重要传统，具有普遍的方法论意义和本体论价值。④ 阮瑀《文质论》"日月丽天，

① 《论语·阳货》，见阮元校刻《十三经注疏》，第 2526 页。

② 《孟子·告子上》，见阮元校刻《十三经注疏》，第 2753 页。

③ 班固：《汉书》卷五六《董仲舒传》，颜师古注，第 2519 页。

④ 参见夏静《关于〈文心雕龙·原道〉的"惟人参之"》，《文学评论》2009 年第 3 期。

可瞻而难附；群物著地，可见而易制。夫远不可识，文之观也；近而得察，质之用也”[①]，应玚《文质论》“皇穹肇载，阴阳初分。日月运其光，列宿曜其文，百谷丽于土，芳华茂于春。是以圣人合德天地，禀气淳灵，仰观象于玄表，俯察式于群形，穷神知化，万国是经”[②]，葛洪《抱朴子·外篇·尚博》“上天之所以垂象，唐、虞之所以为称，大人虎炳，君子豹蔚，昌、旦定圣谥于一字，仲尼从周之郁，莫非文也”[③]，等等，即是其例。刘勰以天文比类人文、以人文附丽天文，遵循的也是相同的逻辑路数。

刘勰在宇宙生成的宏大背景中探讨文学起源问题，赋予了文学不证自明的合法性。在《原道》篇中，刘勰是这样描述宇宙生成与文学起源的：

> 文之为德也大矣，与天地并生者何哉？夫玄黄色杂，方圆体分，日月叠璧，以垂丽天之象；山川焕绮，以铺理地之形：此盖道之文也。仰观吐曜，俯察含章，高卑定位，故两仪既生矣。惟人参之，性灵所钟，是谓三才；为五行之秀，实天地之心。心生而言立，言立而文明，自然之道也。[④]

刘勰以文学起源问题将太极说与三才说贯通为一。《周易·系辞上》：“易有太极，是生两仪。”[⑤] 两仪即天地，人与天地并生，是谓三才。刘勰将太极作为天地万物产生的终极原因，带有汉儒元气说的鲜明底色。在汉儒看来，所谓太极者，其实就是天地未分时的混沌元气，刘歆《钟历书》即有：“太极元气，函三为一。”[⑥] 郑玄注《乾凿度》：“孔子曰：‘《易》始于太极。’”亦云：“气象未分之时，天地之所始也。”[⑦] 汉儒认为，正是这种混而为一的宇宙元

---

① 阮瑀：《文质论》，见俞绍初辑校《建安七子集》，第163页。
② 应玚：《文质论》，见俞绍初辑校《建安七子集》，第178页。
③ 杨明照：《抱朴子外篇校笺》下册，第113页。
④ 范文澜：《文心雕龙注》，第1页。
⑤ 阮元校刻：《十三经注疏》，第82页。
⑥ 班固：《汉书》卷二十一《律历志上》，颜师古注，第964页。
⑦ 林忠军：《〈易纬〉导读》，济南：齐鲁书社，2002年，第79页。

气，派生了天地万物。在汉儒宇宙生成论的基础上，刘勰进一步指出，作为宇宙元气的太极，不仅派生了天地万物，而且赋予它们以文理。玄黄者，天地之色彩，方圆者，天地之形状；日月叠璧者，乃天之象，山川焕绮者，为地之理。① 天文、地文，同归“道之文”（古人也常以“天文”代称“道之文”）。人与天地并立而成三才，为五行之秀、天地之心，人仰观吐曜、俯察含章，创造出了人文。刘勰又说：“人文之元，肇自太极。”② 在他看来，天文、地文、人文皆源自于太极，是“自然之道”的体现。其实，在刘勰的时代，我国古代宇宙天体理论的三种主要学说：浑天说、盖天说、宣夜说，均已成形。而张衡、祖冲之、何承天等杰出科学家，也在此理论上提出一些全新的宇宙生成假说。学贯百家的刘勰选择漠视自然科学方面的新成果，仍旧沿袭《易传》“太极生两仪”③ 的说法。较为合理的解释是，刘勰想借此树立人文与天地并生的神圣地位。

刘勰在《原道》篇中所说的“文”，并不等同于我们今天意义上的文学。刘勰所说的“文”，基本还是周秦两汉的“大文学”概念，即文化、文明之文。它近似章太炎先生在《国故论衡·文学总略》中所说的“文学者，以有文字著于竹帛，故谓之文”④。在《原道》篇中，刘勰曾十分详细地梳理了人文的历史演进：

> 人文之元，肇自太极，幽赞神明，易象惟先。庖牺画其始，仲尼翼其终。而乾坤两位，独制文言。言之文也，天地之心哉！若乃河图孕乎八卦，洛书韫乎九畴，玉版金镂之实，丹文绿牒之华，谁其尸之，亦神理而已。自鸟迹代绳，文字始炳，炎皞遗事，纪在三坟，而年世渺邈，声采靡追。唐虞文章，则焕乎始盛。……逮及商周，文胜其质，雅颂所

---

① 《论衡·佚文》有“天有日月星辰谓之文，地有山川陵谷谓之理”，见黄晖《论衡校释》，第1211页。

② 《文心雕龙·原道》，见范文澜《文心雕龙注》，第2页。

③ 阮元校刻：《十三经注疏》，第82页。

④ 章太炎：《国故论衡》（先校本、校订本），《章太炎全集》第五册，上海：上海人民出版社，2017年，第218页。

被，英华日新。文王患忧，繇辞炳曜，符采复隐，精义坚深。重以公旦多材，振其徽烈，剬诗缉颂，斧藻群言。至若夫子继圣，独秀前哲，镕钧六经，必金声而玉振；雕琢性情，组织辞令，木铎起而千里应，席珍流而万世响，写天地之辉光，晓生民之耳目矣。①

刘勰认为，人文源自太极，包牺氏仰观俯察创制八卦为其开端，当然八卦、九畴一类人文制作又是受到天地神明的启示，此即“河图孕乎八卦，洛书韫乎九畴”。此后，文字产生，人类进入文明时代，遂有了《三坟》《五典》、唐虞文章。其后，文王演易，周公制礼，损益夏商，郁郁乎文。降及夫子，兴亡继绝，镕钧六经，铎应千里，响流万世。从中我们可以清楚地看到，刘勰所谓的“文”“人文”“文章”，主要是指礼乐制度以及作为载体的经典。刘勰认为后世一切文学样式，无一例外都渊源于经典。就此而言，《原道》中的“文”也涵盖着今天意义上的文学。撮其大要，我们可以将刘勰对文之源起及发展的推演，转换成下面这样一个树状结构图（见下页图）。

魏晋南北朝时期，是我国文学观念朝着“净化”“纯化”方向发展的重要时期。② 这一时期标志性的事件有以下几宗：其一，刘劭《人物志》将人才区分为十二流业，“文章”“儒学”各居其一；其二，宋文帝刘义隆设立四学，“文学”得与“儒学”“玄学”“史学”并立；其三，萧子显撰《南齐书》，特设《文学传》，以记录文章之士的生平；其四，萧统主持《文选》的编纂，提出“事出于沈思，义归乎翰藻”③ 的选文标准，将儒家典籍、诸子之书、谋夫辩士之辞、记事系年之史等一概摒弃于文苑之外；其五，梁元帝萧绎在《金楼子》中提出“至如文者，维须绮縠纷披，宫徵靡曼，唇吻遒会，情灵荡摇”④ 的命题，将辞藻、声律、情感三要素作为区分文与文的标准。

---

① 范文澜：《文心雕龙注》，第 2 页。

② 参见罗根泽《中国文学批评史》，第 121—123 页。

③ 萧统编：《文选》，李善注，上海：上海古籍出版社，1986 年，第 3 页。

④ 《金楼子·立言》，见陈志平、熊清元《金楼子疏证校注》，第 770 页。

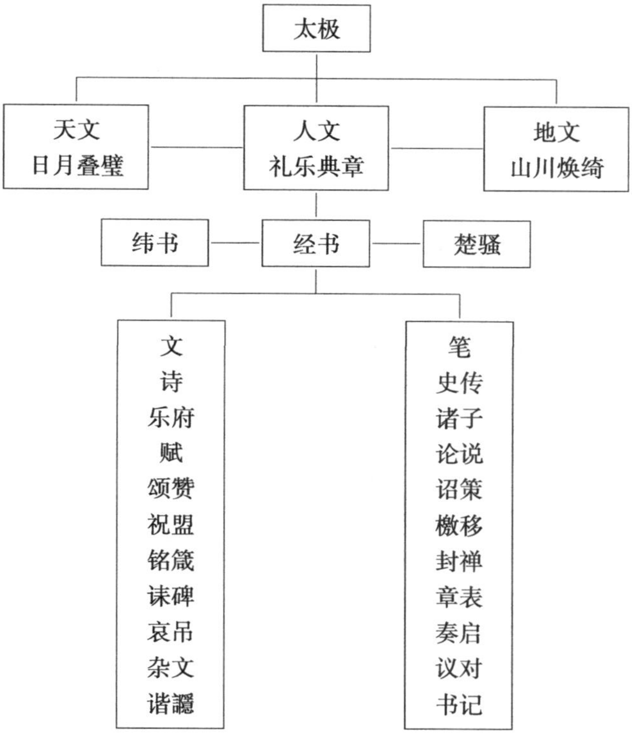

文之起源及发展推演树状图

在文学观念总体朝着“净化”“纯化”方向发展的时代情势中，刘勰的文学观无疑带有一定的反潮流色彩。其实，通观《文心雕龙》全书我们也不难发现，刘勰对于魏晋以来文学观念的“净化”“纯化”，以及文学创作方面的新变大都给予了充分肯定。否则，他也就不会设《通变》《声律》《丽辞》《事类》等篇目，来专门探讨文学创新以及声律、辞藻、用事等问题。我们认为，刘勰之所以在文学观念上沿袭周秦两汉旧说，其主要目的还是想通过回归“大文学”传统，来强化和巩固文学的合法性与神圣地位。① 还需要说明的是，

① 饶宗颐先生在《文心雕龙探原》中即曾指出：“彦和《文心》，力主宗经，……不特说明各种文体皆导源于《五经》，且极力于经书中探索‘文’之意义，以立其建言之根据。”见詹锳《文心雕龙义证》，第 55 页。

刘勰在《原道》篇说:“文之为德也大矣,与天地并生”,“惟人参之。”[①] 这里的“人”并非普通人,也不是一般的辞人作家,而是指尧舜、文王、周公、孔子等圣王、君子。《荀子·王制》有“天地生君子,君子理天地。君子者,天地之参也,万物之揔也,民之父母也”,杨倞注曰“参,与之相参,共成化育也”[②];《礼记·孔子闲居》有“子夏曰:三王之德,参于天地”,郑玄注曰“参天地者,其德与天地为三也”[③];《中庸》亦有“可以赞天地之化育,则可与天地参矣”[④]。能够参天地之化育者,唯有尧舜、周孔等圣王、君子。这就是刘勰《征圣》篇所谓“作者曰圣,述者曰明。陶铸性情,功在上哲”[⑤]。

明白这层意思,《原道》中“文”的意义指向也就基本清晰。虽然在该篇中“文”有文采、文饰、文辞、文明、文化、文章等诸多意涵[⑥],但首要的意义指向无疑是文明与文化,亦即“玄圣创典,素王述训”[⑦] 的礼乐之文。也唯有此经典之“文”才能“经纬区宇,弥纶彝宪,发挥事业,彪炳辞义”[⑧],与天地并生,同日月山川共久长。

二、物彩与心文

如前所述,《原道》篇中的“文”,有文采、文饰、文辞、文明、文化、文章等诸多意涵,“天文与人文”部分,主要论述了其“文明”“文化”的意义指向。[⑨]“物彩与心文”部分,将主要探讨其“文采”“文饰”的意义指向。

---

① 范文澜:《文心雕龙注》,第 1 页。

② 王先慎:《荀子集解》,沈啸寰、王星贤点校,第 163 页。

③ 阮元校刻:《十三经注疏》,第 1617 页。

④ 朱熹:《四书章句集注》,第 32 页。

⑤ 范文澜:《文心雕龙注》,第 15 页。

⑥ 参见曹顺庆、杨青《比较诗学视野下〈文心雕龙〉“文之为德”新释》,《中山大学学报(社会科学版)》2018 年第 5 期。

⑦ 范文澜:《文心雕龙注》,第 2 页。

⑧ 范文澜:《文心雕龙注》,第 3 页。

⑨ 需要说明的是,《原道》篇“玄黄色杂”“方圆体分”“日月叠璧”“山川焕绮”之“天文”“地文”中,也蕴含着“文采”“文饰”的意义指向。不过,刘勰以“天文”为喻象,主要目的还是突出“文”参赞天地、化育百姓的文明、文化功能。

虽然刘勰对于齐梁文坛因过分讲究雕饰，而造成的“饰羽尚画，文绣鞶帨”①的讹滥文风痛心疾首。不过，论文以折衷为务的刘勰，并未像后来诸如裴子野、李谔等人那样坚决摒弃藻饰与文华。刘勰一方面肯定了文采之于创作的决定意义，所谓“圣贤书辞，总称文章，非采而何”② 是也。另一方面，基于齐梁文学的深刻教训，他也明确指出“繁采寡情”“淫丽而烦滥”③ 的蠹文之害。经过充分的考量与权衡，刘勰提出了“自然会妙”的修辞理想。刘勰有关修辞、文饰的理论主张，主要是以取譬自然物与百工技艺进行阐述，有时也会借助“以人为喻”“以器物为喻”的言说方式。

修辞与文饰，早在先秦时期便是文艺理论批评的焦点之一。周朝“尚文”，创造了“郁郁乎文哉”④ 的周礼，“文”的观念在当时产生了广泛影响。西周末年太史伯阳父即提出“物一无文”⑤，鲁国正卿臧哀伯亦曾提出“火龙黼黻，昭其文也”⑥。诸子争鸣时期，各家也都对修辞与文饰的问题提出了各自的主张。总体而言，除儒家外，其余各家对于文饰均持消极态度。老子有“信言不美，美言不信”⑦ 之论；庄子更有“灭文章，散五采，胶离朱之目，而天下始人含其明”⑧ 的过激之言；墨子倡导“非乐”，对“目之所美，耳之所乐”⑨ 亦持否定态度；韩非子则认为“其质至美，物不足以饰之。物之待饰而后行者，其质不美也”⑩。儒家作为西周礼乐文化最忠实的追随者，对于修辞与文饰给予了充分的肯定，提出“君子博学于文”⑪ “言之无文，行而不

---

① 《文心雕龙·序志》，见范文澜《文心雕龙注》，第 726 页。

② 《文心雕龙·情采》，见范文澜《文心雕龙注》，第 537 页。

③ 《文心雕龙·情采》，见范文澜《文心雕龙注》，第 539、538 页。

④ 《论语·八佾》，见阮元校刻《十三经注疏》，第 2467 页。

⑤ 《国语·郑语》，见徐元诰《国语集解》，王树民、沈长云点校，北京：中华书局，2002 年，第 472 页。

⑥ 《左传·桓公二年》，见阮元校刻《十三经注疏》，第 1742 页。

⑦ 王弼注，楼宇烈校释：《老子道德经注校释》，第 191 页。

⑧ 《庄子·胠箧》，见郭庆藩《庄子集释》，王孝鱼点校，第 353 页。

⑨ 《墨子·非乐上》，见孙诒让《墨子间诂》，孙启治点校，第 251 页。

⑩ 《韩非子·解老》，见王先慎《韩非子集解》，钟哲点校，第 133 页。

⑪ 《论语·雍也》，见阮元校刻《十三经注疏》，第 1527 页。

远"[①]。不过，儒家对繁文之弊也有着深刻的认识，故于伪饰之辞也是坚决反对，孔子说："巧言令色，鲜矣仁。"[②] 荀子亦云："乱世之征，……其文章匿而采。"[③] 在中庸之道的基础上，孔子提出了"文质彬彬"[④]"尽美矣，又尽善也"[⑤] 的修辞原则。两汉时期，赋体成为一代文学，辞赋家对文饰的重要性有了更为清晰的认识。不过彼时儒学定为一尊，占据主流地位的仍是儒家文质观念，如刘安《淮南子·本经训》"必有其质，乃为之文"[⑥]，刘向《说苑》："文质修者谓之君子"[⑦]，扬雄《太玄·文》"文质班班，万物粲然"[⑧]，等等。魏晋南北朝时期，随着文的自觉，修辞与文饰得到前所未有的重视。曹丕的"诗赋欲丽"[⑨]，陆机的"诗缘情而绮靡"[⑩]，沈约的"缛旨星稠，繁文绮合"[⑪]，等等，都是当时提倡文饰的著名论断。魏晋六朝，反对文饰者，亦代不乏人，阮瑀《文质论》指出"丽物苦伪，丑器多牢。华璧易碎，金铁难陶"[⑫]，裴子野《雕虫论》更是将"淫文破典"[⑬] 的藻饰之作斥为乱代之征、亡国之兆。不过，相较而言，提倡文饰是当时文坛的强音。

刘勰在充分吸收魏晋以来文学自觉理论成果的基础上，以郁然有彩的自然物为譬喻，论证文学创作过程中修辞与文饰的充分必要性。[⑭]

---

① 《左传·襄公二十五年》，见阮元校刻《十三经注疏》，第 1985 页。

② 《论语·学而》，见阮元校刻《十三经注疏》，第 2457 页。

③ 王先谦：《荀子集解》，沈啸寰、王星贤点校，第 385 页。

④ 《论语·雍也》，见阮元校刻《十三经注疏》，第 2479 页。

⑤ 《论语·八佾》，见阮元校刻《十三经注疏》，第 2469 页。

⑥ 何宁：《淮南子集释》，第 599 页。

⑦ 《说苑·修文》，见向宗鲁《说苑校证》，第 499 页。

⑧ 刘韶军：《太玄校注》，武汉：华中师范大学出版社，1996 年，第 103 页。

⑨ 曹丕：《典论·论文》，见夏传才、唐绍忠《曹丕集校注》，第 237 页。

⑩ 张少康：《文赋集释》，第 99 页。

⑪ 沈约：《宋书》卷六七《谢灵运传论》，第 1778 页。

⑫ 俞绍初辑校：《建安七子集》，第 163 页。

⑬ 严可均辑：《全梁文》，第 576 页。

⑭ 在阐述修辞与文饰的重要性时，刘勰重点采用了"以自然物为喻"和"以技艺为喻"两种言说方式。两种言说方式无论是用例数量，还是重要性，都难分伯仲。所以，有关修辞与文饰的问题，我们没有沿用"互见法"的处理方式，而是在"以自然物为喻""以技艺为喻"两章中均进行了论述。特此说明。

傍及万品，动植皆文：龙凤以藻绘呈瑞，虎豹以炳蔚凝姿；云霞雕色，有逾画工之妙；草木贲华，无待锦匠之奇；夫岂外饰？盖自然耳。至于林籁结响，调如竽瑟；泉石激韵，和若球锽；故形立则章成矣，声发则文生矣。夫以无识之物，郁然有彩，有心之器，其无文欤?①

风骨乏采，则鸷集翰林；采乏风骨，则雉窜文囿；唯藻耀而高翔，固文笔之鸣凤也。②

水性虚而沦漪结，木体实而花萼振，文附质也。虎豹无文，则鞟同犬羊；犀兕有皮，而色资丹漆，质待文也。③

上述三例中，《原道》篇尤其值得注意，这也是《文心雕龙》全书中以物彩比譬文饰用例最集中的篇章。刘勰胪列了“龙凤藻绘”“虎豹炳蔚”“云霞雕色”“草木贲华”“林籁结响”“泉石激韵”等郁然有彩的自然物象，来比譬文学创作的修辞与文饰，以此阐述后者的必要性。在《风骨》篇的用例中，刘勰以鹰隼乏采与鸣凤藻耀为譬喻，从正反两个方面论证了文采与藻饰的意义。在《情采》篇的用例中，刘勰重申了孔子“文质彬彬”的修辞原则。水虚沦漪结，木实花萼振，此犹质之用也；虎豹无文同犬羊，犀兕有皮资丹漆，此犹文之用也。二者同等重要，不可厚此薄彼，更不能偏废一端。《文心雕龙》中诸如此类的用例还有很多。在阐述文饰之重要性时，刘勰经常援引的自然喻象有“英”(22 处)“华”(68 处，含“花”2 处)“英华”(8 处)“彪”(8 处)“炳”(14 处)“彪炳”(5 处),④ 此即刘勰所谓“傍及万品，动植皆文”也。

刘勰取譬郁然有彩的自然物，更重要的目的是树立其“自然会妙”的修

---

① 《文心雕龙·原道》，见范文澜《文心雕龙注》，第 1—2 页。

② 《文心雕龙·风骨》，见范文澜《文心雕龙注》，第 514 页。

③ 《文心雕龙·情采》，见范文澜《文心雕龙注》，第 537 页。

④ 在用例统计时，我们去掉了因组合而产生的重复用例。比如这里“英”“华”的用例数目，均已去掉了“英华”组合的用例。全文皆从此例，不再一一说明。

辞理想。“自然会妙”是在《隐秀》篇提出的，其文曰：

> 凡文集胜篇，不盈十一；篇章秀句，裁可百二：并思合而自逢，非研虑之所求也。或有晦塞为深，虽奥非隐，雕削取巧，虽美非秀矣。故自然会妙，譬卉木之耀英华；润色取美，譬缯帛之染朱绿。朱绿染缯，深而繁鲜；英华曜树，浅而炜烨：秀句所以照文苑，盖以此也。①

《隐秀》篇文有散佚，向来争议最多。不过，就可信的开头与结尾两段文字以及赞语来看，刘勰“自然会妙”的修辞理想还是比较显豁的。对于理解《隐秀》篇的主旨，刘熙载《艺概・词曲概》中的一段文字具有重要的参考价值：“词以炼章法为隐，炼字句为秀。秀而不隐，是犹百琲明珠，而无一线穿也。”② 两相对勘，刘勰所谓“隐”，应该就是《神思》篇所提出的“思表纤旨，文外曲致”③，亦即后世所说的文外之旨、韵外之致。刘勰所谓“秀”，有类于陆机在《文赋》中所提出的“苕发颖竖，离众绝致”④ 之“警策”。“隐”“秀”作为一组对待概念，其论述的对象并不在同一层级，“隐”之含蓄为篇章层面的要求，“秀”之挺出是字句层面的要求。不过，无论是“隐”是“秀”，皆以“自然会妙”为最高标准。“自然会妙”显然是刘勰为齐梁文坛“晦塞为深”“雕削取巧”之讹滥文风开出的一剂良方。正如钱基博先生所言：“隐者文外之重旨，秀者篇中之独拔，而要归于自然会妙。或有晦塞为深，虽奥非隐；雕削取巧，虽美非秀矣。道生自然，彦和论文之宗旨。”⑤ 在“自然会妙，譬卉木之耀英华”之后，刘勰紧接着又说：“润色取美，譬缯帛之染朱绿。”前者取譬自然物，后者比类百工技艺，如果把前者看作是“自然美”，后者则无疑属于“人工美”。⑥ 虽然刘勰认为两者皆能孕育出篇中独拔之“秀

---

① 范文澜：《文心雕龙注》，第 633 页。

② 王气中：《艺概笺注》，贵阳：贵州人民出版社，1986 年，第 338 页。

③ 范文澜：《文心雕龙注》，第 495 页。

④ 张少康：《文赋集释》，第 145 页。

⑤ 詹锳：《文心雕龙义证》，第 1508 页。

⑥ 参见詹锳《文心雕龙义证》，第 1510 页。

句”，但相较“自然会妙”而言，“润色取美”还是要逊色一筹。疑为明人篡补的《隐秀》残文中有“譬诸裁云制霞，不让乎天工；斫卉刻葩，有同乎神匠矣”① 一句，深得刘勰论文之宗旨：“天工”“神匠”无他，盖“自然”耳。“自然会妙”或曰“妙造自然”，是刘勰为文人作家树立的最高修辞理想。

除了“隐秀”之外，刘勰“自然会妙”的修辞理想，还体现在他对“体势”“丽辞”等诸多问题的讨论之中。

论“体势”。则有“情致异区，文变殊术，莫不因情立体，即体成势也。势者，乘利而为制也。如机发矢直，涧曲湍回，自然之趣也。……是以模经为式者，自入典雅之懿；效《骚》命篇者，必归艳逸之华；综意浅切者，类乏酝藉；断辞辨约者，率乖繁缛：譬激水不漪，槁木无阴，自然之势也”②。关于这里的“势”，寇效信先生曾指出：“‘势’这一概念的内涵，应包括这样几点：一、一定的文体风格；二、形成这一风格的必然趋势；三、造成风格趋势的作家的慕习。”③ 寇先生的观点是极有启发性的，“势”的确是形成风格的必然趋势。不过，“势”并非文体风格，“体”与“势”结合所形成的“体势”才是风格趋向。另外，造成风格趋势的因素除了作家慕习之外，还有作家本人肇自血气的才性，此即《体性》篇所谓“情性所铄，陶染所凝”④。作家的先天才性与后天慕习共同决定了其风格的必然之势，这就如同“机发矢直”“涧曲湍回”“激水不漪”“槁木无阴”一样自然而然。

论“丽辞”。则有“造化赋形，支体必双，神理为用，事不孤立。夫心生文辞，运裁百虑，高下相须，自然成对”⑤。对于这段话，黄侃先生札记颇为精彩：“文之有骈俪，因于自然，不以一时一人之言而遂废。……高下相须，自然成对。明对偶之文依于天理，非由人力矫揉而成也。”⑥ 黄先生一方面指出，刘勰取譬天地相须以论证俪偶之辞合法性的意图，同时，还揭示了刘勰

---

① 范文澜：《文心雕龙注》，第 635 页。

② 《文心雕龙·体势》，见范文澜《文心雕龙注》，第 530 页。

③ 寇效信：《释体势》，《陕西师范大学学报（社会科学版）》1983 年第 1 期。

④ 范文澜：《文心雕龙注》，第 505 页。

⑤ 《文心雕龙·丽辞》，见范文澜《文心雕龙注》，第 588 页。

⑥ 黄侃：《文心雕龙札记》，周勋初导读，第 144 页。

比类自然造化，来告诫文人作家修辞不可矫揉造作的良苦用心。需要说明的是，刘勰并不反对人为的偶对，这从他对汉代辞赋家的称誉中即可看出：“扬马张蔡，崇盛丽辞，如宋画吴冶，刻形镂法，丽句与深采并流，偶意共逸韵俱发。”① 刘勰要摒弃的，只是那种斧凿痕迹过重的偶对。《定势》《丽辞》中的“自然之趣”“自然之势”“自然成对”，正是刘勰“自然会妙”修辞理想的直接体现。

三、根源与经典

在“天文与人文”部分我们曾提到，刘勰以天文比譬人文，树立了圣人及其经典参赞天地、化育黎庶的神圣地位。刘勰还指出，后世一切的文学样式，无不渊源于经典，所谓“论文必征于圣，窥圣必宗于经”②。刘勰将各体文学溯源至五经，用意有二：其一，倚重圣人经典的神圣荣光，确立文学创作之合法性；其二，以“符采复隐，精义坚深”③ 的经典为榜样，引领齐梁文学创作正末归本，禀经制式。在阐述圣人经典与文学创作的渊源时，刘勰同样将“以自然物为喻”的言说方式作为首选。

有关文学创作与圣人经典的关系，刘勰以前的思想家、批评家已有所论列。扬雄《法言·寡见》：“或问：‘《五经》有辩乎?’曰：‘惟《五经》为辩。说天者莫辩乎《易》，说事者莫辩乎《书》，说体者莫辩乎《礼》，说志者莫辩乎《诗》，说理者莫辩乎《春秋》。舍斯，辩亦小矣。’”④ 桓谭《新论·正经》：“古文《尚书》旧有四十五卷，为十八篇。古帙《礼记》有五十六卷。古《论语》二十一卷，与齐、鲁文异音四百余字。古《孝经》一卷二十章，千八百七十二字，今异者四百余字。盖嘉论之林薮，文义之渊海也。”⑤ 王逸在探讨屈原的创作时，也将《离骚》之文溯源于经典：“夫《离骚》之文，依托五经以立义焉：‘帝高阳之苗裔’，则‘厥初生民，时惟姜嫄’也；‘纫秋兰

① 《文心雕龙·丽辞》，见范文澜《文心雕龙注》，第588页。
② 《文心雕龙·征圣》，见詹锳《文心雕龙义证》，第46页。
③ 《文心雕龙·原道》，见范文澜《文心雕龙注》，第2页。
④ 汪荣宝：《法言义疏》，陈仲夫点校，北京：中华书局，1987年，第215页。
⑤ 朱谦之：《新辑本桓谭新论》，北京：中华书局，2009年，第38页。

以为佩’，则‘将翱将翔，佩玉琼琚’也；‘夕揽洲之宿莽’，则《易》‘潜龙勿用’也；‘驷玉虬而乘鷖’，则‘时乘六龙以御天’也；‘就重华而陈词’，则《尚书》咎繇之谋谟也；‘登昆仑而涉流沙’，则《禹贡》之敷土也。”① 葛洪《抱朴子·外篇·尚博》亦有：“正经为道义之渊海，子书为增深之川流。仰而比之，则景星之佐三辰也；俯而方之，则林薄之裨嵩岳也。……故通人总原本以括流末，操纲领而得一致焉。”② 由上述引文可以看出，两汉以来，不少思想家、批评家已经认识到以《五经》为代表的儒家经典，对于各体文学的孕育功能与启迪作用。

在两汉以来思想家、批评家相关论述的基础上，刘勰采用“以自然物为喻”的言说方式，更加深入地阐述了圣人经典与文学创作的渊源关系。《宗经》曰：

> 至根柢槃深，枝叶峻茂，辞约而旨丰，事近而喻远。是以往者虽旧，余味日新。后进追取而非晚，前修久用而未先，可谓太山遍雨，河润千里者也。③

这里“根柢槃深，枝叶峻茂”的大树之喻，至少有两重意蕴：从字面来看，它是将《五经》一类儒家经典比作根深叶茂的大树。而从上下文以及《文心雕龙》全书来看，刘勰似乎又想借此来喻指圣人经典与文学创作之间的渊源关系，“槃深之根柢”实乃圣人经典，“峻茂之枝叶”则为后世各体文学创作。《序志》篇所谓“文章之用，实经典枝条”④，亦是此意。接着，刘勰又指出经典之文，语辞简约而意义丰赡，叙事浅近而旨归深远，是历代学者、作家著论为文，取之不尽、用之不竭的渊薮与源泉。最后，刘勰再次比类自然，以泰山之云，雨遍天下，黄河之水，泽润千里，来譬喻圣人经典对于文学的生

① 王逸：《楚辞章句叙》，见洪兴祖《楚辞补注》，第 48 页。

② 杨明照：《抱朴子外篇校笺》下册，第 98 页。

③ 范文澜：《文心雕龙注》，第 22 页。

④ 范文澜：《文心雕龙注》，第 726 页。

成意义。正如童庆炳先生所指出："'太山遍雨，河润千里'指涉的是'文源五经'的意思。"①

刘勰不仅从总体上阐述了文学渊源于圣人经典的道理，同时还借鉴王逸探讨《离骚》时溯源《五经》的方法，分析各类文体的经典之源。《宗经》说：

> 故论说辞序，则《易》统其首；诏策章奏，则《书》发其源；赋颂歌赞，则《诗》立其本；铭诔箴祝，则《礼》总其端；记传盟檄，则《春秋》为根：并穷高以树表，极远以启疆，所以百家腾跃，终入环内者也。②

在此，刘勰纲领性地分析了各类文体与儒家经典的渊源关系。刘勰认为论、说、辞、序（论、说对应《论说》，应该还包括入道见志、立意为宗的《诸子》，辞、序两体在《文心雕龙》中并无专篇）四体，以《易经》为嚆矢；诏、策、章、奏（诏、策对应《诏策》，章对应《章表》，奏对应《奏启》，应该还包括封勒帝绩、对越天休的《封禅》和审事言宜、陈政献说的《议对》）四体，以《书经》为滥觞；赋、颂、歌、赞（赋对应《诠赋》，颂、赞对应《颂赞》，歌对应《明诗》与《乐府》）四体，《诗经》为其本源；铭、诔、箴、祝（铭、箴对应《铭箴》，诔对应《诔碑》与《哀吊》，祝对应《祝盟》之"祝"）四体，《礼经》启其端绪；记、传、盟、檄（记、传对应《史传》，盟对应《祝盟》之"盟"，檄对应《檄移》）四体，《春秋》立其根柢。刘勰所谓的"源""本""根"者，同样是援自然物为比类，以源头与流派、根柢与枝条，来譬喻圣人经典之于文学创作的本源意义。所谓"极远以启疆"者，强调的仍是经典对于各种文学样式的孕育和开创之功。所谓"穷高以树表"者，说的是经典对于后世文学创作的表率与示范作用，关于这点我们将在后文申述。

除《宗经》篇总体性阐述与纲领性分析外，在上编论文叙笔的文体论各

---

① 童庆炳：《〈文心雕龙〉三十说》，北京：北京师范大学出版社，2016年，第71—74页。

② 范文澜：《文心雕龙注》，第22—23页。

篇中，刘勰也都会推究各体文学与圣人经典之间的渊源关系。先看文，《辨骚》探讨骚体，开篇即有“自《风》《雅》寝声，莫或抽绪，奇文郁起，其《离骚》哉”①，明确了《离骚》与《诗经》的渊源关系。其后，刘勰又指出，《离骚》的“典诰之体”“规讽之旨”“比兴之义”“忠怨之辞”② 所继承的正是《诗经》风雅的衣钵。当然，刘勰也认识到，《离骚》的“诡异之辞”“谲怪之谈”“狷狭之志”“荒淫之意”③ 则脱逸了经典的正规。刘勰认为，后世辞人作家在菀其鸿裁、猎其艳辞的同时，还须凭轼《雅》《颂》，取则经典，如此方能“酌奇而不失其真，玩华而不坠其实”④。《诠赋》论述赋体，首先指出了赋体与《诗经》的渊源关系：“《诗》有六义，其二曰赋。赋者，铺也，铺采摛文，体物写志也。昔邵公称：‘公卿献诗，师箴赋。’传云：‘登高能赋，可为大夫。’诗序则同义，传说则异体。总其归途，实相枝干。”⑤ 所谓“枝干”，根干者，《诗经》也；枝叶者，赋体也。“赋也者，受命于诗人，拓宇于《楚辞》也。于是荀况《礼》《智》，宋玉《风》《钓》，爰锡名号，与诗画境，六义附庸，蔚成大国”⑥，发源于“诗三百”的赋体，经战国荀况、宋玉等人的开拓，迄至炎汉，终由附庸发展为一代文学。

文既如此，笔者亦然。《史传》陈说史乘，也是从“原始表末”切入：“开辟草昧，岁纪绵邈，居今识古，其载籍乎！轩辕之世，史有苍颉，主文之职，其来久矣。《曲礼》曰：‘史载笔。’左右。史者，使也。执笔左右，使之记也。古者，左史记事者，右史记言者。言经则《尚书》，事经则《春秋》。唐虞流于典谟，商夏被于诰誓。自周命维新，姬公定法，绌三正以班历，贯四时以联事。诸侯建邦，各有国史，彰善瘅恶，树之风声。”⑦ 刘勰认为载籍之作，源出于《五经》，《尚书》为载言之祖，《春秋》为记事之宗。《论说》

① 范文澜：《文心雕龙注》，第 45 页。
② 范文澜：《文心雕龙注》，第 46 页。
③ 范文澜：《文心雕龙注》，第 46—47 页。
④ 范文澜：《文心雕龙注》，第 48 页。
⑤ 范文澜：《文心雕龙注》，第 134 页。
⑥ 范文澜：《文心雕龙注》，第 134 页。
⑦ 范文澜：《文心雕龙注》，第 283 页。

阐明论体，亦由“沿波讨源”起笔：“圣哲彝训曰经，述经叙理曰论。论者，伦也；伦理无爽，则圣意不坠。昔仲尼微言，门人追记，故仰其经目，称为《论语》。盖群论立名，始于兹矣。”① 刘勰指出论体之作，同样渊源于圣人经典，夫子《论语》开其先河。黄侃先生札记《宗经》篇有“经体广大，无所不包，其论政治典章，则后世史籍之所从出也；其论学术名理，则后世九流之所从出也；其言技艺度数，则后世术数方技之所从出也。不睹六艺，则无以见古人之全，而识其离合之理”②，深得刘勰“宗经”之旨。

如前所述，刘勰以根源譬喻经典，除确立文学创作的合法性，阐述“文源五经”的观点外，也有为文坛树立“禀经制式”之创作标准的考虑。我们知道，刘勰撰写《文心雕龙》，直接的触发因素就是齐梁文坛的讹滥文风。而在刘勰看来，齐梁文学之流弊，归根结底是由于“去圣久远”“离本弥甚”③。如辨症施治，那么矫正讹滥文风最行之有效的方法就是“禀经以制式”④，亦即用圣人经典引领文学创作。刘勰在《征圣》篇指出：“（圣人）鉴周日月，妙极机神；文成规矩，思合符契。或简言以达旨，或博文以该情，或明理以立体，或隐义以藏用。……故知繁略殊形，隐显异术，抑引随时，变通会适，征之周孔，则文有师矣。”⑤ 刘勰明确要求辞人作家以周公、孔子等往圣先贤为师。《宗经》则进一步指出文学创作效法经典所产生的显著成效：“文能宗经，体有六义：一则情深而不诡，二则风清而不杂，三则事信而不诞，四则义直而不回，五则体约而不芜，六则文丽而不淫。”⑥ 情深、风清、事信、义直、体约、文丽，六者既是“文能宗经之效”⑦，也是刘勰为文学创作确立的六条标准，此即所谓“穷高以树表”也。

---

① 范文澜：《文心雕龙注》，第326页。

② 黄侃：《文心雕龙札记》，周勋初导读，第11页。

③ 《文心雕龙·序志》，见范文澜《文心雕龙注》，第726页。

④ 《文心雕龙·宗经》，见范文澜《文心雕龙注》，第23页。

⑤ 范文澜：《文心雕龙注》，第15—16页。

⑥ 范文澜：《文心雕龙注》，第23页。

⑦ 黄侃：《文心雕龙札记》，周勋初导读，第13页。

第四章　“无惭匠石”：《文心雕龙》的“以技艺为喻”

在我国文艺理论批评史上，存在以百工技艺比譬文艺创作的传统，它基于器物制作与文艺创作之间的相似性与相通性。圣人观象制器，百工审曲面埶，华夏先民在长期的生产实践中，积累了无比丰富的技艺经验，为文艺理论批评“以技艺为喻”奠定了坚实的知识基础。先秦诸子的“以技艺论道”，则为文艺理论批评“以技艺为喻”提供了直接的理论先导与话语示范。文艺理论批评“以技艺为喻”将百工技艺经验，通过象喻的方式投射于文艺批评领域，实现了百工技艺与作家创作之间的经验互通与话语共享。在先秦两汉魏晋六朝的批评实践中，基于器物制作经验所形成的技艺术语，不断为文论家所吸收、借鉴，极大地丰富了文艺理论批评的概念、范畴体系。刘勰的《文心雕龙》因其主要是“一部讲讨文学技术和形式的书”①，故而对“以技艺为喻”批评范式援用最为频繁。在《文心雕龙》中，举凡文学创作“雕缛”与“符采”的体制特征，“法度”与“模范”的创作原则，以及“中和”与“余味”的审美理想，刘勰皆以百工技艺为比类。“以技艺为喻”也由此成为《文心雕龙》批评话语生成的基本路径。

第一节　观象制器与文艺理论批评“以技艺为喻”

百工技艺之所以能够成为文艺理论批评连类取譬的重要对象，除工匠御物制器与辞人谋篇布局两者之间的相似性与相通性之外，还有更为深层的原

① 顾随：《顾随讲〈文心雕龙〉》，石家庄：河北教育出版社，2013年，第6页。

因。在《周易·系辞》的作者看来，早期人类社会最重要的器物，诸如文字书契、典章制度等，都是圣王取则天地，效法爻象的结果。圣人观象制器的传说，为匠作技艺带来无上神圣的光环。就此而言，辞人创作以百工技艺为楷则，与“征圣”“宗经”并无二致，均属于对圣人的效法与追随。此外，在礼乐文化所主导的夏、商、周三代，“工匠以其区别于一般体力劳动的专业技能，成为国家权力体系的组成部分”①。彼时的匠作活动不仅是技术、工艺与艺术的融合，同时还是经纬区宇、弥纶彝宪的庄严事业。而正是这种神圣性、庄严性，使百工的匠作技艺与器物制作经验，成为可以言说社会生活一切领域的公共话语。无论是先秦诸子的“以技艺论道”，还是文艺理论批评的“以技艺为喻”，均体现出技艺话语强大的言说能力。

一、圣人观象制器与百工审曲面執

在漫长的史前社会，华夏先民以其卓绝的智慧和辛勤的汗水，孕育出了物质与精神领域的一系列重要发明创造，极大地推动了社会进步与文明发展。而在史前传说和后世文献记载中，这些伟大发明创造常常被归功于圣人，黄帝、周公等由此成为“箭垛式”的发明家。将发明创造归功于圣人，除历史绵眇首创者难以勾稽的现实因素外，更深层的用意或许是要借助圣人光环，赋予制器活动以神圣性。当然，圣人观象制器的传说虽为制器活动带来了神圣性，但匠作经验的获得还是要靠百工的审曲面埶。百工世守其职，饬材辨器，积累了丰富的技艺知识。这些匠作经验、技艺知识，通过象喻方式被投射于政治言说、伦理言说与文艺批评等诸多领域，成为极具普适性的话语方式。

《周易·系辞下》提出的观象制器，是将发明创造归功于圣人，进而提升技艺之神圣性最集中、最典型的代表。其辞曰：

> 古者包牺氏之王天下也，仰则观象于天，俯则观法于地，观鸟兽之文与地之宜，近取诸身，远取诸物，于是始作八卦，以通神明之德，以

---

① 刘成纪：《百工、工官及中国社会早期的匠作制度》，《郑州大学学报（哲学社会科学版）》2015年第3期。

类万物之情。作结绳而为网罟，以佃以渔，盖取诸离。包牺氏没，神农氏作，斫木为耜，揉木为耒，耒耨之利，以教天下，盖取诸益。日中为市，致天下之民，聚天下之货，交易而退，各得其所，盖取诸噬嗑。神农氏没，黄帝尧舜氏作，通其变，使民不倦，神而化之，使民宜之。易，穷则变，变则通，通则久，是以自天祐之，吉无不利。黄帝尧舜垂衣裳而天下治，盖取诸乾坤。刳木为舟，剡木为楫。舟楫之利，以济不通，致远以利天下，盖取诸涣。服牛乘马，引重致远，以利天下，盖取诸随。重门击柝，以待暴客，盖取诸豫。断木为杵，掘地为臼，臼杵之利，万民以济，盖取诸小过。弦木为弧，剡木为矢，弧矢之利，以威天下，盖取诸睽。上古穴居而野处，后世圣人易之以宫室，上栋下宇，以待风雨，盖取诸大壮。古之葬者，厚衣之以薪，葬之中野，不封不树，丧期无数，后世圣人易以棺椁，盖取诸大过。上古结绳而治，后世圣人易之以书契，百官以治，万民以察，盖取诸夬。①

上述文字的真伪，以及圣人观象制器的可靠性，曾引起学术界广泛热烈的争议。基于汉初陆贾《新语》一书中“先圣乃仰观天文，俯察地理，图画乾坤，以定人道，民始开悟”“黄帝乃伐木构材，筑作宫室，上栋下宇，以避风雨”“奚仲乃桡曲为轮，因直为辕，驾马服牛，浮舟杖楫，以代人力”② 等文字，在观点、表达方面与上述引文的契合，可知《系辞》圣人“观象制器”一节并不是易师之伪托，亦非京房的所为。它是否出自夫子手笔，就目前可见文献而言尚难作出定论。至于《系辞》作者将网罟的创造归之于包牺，将耜耒、市易的发明归之于神农，将服饰、舟楫、服牛乘马、杵臼、弧矢、宫室、棺椁、书契等归之于黄帝、尧、舜，似乎也没有必要去追究它是否于史有征。③

---

① 阮元校刻：《十三经注疏》，第 86—87 页。

② 王利器：《新语校注》，第 9、11、14 页。

③ 《世本·作》篇甚至将所有重要发明一一坐实于某王某臣，这与《系辞》如出一辙，只不过更为繁复。

正如胡适先生所指出，圣人观象制器之说“本来只是一种文化起源的学说”①，而非可靠的历史。

《系辞》作者将社会生活中重大发明创造归之于圣帝明王，“其目的在乎神化易之为用，可以遍及民生”②。圣人观象制器传说在“神化易之为用”的同时，也给发明创造以及作为成果的器物本身附加了神圣光环，制器活动由此成为圣圣之间的道统传承。③ 随着“十翼”在汉代的合经，圣人观象制器传说的影响也与日俱增。它不仅获得了一众经学家的信奉，即使像阮籍这样卓越的思想家也给予了它充分的肯定，其《通易论》即有：“庖牺氏当天地一终，值人物憔悴，利用不存，法制夷昧……于是始作八卦。引而伸之，触类而长之。……结绳为网罟，致日中之货，修耒耜之利以教，天下皆得其所。黄帝尧舜应时当务，各有攸取，穷神知化，述则天序。”④ 清代史学家崔述更是将《系辞》“观象制器”一节文字，悉数删去“盖取诸”的推测之语录入其《考信录》。圣人观象制器的传说，甚至成为历代文艺创作的重要题材（如下页两图所示之画像石与帛画），于此亦能看出其影响之巨。

圣人观象制器的传说虽赋予制器活动以神圣性，但匠作经验的获得还要靠百工的审曲面埶。在我国早期社会中，“工”与“百工”概念的表意空间极其广泛。许慎《说文解字》曰：“工，巧饰也，象人有规矩也，与巫同义。”⑤ 许慎的释义至少包括了三重意涵：“巧饰”者，是就其效果而言；“规矩”者，是就其工具而言；“巫”者，是就其主体而言。这也很好地体现了“工”字表意的宽泛性。因许慎于三重意涵中并未明言何者为本义，故其释义向来广受质疑。杨树达先生曾指出：“许君谓工象人有规矩，说颇难通，以巧饰训工，

---

① 胡适：《论观象制器的学说书》，见顾颉刚编著《古史辨》第三册，上海：上海古籍出版社，1981 年，第 86 页。

② 邱继宗：《从顾颉刚反对“观象制器”说到“观象制器”内容古于〈周易〉》，《周易研究》1999 年第 2 期。

③ 参见顾颉刚《答适之先生论观象制器书》，见汤一介主编《中国文化与中国哲学》，北京：三联书店，1980 年，第 1—34 页。

④ 陈伯君：《阮籍集校注》，第 105—108 页。

⑤ 段玉裁：《说文解字注》，第 201 页。

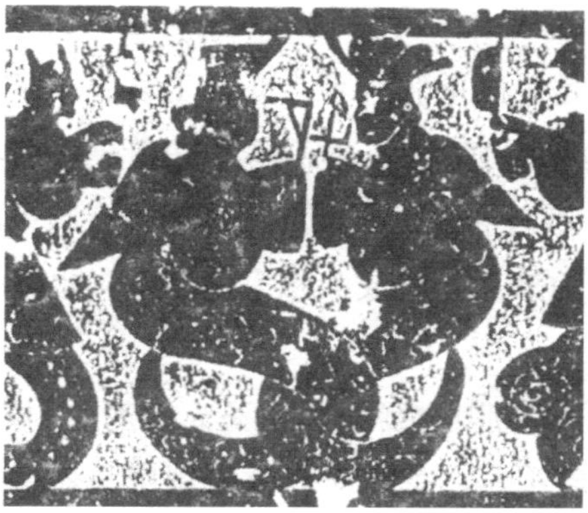

汉·武梁祠墓画像石

唐·阿斯塔那墓帛画

殆非朔义。以愚观之，工盖器物之名也。……以字形考之，工象曲尺之形，盖即曲尺也。”① 董莲池先生亦云：“（工）本上古巫者施行巫术时以指画方圆，掌握天地的一种法器的形象，后逐渐引申而有工作、工巧、法式、善长等义。”② 杨、董两位先生，不仅明确了“工”字之“曲尺”（此即许慎所谓“规矩”中的“矩”）的本义，同时还指出“工”之所以与“巫”相关，原因是“工”最初乃巫者沟通天人的法器。上面两幅“伏羲女娲图”中，圣王伏羲手中所执之物即为曲尺。由此，我们可以说，在史前那段巫政合一的时代中，王即是巫，巫即是王，而在某些情况下“工”也兼有王、巫的角色与职能。

综上可知，“工”的本义是指巫术仪式中巫觋沟通天地的法器，其后逐渐演变成为工匠手中的为方之器。与此相应，作为“工”的使用主体，百工也发生了由百官到工官，最后到工匠的身份游移。“工”作为主体而言，最早是指负有管理职能的官员。如《尚书·尧典》：“允釐百工，庶绩咸熙。”《尚书·益稷》：“肱股喜哉！元首起哉！百工熙哉。”③ 其中的百工就是百官。西周官制损益夏商，形成六大职官体系，《周礼·天官·大宰》谓之“六典”，即治典、教典、礼典、政典、刑典、事典，《天官·小宰》谓之“六属”，即天官、地官、春官、夏官、秋官、冬官。此时的百工特指司掌事典，负责营

① 杨树达：《积微居小学述林》，北京：中华书局，1983 年，第 58 页。

② 董莲池：《说文部首形义通释》，长春：东北师范大学出版社，2000 年，第 115 页。

③ 阮元校刻：《十三经注疏》，第 120、144 页。

建、制造之务的冬官，亦即《考工记》所说“国有六职，百工与居一焉”①。不过，此时的百工也并非普通工匠，而是工匠的管理者，亦即工官。郭沫若先生即曾指出：“《考工记》三十六工也都是官，是一些国家官吏管辖着各项生产工艺品的奴隶以从事生产。”② 按照郭先生的观点，直到土地私有制逐渐确立的春秋中叶，百工才逐渐离开官家的豢养，而成为私人的经营，也就是从工官身份变为普通工匠。

百工之百官、工官、工匠的多重身份，溯其渊源，仍在圣人的观象制器。由前面《系辞》引文可以看出，圣人观象制器，总体而言分为制度与器物两大类。③ 前者如网罟、耒耜、舟车、宫室、棺椁等，后者如市易制度、书契制度，还有《周易·象传》中提到的巡守制度（风行地上，观。先王以省方观民设教④）、休假制度（雷在地中，复。先王以至日闭关，商旅不行，后不省方⑤）、命诰制度（天下有风，姤。后以施命诰四方⑥）等。圣人所创之制度，须由“作而行之”的士大夫来具体职掌，这就产生了百工的百官义项；圣人所制之器物，亦要经审曲面埶的工匠之手才能物质化，这就形成了百工的工匠义项。圣人的创制，无论是制度还是器物，都是观念层面的，具体实践层面的工作则是由百官和工匠来完成。百官掌管制度之施行与推广，工匠负责器物的制造与巧饰，二者司职看似泾渭分明，实则相与为一。因为在我国早期社会中，典章制度的施行与推广，必须借助于器物，而器物的制造与巧饰本身，除实用目的外，更是权力与制度的表征，这就是所谓的“藏礼于器”。工官兼具“官”“工”的双重角色，进一步推动了“官”与“工”职能的相互延伸与融合。

百工之百官、工官、工匠的多重身份，也使其匠作经验、技艺知识具有

---

① 阮元校刻：《十三经注疏》，第 905 页。

② 郭沫若：《奴隶制时代》，载《郭沫若全集》历史编·第三卷，北京：人民出版社，1984 年，第 47 页。

③ 参见胡适《中国哲学史大纲》，第 62 页。

④ 阮元校刻：《十三经注疏》，第 36 页。

⑤ 阮元校刻：《十三经注疏》，第 39 页。

⑥ 阮元校刻：《十三经注疏》，第 57 页。

了多种面向。首先，由于百工的管理者角色，他们格外重视法度的作用。“见乃谓之象，形乃谓之器。制而用之谓之法”①，圣人观象制器，创制垂法、典章、法度遂成为百官理政治民、化育百姓的根本遵循。不惟百官，工匠的制器活动同样讲求法度，这在“攻木之技”方面表现得尤为突出，所谓“准绳”“绳墨”“规矩”者，均可视为法度的别名。其次，百工的匠人身份，又使他们特别关注工巧与文饰。“知者创物，巧者述之”②，工匠的工作本身就是技术与艺术的混合。尤其是“设色之技”与“刮摩之技”，更是以巧饰为旨归。画缋之事，“青与赤谓之文，赤与白谓之章，白与黑谓之黼，黑与青谓之黻，五采备谓之绣。……杂四时五色之位以章之，谓之巧”③。雕琢之事，“追之琢之，则所以美其文者至矣”④。其实，百官在某种意义上也在从事文饰工作，只不过他们文饰的对象不是某件器物，他们是在文饰整个社会。⑤ 正是他们的“作而行之”，才有了郁郁乎文哉的礼乐文明。

此外，百工的各重身份，均让他们认识到调和与折中的重要性。作为管理者的百工明白，只有不同阶层成员各居其位、各司其职，社会方能趋于大治，此即“上知所以临下，下知所以事上，官不失守，民听无悖，然后太阶平焉”⑥。而作为手工业者的百工也知道，“天有时，地有气，材有美，工有巧，合此四者，然后可以为良”⑦，要素之间合理的配伍与调剂，才能最大限度地发挥各要素的潜能，制造出品质上乘的精良之器。百工在长期生产与管理实践中所积累的匠作经验、技艺知识，因其无可比拟的丰富性、系统性，逐渐成为极具阐释力，甚至可以言说社会生活一切领域的公共话语资源。

---

① 《周易·系辞上》，见阮元校刻《十三经注疏》，第 82 页。

② 《周礼·冬官·考工记》，见阮元校刻《十三经注疏》，第 905—906 页。

③ 《周礼·冬官·考工记》，见阮元校刻《十三经注疏》，第 918—919 页。

④ 朱熹：《诗集传》，赵长征点校，北京：中华书局，2011 年，第 242 页。

⑤ 季镇淮先生在《“文”义探原》中指出：“广义的看法，不但器物（车马衣服之类）上的绘画或刺绣的图象叫‘文’或‘文章’，就是那器物对于一个人或国家也叫‘文’或‘文章’。……大而言之，政治经济社会的种种制度，对于国家，也都是一种装饰。”见《来之文录》，北京：北京大学出版社，1992 年，第 31—32 页。

⑥ 王粲：《荆州文学记官志》，见俞绍初点校《王粲集》，第 44 页。

⑦ 《周礼·冬官·考工记》，见阮元校刻《十三经注疏》，第 906 页。

二、诸子“以技艺论道”

在中国早期社会中，由于圣人制器的传说以及百工在国家权力体系中的重要地位，百工的匠作经验、技艺知识逐渐演变为能够言说社会生活一切领域的公共话语资源。“以技艺为喻”也由此成为思想界的核心话语范式，在历代的政治言说、伦理言说、哲学言说中被广泛援用。

商周时期，“以技艺为喻”已经是政治家所熟稔的话语范式。《吕氏春秋·孝行览·本味》载，商代大贤伊尹即曾“说汤以至味”：

> 凡味之本，水最为始。五味三材，九沸九变，火为之纪。……调和之事，必以甘酸苦辛咸。先后多少，其齐甚微，皆有自起。鼎中之变，精妙微纤，口弗能言，志不能喻。……天子不可强为，必先知道。道者，止彼在己，己成而天子成，天子成则至味具。①

除《吕氏春秋》外，《史记·殷本纪》也有“（伊尹）负鼎俎，以滋味说汤，致于王道”② 的记载。据《墨子·尚贤》《庄子·庚桑楚》等记载，伊尹佐汤之前的身份为庖人，对于庖饔调和之技自是了然于心，故能援之以为比类，来言说治政之道。《六韬·文韬·文师》则有太公吕望以钓说周文王的故事：

> 太公曰：“钓有三权；禄等以权，死等以权，官等以权。夫钓以求得也，其情深，可以观大矣。……缗微饵明，小鱼食之；缗调饵香，中鱼食之；缗隆饵丰，大鱼食之。夫鱼食其饵，乃牵于缗；人食其禄，乃服于君。故以饵取鱼，鱼可杀；以禄取人，人可竭；以家取国，国可拔；以国取天下，天下可毕。”③

---

① 许维遹：《吕氏春秋集释》，梁运华整理，第 313—320 页。

② 司马迁：《史记》，第 94 页。

③ 曹胜高、安娜译注：《六韬·鬼谷子》，北京：中华书局，2007 年，第 4—6 页。

“伊尹以论味隆殷，太公以辨钓兴周”①，两位大贤在探讨治政之道时，不约而同地采用了“以技艺为喻”的言说方式，足见其在当时的影响。此外，《诗经·卫风·淇奥》：“有匪君子，如切如磋，如琢如磨。”《大雅·棫朴》：“追琢其章，金玉其相。勉勉我王，纲纪四方。”② 以玉人切磋、琢磨的治玉工艺，比譬君子以礼义自砺的修身之道，和以礼义化育百姓的治政之道，皆是“以技艺为喻”的经典用例。

春秋战国时期，“以技艺为喻”话语范式在诸子手中被进一步发扬光大。诸子大量援引百工的匠作经验、技艺知识以为比类，来阐述各自的伦理观念、政治主张与哲学思想。“以技艺为喻”探讨伦理问题，可以儒家为代表③。孔子就常常以百工之技来比譬君子的进德、修身之道。《论语·八佾》有：

> 子夏问曰：“‘巧笑倩兮，美目盼兮，素以为绚兮。’何谓也？”子曰：“绘事后素。”曰：“礼后乎？”子曰：“起予者商也，始可与言《诗》已矣。”

对此，郑玄注曰：“绘画，文也。凡绘画，先布众色，然后以素分布其间，以成其文，喻美女虽有倩盼美质，亦须礼以成之。”④ 可见，夫子的“绘事后素”，乃是以百工中的画缋之技作为譬喻，来阐述先质后文、先德后礼的修身次第。⑤《论语·阳货》亦有：

> 佛肸召，子欲往。子路曰：“昔者由也闻诸夫子曰：‘亲于其身为不善者，君子不入也。’佛肸以中牟畔，子之往也，如之何？”子曰：“然。

---

① 《文心雕龙·论说》，见范文澜《文心雕龙注》，第 708 页。

② 阮元校刻：《十三经注疏》，第 321、514—515 页。

③ 需要说明的是，除儒家外，墨、法等家也都曾“以技艺为喻”探讨伦理问题，只是相较而言，儒家在使用的频次、论述的深度上更为典型。同理，“以技艺为喻”探讨政治问题，墨、法两家更有代表性；“以技艺为喻”探讨哲学问题，道家更有代表性。

④ 阮元校刻：《十三经注疏》，第 2466 页。

⑤ 《周礼·冬官·考工记》有“凡画缋之事后素功”之语，夫子“绘事后素”即或渊源于此。当然，也可能是《考工记》受了《论语》的影响。文献不足征，对于两者关系，我们姑且存疑。

有是言也。不曰坚乎，磨而不磷；不曰白乎，涅而不缁。吾岂匏瓜也哉？焉能系而不食？”

对于“不曰坚乎”句，孔安国训释曰：“磷，薄也；涅，可以染皂。言至坚者磨之而不薄，至白者染之于涅而不黑，喻君子虽在浊乱，浊乱不能污。”① 由此可知，夫子是援染工的“设色之技”与玉人的“刮摩之技”为比类，来譬喻自己坚贞不渝、正直耿介的高尚品格。孟、荀等孔门后学，也每“以技艺为喻”探讨养性修身之道。在《孟子·告子上》篇，孟子、告子两人曾以“攻木之技”为譬喻，辩争性与仁义的问题：

告子曰：“性犹杞柳也，义犹桮棬也；以人性为仁义，犹以杞柳为桮棬。”孟子曰：“子能顺杞柳之性，而以为桮棬乎？将戕贼杞柳，而后以为桮棬也？如将戕贼杞柳而以为桮棬，则亦将戕贼人以为仁义与？率天下之人而祸仁义者，必子之言夫！”

对于上述文字，赵岐注曰：“告子以为人性为才干，义为成器，犹以杞柳之木为桮棬也。”孙奭正义中有言：“孟子乃拂之曰：子能顺杞柳之木性以为桮棬乎，以其将以斤斧残贼其杞柳，然后为之桮棬也。……是亦将残贼人之形躯然后以为仁义与。”② 可见，告子是取譬工匠以杞柳制作桮棬的木作经验，来阐述其礼义戕贼人性的观点。孟子以同样的连类对象来批驳告子，他认为以杞柳制作桮棬并不一定就要戕贼其本性，巧匠“能顺杞柳之性而以为桮棬”③。

---

① 阮元校刻：《十三经注疏》，第 2525 页。

② 阮元校刻：《十三经注疏》，第 2747—2748 页。

③ 有关这里的“杞柳”，杨伯峻先生指出：“旧说都以为是榉树，但此物不能为木材，仅可以取其新枝条之长六七尺者供编物之用。如用作杯盘，恐亦不能盛液体。疑而不能决。”（见《孟子译注》，北京：中华书局，1960 年，第 253 页）这里的“杞柳”可能并不是通常所说灌木水柳，或许是乔木旱柳。旱柳木质坚韧宜于雕削，古代经常被作为漆器制品的底胎，木质饮器在考古发掘中也屡见不鲜。当然，桮棬无论是木编之器还是木雕之器，都应该归入“攻木之技”。所以，告子、孟子援木作经验以为比类的事实并不受影响。

孟子“顺性之说”与《考工记》“审曲面埶”、循物形物性而制器的工艺哲学若合符契。两人比类“攻木之技”虽同，但告子只看到一般工匠矫揉、雕削之“技的层面”，孟子却领悟了天工神匠顺物性、合物理之“道的层面”。荀子在《劝学》中亦曾取譬轮人的车轮輮曲工艺，来阐述礼乐教化对于个体成长的决定意义，所谓“木直中绳，輮以为轮，其曲中规，虽有槁暴，不复挺者”① 是也。

“以技艺为喻”探讨政治问题，可以墨、法两家为代表。墨子、韩非子都曾援“攻木之技”以为比类，来论述纲纪、法术等在国家治理中的重要作用。《墨子·天志中》云：

> 子墨子之有天之，辟人无以异乎轮人之有规，匠人之有矩也。今夫轮人操其规，将以量度天下之圜与不圜也，曰：“中吾规者谓之圜，不中吾规者谓之不圜。”是以圜与不圜，皆可得而知也。此其故何？则圜法明也。匠人亦操其矩，将以量度天下之方与不方也。曰：“中吾矩者谓之方，不中吾矩者谓之不方。”是以方与不方，皆可得而知之。此其故何？则方法明也。②

《韩非子·显学》亦云：

> 为治者用众而舍寡，故不务德而务法。夫必恃自直之箭，百世无矢；恃自圜之木，千世无轮矣。自直之箭，自圜之木，百世无有一，然而世皆乘车射禽者何也？隐栝之道用也。虽有不恃隐栝而有自直之箭、自圜之木，良工弗贵也。何则？乘者非一人，射者非一发也。不恃赏罚而恃自善之民，明主弗贵也。何则？国法不可失，而所治非一人也。③

---

① 王先谦：《荀子集解》，沈啸寰、王星贤点校，第 1 页。

② 孙诒让：《墨子间诂》，孙启治点校，第 207—208 页。

③ 王先慎：《韩非子集解》，钟哲点校，第 461—462 页。

墨子以轮人之规、匠人之矩，来比譬“天之（天志）”，亦即法律、纲纪在社会治理中的决定作用：规矩诚设，不可欺以方圜；法度既立，百姓有所措手足。韩非则以木工的矫揉隐栝之技，来比譬为政者赏罚之柄的重要意义：隐栝曲直，轮矢不可胜用；陟罚臧否，臣民难以为非。

“以技艺为喻”探讨哲学问题，可以道家为代表。道家出于其无为而治的政治主张，一向反对过度工巧的手工技艺。当然，其他诸子对于“奇技淫巧”，也多持拒斥态度，但道家尤甚。老子认为：“人多伎巧，奇物滋起。”①庄子甚至提出：“毁绝钩绳而弃规矩，攦工倕之指，而天下始人有其巧矣。”②不过，对于一般“制器”活动，老子并不反对，“朴散则为器，圣人用之则为官长”③。在老子的哲学言说中，我们也经常能看到“以技艺为喻”的用例。《道德经·第十一章》中即有：“三十辐共一毂，当其无，有车之用。埏埴以为器，当其无，有器之用。凿户牖以为室，当其无，有室之用。故有之以为利，无之以为用。”④ 这里，老子连类引譬，分别以制轮、制陶、筑室三种技艺喻示道本虚无、以无为用的根本属性。庄子为阐述其心斋坐忘、言不尽意、以天合天、自由无碍等哲学观念，更是塑造了诸如解牛的庖丁（《庄子·内篇·养生主》）、斫轮的轮扁（《庄子·外篇·天道》）、削木为鐻的梓庆、承蜩的痀偻者、蹈水的吕梁丈夫（《庄子·外篇·达生》）、制钟的北宫奢（《庄子·外篇·山木》）、运斤成风的匠石（《庄子·杂篇·徐无鬼》）等一众天工神匠。《庄子》一书，也因此成为后世文艺理论批评连类取譬的重要渊薮。

在两汉魏晋南北朝子书著作中，“以技艺为喻”同样是极重要的言说方式。《淮南子·主术训》“贤主之用人也，犹巧工之制木也，大者以为舟航柱梁，小者以为楫楔，修者以为櫩榱，短者以为朱儒枅栌。无小大修短，各得其所宜，规矩方圆，各有所施”⑤，《法言·先知》“圣人乐陶成天下之化，使

---

① 《道德经·第五十七章》，见楼宇烈《老子道德经注校释》，第149页。

② 《庄子·外篇·胠箧》，见郭庆藩《庄子集释》，王孝鱼点校，第353页。

③ 《道德经·第二十八章》，见楼宇烈《老子道德经注校释》，第74页。

④ 楼宇烈：《老子道德经注校释》，第26—27页。

⑤ 何宁：《淮南子集释》，第653页。

人有士君子之器者也。……甄陶天下者，其在和乎？刚则甈，柔则坏”①，《论衡·率性》“传曰：‘譬犹练丝，染之蓝则青，染之丹则赤。’十五之子，其犹丝也。其有所渐化为善恶，犹蓝丹之染练丝，使之为青赤也。青赤一成，真色无异。……人之性，善可变为恶，恶可变为善，犹此类也”②，《中论·赏罚》“夫赏罚之于万民，犹辔策之于驷马也。辔策不调，非徒迟速之分也，至于覆车而摧辕；赏罚之不明也，则非徒治乱之分也，至于灭国而丧身，可不慎乎！可不慎乎！故诗云：‘执辔如组，两骖如舞。’言善御之可以为国也”③，等等，分别援“攻木之技”“埏埴之技”“设色之技”“驭御之技”以为比类，来阐述其治国理政之术、化民易俗之法、修身养性之道。诸子“以技艺论道”，虽于文学无涉，但却对后世文艺理论批评“以技艺为喻”，产生了直接的启发和深远的影响。

三、文艺理论批评“以技艺为喻”

百工技艺与辞人创作间的相似性与相通性，是文艺理论批评“以技艺为喻”的学理依据。《周易·系辞》曾从发生学的角度，揭示文艺创作与手工技艺之间的同源关系：“易有圣人之道四焉。以言者尚其辞，以动者尚其变，以制器者尚其象，以卜筮者尚其占。”对此，孔颖达正义云：“易有圣人之道四焉者，言易之为书，有圣人所用之道者，凡有四事焉：‘以言者尚其辞’者，谓圣人发言而施政教者，贵尚其爻卦之辞，发其言辞，出言而施政教也。……‘以制器者尚其象’者，谓造制刑器，法其爻卦之象。若造弧矢，法睽之象，若造杵臼，法小过之象也。”④ 由此可以看出，“言者”“发其言辞”与“制器者”“造制刑器”皆渊源于《周易》，并以其“爻卦之辞”和“爻卦之象”为

① 汪荣宝：《法言义疏》，陈仲夫点校，第 303—304 页。

② 黄晖：《论衡校释》，第 69—70 页。

③ 孙启治：《中论解诂》，北京：中华书局，2014 年，第 358 页。

④ 阮元校刻：《十三经注疏》，第 81 页。

模范、楷则。① 百工的匠作经验、技艺知识，由是成为文艺理论创作论最佳的取譬对象。②

先秦时期，在思想家的文艺理论批评实践中，已经出现“以技艺为喻”的萌芽。《墨子·非命上》有：

> 子墨子言曰：“必立仪。言而毋仪，譬犹运钧之上，而立朝夕者也；是非利害之辨，不可得而明知也。故言必有三表。”何谓三表？子墨子言曰：“有本之者，有原之者，有用之者。于何本之？上本之于古者圣王之事。于何原之？下原察百姓耳目之实。于何用之？废以为刑政，观其中国家百姓人民之利。此所谓言有三表也。”③

在上述文字中，墨子援引陶工的埏埴经验，阐述立言活动中规则与法度的重要意义。在此基础上，墨子提出了著名的“三表说”④。此外，《三辩》篇中，程繁在驳斥墨子“圣王不为乐”主张时，同样采用了“以技艺为喻”话语范式。其言曰：“昔诸侯倦于听治，息于钟鼓之乐；士大夫倦于听治，息于竽瑟之乐；农夫春耕夏耘，秋敛冬藏，息于聆缶之乐。今夫子曰‘圣王不为乐’，此譬之犹马驾而不税，弓张而不弛，无乃非有血气者之所不能至邪!”⑤ 驭术

---

① 需要指出的是，这里的“言者”并非现代意义上的辞人作家，同样，“制器者”也不是普通的手工艺人。在《周易·系辞》作者看来，最初的制言、制器活动都是由圣人来完成。圣人“观象制器”，百工述而守之。圣人“制言”，施于百姓即是典章制度，载诸竹帛则为经典坟籍。后世辞人作家的创作，钻仰坟籍，禀经制式，其源头就是圣人经典。就此而言，辞人的文学创作与百工的手工技艺亦是同源关系，均以伏羲氏创制八卦为嚆矢。

② 由于文学创作与百工技艺天然的相通性与相似性，所以“以技艺为喻”话语范式多集中于文学批评领域。而不像“以人为喻”和“以自然物为喻”，广泛分布于文艺理论批评的各个分支。当然，这也并不意味着“以技艺为喻”话语范式只存在于诗文评之中，乐论、画论中也都曾出现过“以技艺为喻”的用例，只是未成气候罢了。

③ 孙怡让：《墨子间诂》，孙启治点校，第265—266页。

④ 墨子所谓的“立言”，是指圣王明君“制礼作乐”与“创制垂法”的行为，其“三表说”也并不是针对文学创作而设。不过，在文学尚未从礼乐背景中走出的先秦两汉时期，文学创作无疑包含在广义的“立言”范畴之内。

⑤ 孙怡让：《墨子间诂》，孙启治点校，第38—39页。

之要，在于劳逸有节；射技之要，在于张弛有度。程子援之以为比类，论述了艺术之于人类而言，所具有的不可或缺的重要意义。

两汉时期，批评家取譬“设色之技”，来阐述审美的文学观念与巧饰的创作规律，产生了影响极其深远的“织锦之喻”。彼时，赋体文学大盛，“铺采摛文”的汉赋创作，大大推动了文学观念的发展进步。“文”与“文章”逐渐从思想学术的混融形态中脱逸出来，其审美特质开始逐渐为人们所认可。两汉批评家在论及文学的审美特质与巧饰规律时，习惯援引设色之工的织锦技艺以为比类。司马相如在阐述赋体文学创作时即曾指出：“合綦组以成文，列锦绣而为质，一经一纬，一宫一商，此赋之迹也。”①《礼记·玉藻》有“世子佩瑜玉而綦组绶”，郑玄注曰“绶者，所以贯佩玉相承受者也。……綦，文杂色也”②，可知“綦”为杂色丝线。“组”者，按照许慎“绶属”的释文，以及段玉裁“大者为组绶，小者为组缨”③的疏语，可知“组”即是“绶”。而所谓“綦组”，就是以彩色丝线组织成有文饰的绶带。所谓“锦”者，许慎释文曰：“襄邑织文。”④徐锴系传谓当作“襄色织文也……襄，杂色也”⑤，可知“锦”为杂色织文。“绣”者，《考工记》“五采备，谓之绣”⑥，亦即在丝织物上刺绣彩色文饰。“锦绣”者，就是指有文饰的彩色丝织品。在先秦尚用的思想语境中，无论“綦组”抑或“锦绣”，大都被目为“奇技淫巧”。韩非子说：“仓廪之所以实者，耕农之本务也，而綦组锦绣刻画为末作者富。”⑦管子也说：“女以美衣锦绣綦组相稺也，谓之逆。”⑧司马相如则一反前人的文化偏见，不仅充分肯定了锦绣之美，而且“认为辞赋创作与织物编织一样，……

① 成林、程章灿：《西京杂记全译》卷二，贵阳：贵州人民出版社，1993年，第65页。

② 阮元校刻：《十三经注疏》，第1482页。

③ 段玉裁：《说文解字注》，第653—654页

④ 段玉裁：《说文解字注》，第363页

⑤ 见丁福保编纂《说文解字诂林》，北京：中华书局，1988年，第7869页。

⑥ 阮元校刻：《十三经注疏》，第918页。

⑦ 《韩非子·诡使》，见王先谦《韩非子集解》，锺哲点校，第412页。

⑧ 《管子·重令》，见黎翔凤《管子校注》，第285页。

都需要在材料的有序铺排过程中展现声色之美"①。

两汉之交,"织锦之喻"成为批评界最流行的话语范式。即使像扬雄、王充等对汉赋丽靡之风颇多微词的思想家,在进行辞赋批评时也会不自觉援女工织锦技艺以为比类。《法言·吾子》即有"(赋如)雾縠之组丽",乃"女工之蠹矣"。②《论衡·量知》亦有"绣之未刺,锦之未织,恒丝庸帛,何以异哉?加五采之巧,施针缕之饰,文章炫耀,黼黻华虫,山龙日月。学士有文章,犹丝帛之有五色之巧也"③。由此,便能见出当时风会所趋。此外,以织锦技艺比譬文学创作的习尚,也影响到了彼时的辞书编纂。许慎释文曰:"错画也,象交文。"段注征引《考工记》"青与赤谓之文",指出许慎氏所谓"象交文"的意思是"像两纹交互也"。段注进一步指出:"纹者,文之俗字。"④至于"纹"字,《说文解字》并无收录,《玉篇》释为"绫纹"⑤,《类篇》释为"织文"⑥,《篇海》释为"凡锦绮黼绣之文皆曰纹"⑦。段玉裁认为,许慎对"文"的解释虽然没有点破其与纺织、织物的关系,但却明显指向织物之纹。段玉裁的推测大致是可靠的,我们只要综观许氏对"彣""彰""彩"等相关文字的解说,就不难得出相同结论。与许慎相比,刘熙《释名·释言语》"文者,会集众彩以成锦绣,会集众字以成辞义,如文绣然也"⑧,更是将文学创作与织锦技艺的异质同构关系揭示得淋漓尽致。

魏晋南北朝时期,文艺理论批评日趋繁荣,以百工技艺言说文艺创作的现象更为普遍,援物比类的对象也更加多元。首先,两汉时期风行的"织锦之喻",继续为魏晋南北朝批评家所广泛征用。陆机《文赋》以探讨文学创作

① 周建增、闫月珍:《色彩之喻与中国文学批评——以先秦两汉为中心》,《社会科学战线》2022年第1期。

② 汪荣宝:《法言义疏》,陈仲夫点校,第45页。

③ 黄晖:《论衡校释》,第550页。

④ 段玉裁:《说文解字注》,第425页。

⑤ 顾野王:《玉篇》,北京:中国书店,1983年,第495页。

⑥ 司马光:《类篇》,上海:上海古籍出版社,1988年,第473页。

⑦ 见张玉书、陈廷敬等《康熙字典》,北京:中华书局,1958年,第994页。

⑧ 刘熙:《释名》卷四,《四库全书》经部第221册,上海:上海古籍出版社,1987年,第399页。

规律为中心，在“织锦之喻”范式的运用方面表现得尤为凸出，为表述其“贵妍”的修辞观，则有：“其会意也尚巧，其遣言也贵妍。暨音声之迭代，若五色之相宣。”① 对此，李善“言音声迭代而成文章，若五色相宣而为绣也”② 的注解，彰明较著地指出陆机取譬织锦的言说方式；为阐明其创新的文学主张，则有：“虽杼轴于予怀，怵他人之我先。”③ 对此，方廷珪注曰“以织喻文”④，更是直截了当地指出了其“织锦之喻”的话语范式。⑤ 葛洪“群色会而衮藻丽，众音杂而韶濩和也”“言少则至理不备，辞寡即庶事不畅。……五色聚而锦绣丽，八音谐而箫韶美”⑥，沈约“降及元康，潘陆特秀，律异班贾，体变曹王，缛旨星稠，繁文绮合”⑦，钟嵘“孝武诗，雕文织彩，过为精密，为二潘希慕，见称轻巧矣”⑧，等等，也都是“织锦之喻”的典范用例。除织锦技艺外，其他百工之技也多被魏晋南北朝批评家援以论文。比如，《文赋》即有“累良质而为瑕”⑨ 的“治玉之喻”，“阙大羹之遗味”⑩ 的“调和之喻”，“操斧伐柯”“离方而遯员”“轮扁所不得言”⑪ 的“攻木之喻”，“沈辞怫悦，若游鱼衔钩而出重渊之深；浮藻联翩，若翰鸟缨缴而坠曾云之峻”⑫ 的“钓弋之喻”，等等，诸多类型。《抱朴子》中亦有“譬如东瓯之木，长洲之林，梓豫虽多，而未可谓之为大厦之壮观，华屋之弘丽也”⑬ 的“营构之喻”，

---

① 张少康：《文赋集释》，第 132 页。

② 萧统编：《文选》，李善注，第 766 页。

③ 张少康：《文赋集释》，第 145 页。

④ 见张少康《文赋集释》，第 165 页。

⑤ 参见古风《“以锦喻文”现象与中国文学审美批评》，《中国社会科学》2009 年第 1 期。

⑥ 《抱朴子·外篇·尚博》《抱朴子·外篇·喻蔽》，见杨明照《抱朴子外篇校笺》下册，第 103、433 页。

⑦ 沈约：《宋书》卷六七《谢灵运传论》，第 1778 页。

⑧ 周振甫：《诗品译注》，第 89 页。

⑨ 张少康：《文赋集释》，第 183 页。

⑩ 张少康：《文赋集释》，第 183 页。

⑪ 张少康：《文赋集释》，第 1、99、212 页。

⑫ 张少康：《文赋集释》，第 36 页。

⑬ 《抱朴子·外篇·钧世》，见杨明照《抱朴子外篇校笺》下册，第 73 页。

以及“考盐梅之咸酸，不知大羹之不致”[①] 的“调和之喻”等不同类型。

经过先秦两汉魏晋南北朝文艺理论批评的长期实践与积累，“以技艺为喻”话语范式日趋成熟。也正是在此基础上，才有了《文心雕龙》这部“以技艺为喻”的典范之作。虽然，《文心雕龙》象喻批评涵盖了“以人为喻”“以自然物为喻”“以技艺为喻”“以器物为喻”“以乐舞为喻”“以兵为喻”等诸多类型，但“以技艺为喻”无疑是其中最核心的话语范式。归根究底，《文心雕龙》的核心宗旨“在于讲明作文的法则”[②]。百工制器与辞人作文天然的相通性、相似性，使百工技艺成为刘勰“割情析采，笼圈条贯”[③] 最佳的取譬对象。

第二节 《文心雕龙》“以技艺为喻”用例统计

如前所述，在范文澜和顾随两位先生看来，《文心雕龙》主要“是一部讲讨文学技术和形式的书”，其核心宗旨“在于讲明作文的法则”。而文学创作技术与法则的探讨绝非易事，陆机曾颇有感慨地说：“放言遣辞，良多变矣”，“轮扁所不得言。”[④] 刘勰亦曾嗟叹：“言不尽意，圣人所难”，“伊挚不能言鼎，轮扁不能语斤，其微矣乎。”[⑤] 每当遇到不可言传或难以言传的理论问题时，刘勰即会效法司马相如、陆机、葛洪等人，采取“以技艺为喻”的话语范式，援百工匠作经验、技艺知识以为比类，来诠释文艺创作中的规律性问题。文艺创作纷繁复杂，故而《文心雕龙》“以技艺为喻”话语不惟数量甚夥，且种类繁多。《考工记》曰：“审曲面埶，以饬五材，以辨民器，谓之百工。”[⑥] 刘勰虽然未将百工之技悉数征引，但《文心雕龙》“以技艺为喻”取譬种类之繁复同样也是惊人的。

---

① 《抱朴子·外篇·辞义》，见杨明照《抱朴子外篇校笺》下册，第 395 页。

② 范文澜：《中国通史简编》（修订版）第二编，第 416 页。

③ 范文澜：《文心雕龙注》，第 727 页。

④ 张少康：《文赋集释》，第 1、212 页。

⑤ 范文澜：《文心雕龙注》，第 727、495 页。

⑥ 阮元校刻：《十三经注疏》，第 905 页。

《考工记》按加工材质与工序的不同，将工匠区分为“攻木之工七，攻金之工六，攻皮之工五，设色之工五，刮摩之工五，抟埴之工二”① 等六大门类，再加上《周礼·天官》的“庖人”与“内外饔”，《周礼·夏官》的“御史”与“大驭”等工种。据此，我们将《文心雕龙》“以技艺为喻”话语，按其取譬领域的不同，划分为“攻木之技”“攻金之技”“抟埴之技”“设色之技”“刮摩之技”“庖饔之技”“驭御之技”等七大类，无法归类的用例一并统计到其他类型中。为获得对《文心雕龙》“以技艺为喻”现象的整体把握，我们在爬梳文本的基础上，将其用例表列如下：

表 4 《文心雕龙》“以技艺为喻”用例统计

类型	篇目	具体用例
攻木之技（92 例）	《原道》	斧藻群言
	《征圣》	文成规矩
	《宗经》	禀经以制式
	《正纬》	好生矫诞
	《明诗》	析文以为妙
	《诠赋》	般人辑颂
	《颂赞》	哲人之颂，规式存焉
	《祝盟》	祈祷之式‖祭奠之楷
	《铭箴》	准矱武铭
	《诔碑》	古式存焉‖遂为后式
	《哀吊》	始变前式‖正义以绳理‖剖析褒贬
	《史传》	取式《吕览》‖虽殊古式‖宗经矩圣之典‖华峤之准当‖莫有准的‖乃邓氏之规‖纪传为式‖诬矫如彼‖析理居正‖万代一准
	《诸子》	纯粹者入矩‖踳驳者出规‖慎到析密理之巧
	《论说》	论如析薪‖斤利者，越理而横断‖可为式矣
	《封禅》	辑韵成颂
	《章表》	未变古式‖台阁为式‖章式炳贲

① 阮元校刻：《十三经注疏》，第 909 页。

续表 1

类型	篇目	具体用例
	《奏启》	旧准弗差‖辟礼门以悬规‖标义路以植矩‖敛饬入规
	《议对》	楷式昭备‖言中理准
	《书记》	肃恭之遗式‖笺记之为式
	《神思》	寻声律而定墨‖窥意象而运斤‖规矩虚位‖至精而后阐其妙，至变而后通其数，伊挚不能言鼎，轮扁不能语斤，其微矣乎
	《体性》	体式雅郑‖镕式经诰‖剖析毫厘‖才由天资，学慎始习，斫梓染丝，功在初化，器成彩定，难可翻移
	《风骨》	析辞必精‖跨略旧规‖确乎正式
	《通变》	矩式周人‖檃括乎雅俗之际
	《定势》	模经为式‖准的乎典雅‖楷式于明断‖分毫析厘‖厌黩旧式‖湍回似规‖矢激如绳
	《镕裁》	隐括情理‖矫揉文采‖规范本体谓之镕‖裁则芜秽不生，镕则纲领昭畅，譬绳墨之审分，斧斤之斫削矣‖先标三准‖绳墨以外，美材既斫‖三准既定‖句有可削
	《声律》	廉肉相准‖甚于枘方‖免乎枘方
	《章句》	莫见定准
	《丽辞》	析句弥密‖剖毫析厘
	《夸饰》	义成矫饰
	《事类》	经籍之通矩‖后人之范式‖夫山木为良匠所度，经书为文士所择，木美而定于斧斤，事美而制于刀笔，研思之士，无惭匠石矣
	《隐秀》	譬诸裁云制霞，不让乎天工；斫卉刻葩，有同乎神匠‖雕削取巧
	《指瑕》	隐括于一朝
	《附会》	夫能悬识腠理，然后节文自会，如胶之粘木，石之合玉矣
	《物色》	不加雕削‖析辞尚简
	《才略》	循规以温雅‖准的所拟‖孙绰规旋以矩步
	《程器》	朴斫成而丹雘施，垣墉立而雕杇附
	《序志》	割情析采‖何能矩矱
	《原道》	镕钧六经
	《征圣》	陶铸性情

续表 2

类型	篇目	具体用例
攻金之技（40 例）	《宗经》	**若禀经以制式，酌雅以富言，是即山而铸铜，煮海而为盐也**‖据事制**范**‖性灵**镕匠**‖渊哉**铄**乎
	《辨骚》	取**镕**经意‖自**铸**伟辞
	《颂赞》	或**范**《駉》《那》‖有似**黄白之伪说**‖辞必清**铄**
	《铭箴》	始**范**《虞箴》
	《诏策》	垂**范**后代
	《奏启》	立**范**运衡
	《议对》	前代之明**范**‖酌三五以**镕**世
	《神思》	陶**钧**文思
	《体性》	情性所**铄**‖**镕**式经诰
	《风骨》	**捶**字坚而难移‖**镕铸**经典之**范**
	《通变》	师**范**宋集
	《定势》	**模**经为式者‖**镕范**所拟‖师**范**于核要
	《情采》	设**模**以位理
	《镕裁》	职在**镕**裁‖规**范**本体谓之**镕**‖**镕**则纲领昭畅‖练**镕**裁而晓繁略‖非夫**镕**裁
	《丽辞》	**扬马张蔡，崇盛丽辞，如宋画吴冶，刻形镂法**
	《事类》	后人之**范**式
	《练字》	篆隶相**镕**
	《隐秀》	无待于裁**镕**‖**锻**岁**炼**年
	《养气》	**销铄**精胆
	《物色》	**模**山**范**水
	《才略》	师**范**屈宋‖吐纳经**范**
抟埴之技（5 例）	《原道》	镕**钧**六经
	《征圣》	**陶**铸性情
	《宗经》	义既**埏**乎性情，辞亦匠于文理
	《神思》	**陶**钧文思
	《体性》	**陶**染所凝

续表 3

类型	篇目	具体用例
设色之技（139 例）	《原道》	剬诗**缉**颂‖**组织**辞令‖**经纬**区宇，**弥纶**彝宪
	《征圣》	**饰羽而画**
	《宗经》	摛风**裁**兴，藻辞谲喻
	《正纬》	**纬之成经，其犹织综，丝麻不杂，布帛乃成**‖体乖**织综**‖四贤博**练**
	《辨骚》	莫或**抽绪**‖**涅而不缁**‖才高者菀其**鸿裁**
	《明诗》	诗有恒**裁**‖**结**体散文
	《诠赋》	**结**言短韵‖品物毕**图**‖殷人**缉**颂‖**鸿裁**之寰域‖荀**结**隐语‖写物**图**貌‖**丽词雅义，符采相胜，如组织之品朱紫，画绘之著玄黄。文虽新而有质，色虽糅而有本，此立赋之大体也**‖蔚似雕**画**
	《颂赞》	陈思所**缀**‖**结**言于四字之句
	《祝盟》	**裁**以正义
	《铭箴》	崔胡**补缀**
	《诔碑》	最为辨**裁**‖**缀采**也雅而泽
	《哀吊》	**结**言摹诗‖隐心而**结**文则事惬
	《杂文》	业深**综**述‖吐典言之**裁**‖**结采**绵靡‖**裁**章置句
	《谐讔》	**图**象品物
	《史传》	**端绪**丰赡之功‖左氏**缀**事‖编年**缀**事‖**弥纶**一代‖腾褒**裁**贬
	《诸子》	青史**曲缀**于街谈‖事核而言**练**
	《论说》	**弥纶**群言‖校**练**名理‖多**抽前绪**‖**弥缝**莫见其隙
	《封禅》	**经道纬德**
	《议对》	辞**裁**以辨
	《书记》	**杼轴**乎尺素‖或全任**质素**，或杂用**文绮**
	《神思》	左思**练**都以一纪‖并资博**练**‖临篇**缀**虑‖**视布于麻，虽云未费，杼轴献功，焕然乃珍**
	《体性》	陶**染**所凝‖**经**理玄宗者也‖高论宏**裁**‖**裁**密而思靡‖**斫梓染丝，功在初化，器成彩定，难可翻移**‖因性以**练**才
	《风骨》	**结言**端直‖**缀**虑**裁**篇‖**练**于骨者‖**结**响凝而不滞‖雕**画**奇辞‖风辞未**练**‖空**结**奇字
	《通变》	**青生于蓝，绛生于蒨，虽逾本色，不能复化**‖**练青濯绛，必归蓝蒨；矫讹翻浅，还宗经诰**‖**参伍**因革

续表 4

类型	篇目	具体用例
	《定势》	综意浅切者‖绘事图色，文辞尽情；色糅而犬马殊形，情交而雅俗异势‖虽复契会相参，节文互杂，譬五色之锦，各以本采为地矣‖旧练之才
	《情采》	综述性灵‖织辞鱼网之上‖五色杂而成黼黻，五音比而成韶夏，五情发而为辞章‖情者文之经，辞者理之纬；经正而后纬成，理定而后辞畅‖心定而后结音‖联辞结采‖文不灭质，博不溺心，正采耀乎朱蓝，间色屏于红紫，乃可谓雕琢其章，彬彬君子矣
	《镕裁》	剪截浮词谓之裁‖裁则芜秽不生‖练镕裁而晓繁略‖缀辞尤繁‖夫美锦制衣，修短有度，虽玩其采，不倍领袖‖非夫镕裁
	《声律》	缀文难精‖非可缕言‖诗人综韵‖练才洞鉴
	《章句》	外文绮交，内义脉注‖裁章贵于顺序‖弥缝文体
	《丽辞》	运裁百虑‖扬、马、张、蔡，崇盛丽辞，如宋画吴冶，刻形镂法
	《比兴》	图状山川‖织综比义
	《事类》	渐渐综采‖综学在博‖校练务精‖子建明练
	《练字》	贯练雅颂‖魏代缀藻‖非博学不能综其理‖缀字属篇‖参伍单复
	《隐秀》	譬诸裁云制霞，不让乎天工；斫卉刻葩，有同乎神匠矣‖故自然会妙，譬卉木之耀英华；润色取美，譬缯帛之染朱绿。朱绿染缯，深而繁鲜；英华曜树，浅而炜烨
	《养气》	仲任置砚以综述
	《附会》	弥纶一篇，使杂而不越者也。若筑室之须基构，裁衣之待缝缉矣‖画者谨发而易貌，射者仪毫而失墙，锐精细巧，必疏体统‖以裁厥中‖缀思之恒数‖无棼丝之乱‖夫画者谨发而易貌，射者仪毫而失墙，锐精细巧，必疏体统‖统绪失宗‖悬绪自接
	《总术》	多欲练辞‖共相弥纶
	《时序》	德琏综其斐然之思‖结藻清英‖练情于诰策‖文变染乎世情
	《物色》	写气图貌‖摛表五色‖若青黄屡出‖参伍以相变
	《才略》	丽缛成文‖《新序》该练‖志慕鸿裁‖图物写貌‖士龙朗练‖孙楚缀思
	《知音》	缀文者情动而辞发
	《程器》	然推其机综
	《序志》	雕缛成体‖辞人爱奇，言贵浮诡，饰羽尚画，文绣鞶帨‖弥纶群言‖环络藻绘之府

续表 5

类型	篇目	具体用例
刮摩之技（55 例）	《原道》	云霞雕色‖雕琢性情‖研神理而设教
	《宗经》	扬子比雕玉以作器
	《正纬》	采其雕蔚
	《明诗》	各有雕采
	《诠赋》	楚人理赋‖扬子所以追悔于雕虫‖蔚似雕画
	《颂赞》	镂影摛声
	《诔碑》	石墨镌华
	《诸子》	研夫孟荀所述‖辨雕万物
	《论说》	研精一理‖钻坚求通
	《檄移》	文不雕饰
	《奏启》	砥砺其气
	《神思》	研阅以穷照‖刻镂无形‖张衡研京以十年‖研虑方定‖刻镂声律
	《体性》	经理玄宗者也‖童子雕琢
	《风骨》	雕画奇辞‖能研诸虑
	《情采》	镂心鸟迹之中‖辩雕万物‖藻饰以辩雕‖研味孝老‖雕琢其章
	《声律》	剖字钻响
	《丽辞》	刻形镂法‖联璧其章‖节以杂佩
	《比兴》	刻鹄类鹜
	《事类》	研思之士
	《隐秀》	斫卉刻葩‖非研虑之所求也‖雕削取巧
	《指瑕》	谬于研求‖钻灼经典
	《养气》	钻砺过分‖沥辞镌思
	《附会》	夫能悬识腠理，然后节文自会，如胶之粘木，石之合玉矣
	《总术》	莫肯研术
	《时序》	驺奭以雕龙驰响‖集雕篆之轶材‖美玉屑之谈
	《物色》	钻貌草木之中‖不加雕削
	《才略》	竭才以钻思
	《程器》	垣墉立而雕杇附‖雕而不器
	《序志》	古来文章，以雕缛成体

续表 6

类型	篇目	具体用例
庖饔之技（33 例）	《宗经》	余味日新
	《明诗》	成帝品录‖清典可味
	《乐府》	宰割辞调‖子政品文
	《颂赞》	挚虞品藻
	《祝盟》	修辞必甘
	《史传》	信有遗味‖品酌事例之条
	《神思》	伊挚不能言鼎
	《体性》	志隐而味深
	《情采》	研味孝老‖味之必厌
	《声律》	滋味流于下句‖声得盐梅，响滑榆槿‖割弃支离
	《丽辞》	精味兼载
	《事类》	操刀能割，必裂膏腴
	《隐秀》	味之者不厌‖余味曲包
	《养气》	常弄闲于才锋，贾余于文勇，使刃发如新，腠理无滞
	《附会》	品藻玄黄‖辞味必乱‖道味相附
	《总术》	义味腾跃而生‖味之则甘腴
	《物色》	味飘飘而轻举
	《才略》	品藻流别‖皎然可品
	《序志》	铨品前修之文‖品列成文‖擘肌分理‖咀嚼文义
驭御之技（42 例）	《辨骚》	若能凭轼以倚雅颂，悬辔以驭楚篇，酌奇而不失其贞，玩华而不坠其实，则顾盼可以驱辞力，欬唾可以穷文致
	《明诗》	继轨周人‖纵辔以骋节‖望路而争驱‖驱辞逐貌
	《诠赋》	无贵风轨
	《颂赞》	鲜有出辙
	《谐讔》	未免枉辔
	《论说》	转丸骋其巧辞
	《封禅》	必超前辙
	《章表》	执辔有余，故能缓急应节矣
	《奏启》	辞有风轨

续表 7

类型	篇目	具体用例
	《议对》	空骋其华
	《神思》	驯致以怿辞‖驭文之首术
	《体性》	方轨儒门
	《通变》	骋无穷之路‖轩翥出辙‖拓衢路，置关键，长辔远驭，从容按节‖若乃龌龊于偏解，矜激乎一致，此庭间之回骤，岂万里之逸步哉
	《定势》	执正以驭奇‖因利骋节
	《情采》	按辔于邪正之路‖可以驭文采
	《丽辞》	若两事相配，而优劣不均，是骥在左骖，驽为右服也
	《指瑕》	东野败驾
	《附会》	驱万涂于同归‖是以驷牡异力，而六辔如琴，驭文之法，有似于此。去留随心，修短在手，齐其步骤，总辔而已‖绝笔断章，譬乘舟之振楫；会词切理，如引辔以挥鞭
	《总术》	控引情源‖执术驭篇‖前驱有功‖骥足虽骏，纆牵忌长，以万分一累，且废千里。况文体多术，共相弥纶，一物携贰，莫不解体
	《时序》	驰骋石渠‖稍改前辙‖并驰文路‖驭飞龙于天衢‖驾骐骥于万里
	《才略》	凭经以骋才‖发轸以高骧
	《序志》	以驭群篇‖按辔文雅之场‖环络藻绘之府
其他（63 例）	《征圣》	情欲信，辞欲巧‖情信而辞巧
	《辨骚》	瑰诡而慧巧‖中巧者猎其艳辞
	《明诗》	纤密之巧
	《诠赋》	奇巧之机要‖景纯绮巧‖词必巧丽
	《颂赞》	虽纤巧曲致
	《诔碑》	吴诔虽工‖巧于序悲‖工在简要‖弥取于工矣‖巧义出而卓立
	《哀吊》	讥呵实工‖序巧而文繁
	《杂文》	颇亦为工‖会清要之工‖入博雅之巧‖飞靡弄巧
	《谐讔》	尤巧辞述‖纤巧以弄思‖虽有小巧
	《诸子》	辞巧理拙‖慎到析密理之巧
	《论说》	览文虽巧‖转丸骋其巧辞‖喻巧而理至
	《檄移》	曲趣密巧

续表 8

类型	篇目	具体用例
	《封禅》	斐然余巧
	《章表》	应物制巧
	《议对》	不以繁缛为巧‖穿凿会巧‖工文而疏治
	《书记》	情周而巧
	《神思》	言征实而难巧‖拙辞或孕于巧义
	《体性》	淫巧朱紫
	《风骨》	虽获巧意
	《定势》	从事于巧艳‖率好诡巧‖密会者以意新得巧
	《镕裁》	巧犹难繁，况在乎拙
	《声律》	属笔易巧
	《章句》	巧者回运
	《丽辞》	契机者入巧‖贵在精巧
	《隐秀》	隐以复意为工‖秀以卓绝为巧‖工辞之人‖雕削取巧
	《指瑕》	巧言易标
	《附会》	锐精细巧‖弃偏善之巧‖附会巧拙
	《总术》	借巧傥来‖机入其巧
	《物色》	巧言切状‖因方以借巧
	《才略》	以密巧为致‖颇怀笔记之工‖故思能入巧而不制繁
	《序志》	陆赋巧而碎乱

第三节 《文心雕龙》“以技艺为喻”理论意涵

从认知语言学的视角加以观照，文艺理论批评“以技艺为喻”，可视为百工技艺与辞人创作之间的“隐喻投射”（metaphorical projection）①，而在这组隐喻关系中，百工技艺显然是投射的“源域”（source domain），辞人创作无

① Mark Johnson. *The Body in the Mind*. The University of Chicago press. 1987. XIV—XVI.

疑是投射的“靶域”（target domain）①。“隐喻投射”的目的是打破不同知识域之间原有的藩篱，弥合逻辑分类的鸿沟，以实现不同知识域之间的经验互通与话语共享。② 刘勰在《文心雕龙》中经常将辞人作家譬诸能工巧匠，并以工匠的技艺活动比类辞人的文学创作。刘勰援“设色之技”“刮摩之技”，论证了文学创作“雕缛”与“符采”的体制特征；援“攻木之技”“攻金之技”“抟埴之技”，阐述了文学创作“重法度”“讲模范”的原则规律；援“庖饔之技”“驭御之技”，树立了“中和”“余味”的审美理想。刘勰借助“以技艺为喻”，在完成匠作经验向文学创作领域投射的同时，也实现了文艺理论批评与百工技艺之间的话语共享。③

一、雕缛与符采

《考工记》曰：“天有时，地有气，材有美，工有巧，合此四者，然后可以为良。”④ 从中可以看出，百工技艺经验最重要、最直接的一点就是“巧”。许慎或许正是考虑到这点，才以“巧饰”释“工”，以“技”训“巧”。⑤ 刘勰取譬百工以论文，首先关注的也是技艺经验中的“工巧”。刘勰论文尤爱使用“巧”字，《文心雕龙》全书中“巧”字共出现了 54 次，除《序志》篇所引王孙《巧心》书名的成辞外，尚有 53 处之多。“工”字在《文心雕龙》全书中也出现了 13 次，除去《原道》之“画工”、《才略》之“良工”、《隐秀》之“天工”的名词性用法外，其余 10 处则是“工巧”义的形容词性用法。在百工技艺中，最重“巧饰”者，莫过于“设色之技”（主要为纺织、画缋）与“刮摩之技”（主要为治玉）。故而，在阐述文学创作之辞采问题时，“设色”

---

① Bipin Indurkhya. *Metaphor and Cognition*. Kluwer Academic Publishers. 1992. 271.

② 我们反观第二、三章的“以人为喻”“以自然物为喻”，也包括接下来第五章的“以器物为喻”“以乐舞为喻”“以兵为喻”，它们皆可视为不同知识领域间的“隐喻投射”。不仅如此，所有古代文艺理论之象喻批评，甚至是所有知识领域的象喻言说（包括人文学科，也包括自然学科），也都可以理解为一种“隐喻投射”。

③ 参见赵忠富《“以技为喻”与〈文心雕龙〉批评话语的生成》，《古代文学理论研究》2020 年第 2 期。

④ 阮元校刻：《十三经注疏》，第 906 页。

⑤ 段玉裁：《说文解字注》，第 201 页。

“刮摩”两种技艺往往是刘勰取譬设喻的首选对象。

刘勰援引“设色之技”“刮摩之技”，意在阐明“雕缛成体”① 的创作理念。纺织、画缋以工巧为能事，《考工记》曰：

> 画缋之事，杂五色。东方谓之青，南方谓之赤，西方谓之白，北方谓之黑，天谓之玄，地谓之黄。青与白相次也，赤与黑相次也，玄与黄相次也。青与赤谓之文，赤与白谓之章，白与黑谓之黼，黑与青谓之黻，五采备谓之绣。土以黄，其象方，天时变。火以圜，山以章，水以龙，鸟兽蛇。杂四时五色之位以章之，谓之巧。②

《考工记》作者首先指出，纺织、画缋之事乃是圣人观象制器的产物，天玄地黄，四方异色，郁然有彩的天地六合是锦绣最初的法象与原型。按照与四方相配的理念，则形成了织锦、画缋中不同的色彩组合：青、赤相配为文，赤、白相配为章，白、黑相配为黼，黑、青相配为黻。四方之色，再加上土地的黄色（虽六合各有其色，但“玄出于黑，故六者有黄无玄为五也”③ ），即为“五色”，亦称“五采”。火、山、水龙、鸟兽者，为章服上所绣之图案。《尚书·益稷》有“（帝舜曰）予欲观古人之象，日、月、星辰、山、龙、华虫，作会，宗彝、藻、火、粉米、黼、黻，絺绣，以五采彰施于五色，作服”④，此即“十二章纹”，《考工记》只是略举四端。无论是色彩的组合，还是图案的搭配，都体现了织锦、画缋注重文饰、工巧的技艺特点。

玉人、雕工治玉同样以文饰为旨归。治玉的核心工艺在于“雕琢”，“雕琢”者，“文饰”玉石也。在《说文解字》中，许慎释“琢”为“治玉”，解“彫”（“雕”的古字）为“琢文”。⑤《诗经·大雅·棫朴》有“追琢其章，金玉其相”的诗句，毛传曰：“追，彫也。金曰彫，玉曰琢。相，质也。”郑玄

---

① 范文澜：《文心雕龙注》，第 725 页。

② 阮元校刻：《十三经注疏》，第 918—919 页。

③ 孙星衍：《尚书今古文注疏》，陈抗、盛冬玲点校，北京：中华书局，1986 年，第 102 页。

④ 阮元校刻：《十三经注疏》，第 141 页。

⑤ 段玉裁：《说文解字注》，第 15、424 页。

笺曰："《周礼·追师》'掌追衡笄'，则追亦治玉也。……追琢玉使成文章。"孔疏云："言治宝物为器，所以可彫琢其体以为文章者，以金玉本有其质性故也。……《释器》上文云：'玉谓之彫，金谓之镂。'刻金不为彫，言金曰彫者，以彼对文为别，散可以相通。"① 可见，无论是织锦、画缋，抑或雕琢，其目的均为文饰，虽然技艺对象有布、帛、金、玉之别。

刘勰取譬"设色之技""刮摩之技"，目的就是援引其工巧、文饰的匠作经验，以阐述"雕缛成体"的创作理念。《情采》中，刘勰探讨情感与修辞问题时，除个别"以自然物为喻"的用例外，主要取譬于"设色"与"刮摩"技艺。"立文之道，其理有三：一曰形文，五色是也；二曰声文，五音是也；三曰情文，五性是也。五色杂而成黼黻，五音比而成韶夏，五情发而为辞章，神理之数也"②，即是以织锦与制乐来比譬文学创作中的文饰问题。古人在论述音乐问题时，也多会取譬织锦来阐述音乐创作中的文饰问题，《荀子·乐论》所谓"乐者，审一以定和者也，比物以饰节者也，合奏以成文者也"③，《礼记·乐记》所谓"声成文，谓之音""文采节奏，声之饰也"④，陈仲儒所谓"五调各以一声为主，然后错采众声以文饰之，方如锦绣"⑤，等等，即是。刘勰由织锦到制乐，最后到为文的递进比类，最原初、最基本的"审美模子"⑥ 还是织锦。此外，"情者，文之经；辞者，理之纬；经正而后纬成，理定而后辞畅，此立文之本源也"⑦，同样是援"经纬相错乃成文"⑧ 的织锦技艺为譬喻，阐述文学创作中情与辞的主次与配合。刘勰取譬"设色""刮摩"技艺，在把纺织、画缋、治玉之工巧、文饰的匠作经验投射于文学批评领域的同时，也将"缛""采""缛采""缀采""结采""绮交""结藻"，以及

① 阮元校刻：《十三经注疏》，第514—515页。

② 范文澜：《文心雕龙注》，第537页。

③ 王先谦：《荀子集解》，沈啸寰、王星贤点校，第379页。

④ 阮元校刻：《十三经注疏》，第1527、1537页。

⑤ 见魏收《魏书》卷一〇九《乐志》，北京：中华书局，1974年，第2836页。

⑥ 参见古风《刘勰对于"锦绣"审美模子的具体运用》，《文学评论》2008年第4期。

⑦ 范文澜：《文心雕龙注》，第538页。

⑧ 《左传·昭公二十五年》孔颖达疏语，见阮元校刻《十三经注疏》，第2108页。

“雕”“镂”“镌”“刻”“雕缛”“雕琢”“雕采”“雕饰”“雕削”“雕柎”“刻镂”等技艺术语转化为文学批评话语。

刘勰虽然认识到巧饰、雕琢对于文学的生成意义，但他也深知繁缛之弊，于是在“雕缛成体”之外，又提出了“符采相胜”。在阐述“符采相胜”修辞原则时，刘勰同样采用了“以技艺为喻”的话语范式，并将“设色之技”“刮摩之技”作为主要的取譬对象。《诠赋》曰：

> 原夫登高之旨，盖睹物兴情。情以物兴，故义必明雅；物以情观，故词必巧丽。丽词雅义，符采相胜，如组织之品朱紫，画绘之著玄黄。文虽新而有质，色虽糅而有本，此立赋之大体也。①

刘勰主张辞赋创作要词丽义雅、文而有质，当然这一原则对于其他文体同样适用。《辨骚》“文辞丽雅，为词赋之宗”，《明诗》“四言正体，则雅润为本；五言流调，则清丽居宗”，《章表》“雅义以扇其风，清文以驰其丽”②，等等，皆是此意。文学创作中文采与质素、丽辞与雅义相互配合的修辞原则，与《考工记》所谓“材有美，工有巧”③ 的匠作经验，异曲同工，异质同构。刘勰“以技艺为喻”阐述“符采相胜”的修辞原则，其学理依据正在于此。

雕琢、錾刻之美，在于“金相玉式”④。前引《诗经·大雅·棫朴》“追琢其章，金玉其相”句，孔颖达疏云：“言治宝物为器，所以可雕琢其体，以为文章者，以金玉本有其质性故也。”⑤ 朱熹集解亦曰：“追之琢之，则所以美其文者至矣；金之玉之，则所以美其质者至矣。”⑥ 刘勰取譬雕工“刮摩之技”，遂有“符采相胜”之喻。“符采”一词原为偏正结构，“符”即“符节”，是古代朝廷用以传达命令、调动军队的信物，材质最初有竹、金、玉、角等多种，

① 范文澜：《文心雕龙注》，第 136 页。

② 范文澜：《文心雕龙注》，第 46、67、408 页。

③ 阮元校刻：《十三经注疏》，第 906 页。

④ 《文心雕龙·辨骚》，见范文澜《文心雕龙注》，第 48 页。

⑤ 阮元校刻：《十三经注疏》，第 515 页。

⑥ 朱熹：《诗集传》，赵长征点校，第 242 页。

其后多以金、玉为之。“采”就是“符节”上的文饰，兼有防伪与美观两种用途。左思《三都赋》有“符采彪炳”之语，刘逵注曰“符采，玉之横文也”①，这就是“符采”的偏正用法。刘勰取譬时，却将“符采”一词用为并列结构，“‘符’即‘义’，‘采’即‘辞’；‘符采相胜’即‘辞’‘义’‘相胜’。……‘符’即‘质’，‘采’即‘文’，‘符采’二者并列，表示的是‘质’和‘文’的对立统一关系”②。除了这里的“符采相胜”外，《宗经》篇的“符采相济”，《诏策》篇的“符采炳耀”，《风骨》篇的“符采克炳”③，也可视为相同的用例。

纺织、画缋之妙，在于“素以为绚”。“素以为绚”应为《诗经·卫风·硕人》篇的逸文，《论语·八佾》卜商引诗时曾有此四字。有关“素以为绚”，何晏集解引郑玄注曰：“绘画，文也。凡绘画，先布众色，然后以素分布其间，以成其文。”邢昺注疏也认同郑玄的观点，并引《考工记》以为佐证：“《考工记》云‘画绘之事，杂五色’，下云‘画缋之事，后素功’。是知凡绘画，先布众色，然后以素分布其间，以成其文章也。”④ 朱熹《论语集注》对“素以为绚”“绘事后素”作出了迥然不同的阐释：“‘素’，粉地，画之质也。‘绚’，采色，画之饰也。……‘绘事’，绘画之事也。‘后素’，后于素也。《考工记》曰：‘绘画之事，后素功。’谓先以粉地为质，而后施五采。”⑤ 两相比照，我们以为朱熹的集注于夫子与卜商论诗之旨更为妥贴，⑥ 也更加契合画缋事先有粉地、素帛，而后才能施五采、杂五色的匠作经验。刘勰援“设色之技”以为比类，即是借助其“先质后文”“素以为绚”的匠作经验，阐述

---

① 萧统编：《文选》，李善注，第177页。

② 冯春田：《文心雕龙释义》，济南：山东教育出版，1986年，第33—34页。

③ 范文澜：《文心雕龙注》，第23、359、514页。

④ 阮元校刻：《十三经注疏》，第2466页。

⑤ 朱熹：《四书章句集注》，第63页。

⑥ 《论语·八佾》原文：“子夏问曰：‘“巧笑倩兮，美目盼兮，素以为绚兮”。何谓也？’子曰：‘绘事后素。’曰：‘礼后乎？’子曰：‘起予者商也，始可与言诗已矣。’”就其内容而言，明显是在以“诗”论“礼”，孔子在答问时为启发子夏，援画缋技艺以为譬喻。孔安国、郑玄等人“以素喻礼”的解会，殊乖夫子以“文”称“礼”，如“文质彬彬”“郁郁乎文”之用语习惯。而朱熹所谓“犹人有美质，然后可加文饰”的德、质为先，礼、文为后，庶几近之。

“质素文绮”“文质彬彬”的修辞原则。上文所引“组织之品朱紫，画绘之著玄黄。文虽新而有质，色虽糅而有本”，以及《定势》“虽复契会相参，节文互杂，譬五色之锦，各以本采为地矣”，《程器》“蓄素以弸中，散采以彪外”①，等等，皆是其例。

刘勰将其论文钜制命名《文心雕龙》也运用了“以技艺为喻”的话语范式，并蕴含着“符采相济”的修辞理想。《文心雕龙》的书名历来是“龙学”研究中聚讼不休的话题，迄今仍无定谳。争论的焦点主要集中于三个问题：其一，“文心”一词的渊源或主张取自佛典《阿毗昙心》（范文澜、饶宗颐等），或以为源自陆机“余每观才士之所作，窃有以得其用心”②（陆侃如、牟世金等），或径从刘勰自道认定其出于涓子《琴心》、王孙《巧心》（张立斋、周勋初等)；③ 其二，“雕龙”一词与“雕龙奭”典故的关系，“龙学”界也有三种声音，或认为两者没有关系（陆侃如、牟世金、周振甫等），或认为两者有直接的继承关系（王利器、王运熙、张国光等），或认为“雕龙”并不仅仅是受“雕龙奭”的影响（郭晋稀等以及周振甫、陆侃如、牟世金的修订本)；④ 其三，对于“文心”与“雕龙”的结构关系，“龙学”界对于该问题争议最大，有“平列说”（周振甫、周勋初等）“谓状说”（王运熙、周锋、滕福海等）“主谓说”（石家宜、张灯、万奇等）“状谓说”（刘业超）“并列因果说”（孙蓉蓉）等诸多观点。

若将《文心雕龙》命名放在“以技艺为喻”的视阈下进行观照，问题似

---

① 范文澜:《文心雕龙注》，第530、720页。

② 张少康:《文赋集释》，第1页。

③ 我们认为，有关“文心”出处问题，三种观点均有其合理之处。同属文论钜制，且又相去不远，《文心雕龙》对《文赋》的借鉴有目共睹，“文心”一词出于《文赋》自然不失为一说。刘勰栖身定林寺多年，其间协助僧祐整理经藏、区别部类，因而博通经论，“文心”一词源自佛典亦不失为一说。至于，“文心”源出《琴心》《巧心》，原是刘勰夫子自道，更应成其为一说。

④ 三种观点可以简洁地称为“无关说”“相关说”“有关说”。鉴于“雕龙奭”典故在两汉魏晋南北朝的广泛影响，我们以为“无关说”是不能成立的。而“相关说”直接把“雕龙”归之于“雕龙奭”典故，没有顾及刘勰极力撇清与驺奭的关系之用心，也有武断之嫌。我们认为“有关说”能更好地揭示刘勰的意图。

乎能得到更为熨贴的解释[①]。首先，《文心雕龙》中“雕龙”一词与“雕龙奭”的典故，两者都是“以技艺为喻”的象喻话语。“雕龙奭”典故在两汉典籍中颇为常见，刘向《别录》中“驺衍之所言五德终始，天地广大，尽言天事，故曰‘谈天’。驺奭脩衍之文，饰若雕镂龙文，故曰‘雕龙’”[②]，明确指出“雕龙奭”是取譬于古老的雕龙技艺。“雕龙奭”的称谓，将雕人匠作经验引入修辞领域，此后“雕龙”便成为文学创作与卓绝文才的代名词。蔡邕《太尉乔玄碑阴》赞许乔玄“文繁雕龙”[③]，范晔《后汉书·崔骃列传》盛誉崔氏家族“世禅雕龙”[④]，等等，即是其例。《文心雕龙》的命名同样受了“雕龙奭”的启发。既然如此，刘勰为何又要极力撇清与驺奭的关联呢？个中缘由，恐怕是驺奭之文雕琢太过，让刘勰想到了齐梁“饰羽尚画，文绣鞶帨”[⑤] 的讹滥文风。刘勰一方面肯定“雕缛成体”，一方面又引“驺奭之群言雕龙”以为鉴戒，其间确实有矛盾、龃龉之处，这是毋庸讳言的。假如我们经由“雕龙奭”的中介，进而回溯至“雕龙技艺”的本源，庶几可得刘勰氏的良苦用心。古老的雕龙技艺，以繁复的龙纹为饰，“美其文者至矣”，代表着我国古代工艺美术的最高水平。其所加工之对象或金或玉，“美其质者至矣”[⑥]。两者合璧，正是《考工记》“材有美，工有巧”[⑦] 之技艺理想的体现。刘勰取譬于此，是为了诠释其文质彬彬、符采相胜的修辞理想。从以上论述可以看出，“文心”与“雕龙”之间是一种譬喻式的主谓关系：为文之用心，如工匠雕刻龙纹，讲究金相玉式、符采相胜。此外，刘勰取譬“雕龙”，至少还有两重别的

---

① 参见赵忠富《“以技为喻”释“雕龙”——〈文心雕龙〉书名再探》，《陕西理工大学学报（社会科学版）》2024 年第 3 期。

② 裴骃《史记集解》注引，见司马迁《史记》，第 2348 页。

③ 严可均辑：《全后汉文》卷七七，第 774 页。

④ 范晔：《后汉书》卷五二《崔骃列传》，第 1733 页。

⑤ 范文澜：《文心雕龙注》，第 726 页。

⑥ 朱熹：《诗集传》，赵长征点校，第 242 页。

⑦ 阮元校刻：《十三经注疏》，第 906 页。

用意：其一，以“雕龙”命名其论文钜制，体现刘勰对于是书的自得之意①；其二，以“龙”譬“文”，以“雕龙”喻“写作”，借助龙在我国文化传统中的神圣性，赋予文学创作以沟通天人的神圣意义。② 关于后一点，我们将在第五章“以器物为喻”部分详细展开。

二、规矩与模范

除上述“雕缛”“符采”亦即“工巧”的匠作经验外，刘勰也极其重视百工技艺中所蕴藏的“术数”。“术数”就是我们通常所说的“技道”，“术”即“技”也，为形下之操作层面，“数”即“道”也，为形上之哲学层面。我们所以舍“技道”而取“术数”，为的是与刘勰用语习惯保持一致。《文心雕龙》中“技”字仅在《养气》篇中出现过 1 次（“战代技诈”③），加上《正纬》篇“伎数之士”④ 中的“伎”字，也不过 2 见，而“术”字的出现有 54 次之多。《文心雕龙》中的“道”字偏于圣人之道，“技道”之“道”在该书中由“数”字来指称，“数”字在《文心雕龙》中共出现 43 次。正是基于此，我们在用语上才舍“技道”而取“术数”。

如前所述，“术”指向形下层面，主要是各技艺门类之操作规范，属于可言说的部分；“数”指向形上层面，主要是诸技艺门类共通的超验哲学，属于不可言传的部分。但二者并非泾渭分明，存在道进乎技、技进乎道的沟通可能。百工技艺的理想境界正是“神乎其技”“道技合一”的状态。唐陆德明在校释《庄子·天道》“不徐不疾，得之于手而应于心，口不能言，有数存焉于

---

① 刘勰虽提出“符采相胜”的修辞理想，却很少以之许人。《文心雕龙》中“符采”一词多被用以称誉圣人之制，如《原道》“符采复隐”、《宗经》“符采相济”。辞人获此殊荣者，仅卫觊一人，《诏策》谓“卫觊禅诰，符采炳耀，弗可加已”。刘勰鲜以“符采”许人，却以“雕龙”为自己论文之制命名，足见其自得之意。当然，刘勰以“雕龙”名篇，更多是为古今辞人树立一种修辞理想，希望他们能够取式圣人，效法百工，创作出质素文绮、符采相胜的优秀作品，最终实现人文创作陶铸性情、参赞化育的神圣职能。

② 参见闫月珍《器物之喻与中国文学批评——以〈文心雕龙〉为中心》。

③ 范文澜：《文心雕龙注》，第 646 页。

④ 范文澜：《文心雕龙注》，第 30 页。

其间"[1] 句之"有数"一词时，即曾指出："数，术也。"[2] 由此可知，不惟"道""技"能够互通，"术""数"也可一如。相较"工巧"，《文心雕龙》中"术数"的意蕴更加丰富。概括来说，所谓"术数"者，就是取譬"攻木之技""攻金之技""抟埴之技""庖饔之技""驭御之技"，来阐释文学创作之操作规则与艺术哲学。分梳而言，"攻木""攻金""抟埴"三种技艺多被用以比类文学创作的操作规则，"庖饔""驭御"两种技艺多被用以譬喻文学创作的艺术哲学。

在探讨文学创作规矩与法度问题时，木工匠作经验是刘勰主要取譬的对象。[3] 当然，如墨子所言："百工从事者亦皆有法。"[4] "工"字本身即含有法度之义，许慎解"工"就有"象人有规矩"[5] 的释文。甲骨文考古成果显示，"工"为象形字，所象之物是画直角和方形的曲尺，亦即"为方之器"的矩。[6] 虽百工从事者各有其法，但相比较而言，百工之中尤以木工最讲法度。《考工记·轮人》曰：

> 是故规之以视其圜也，萬之以视其匡也，县之以视其辐之直也，水之以视其平沈之均也，量其薮以黍以视其同也，权之以视其轻重之侔也。故可规、可萬、可水、可县、可量、可权也，谓之国工。

对于"规"字，郑玄注曰"轮中规则圜矣"，可知"规"为正圜之器。对于"萬"字，郑玄注曰"等为萬蒌，以运轮上，轮中萬蒌，则不匡刺也。故书'萬'作'禹'。郑司农云'读为萬，书或作矩'"。由此可知"萬"与"矩"同，也是"为方之器"。对于"县"字，郑玄注曰"轮辐三十，上下相直，从

① 郭庆藩：《庄子集释》，王孝鱼点校，第491页。

② 陆德明：《经典释文汇校》，黄焯汇校，北京：中华书局，1980年，第235页。

③ 对于《文心雕龙》以木工技艺喻为文法度，闫月珍先生《器物之喻与中国文学批评——以〈文心雕龙〉为中心》一文有较为透辟的论述，可参看。本书也从该文中获得较多启发。

④ 孙诒让：《墨子间诂》，孙启治点校，第20页。

⑤ 段玉裁：《说文解字注》，第201页。

⑥ 参见徐中玉主编《甲骨文字典》，成都：四川辞书出版社，1989年，第494页。

旁以绳县之。中绳，则凿正辐直矣”，由此可知，“县”就是以绳测直。对于“水”字，贾公彦疏曰“两轮俱置水中，观视四畔入水均否，若平深均，则斫材均矣”①，由此可知，“水”就是以水测平。《淮南子·时则训》有：“阴阳大制有六度：天为绳，地为准，春为规，夏为衡，秋为矩，冬为权。”② 将《考工记》与《时则训》两相比勘，“可规”对应“春为规”，“可萬”对应“秋为矩”，“可水”对应“地为准”，“可县”对应“天为绳”，“可量”对应“夏为衡”，“可权”对应“冬为权”，六者皆含有法度之义。《考工记·舆人》亦有：“圜者中规，方者中矩，立者中县，衡者中水。”③ 由此可见，“攻木之技”对于法度的依凭。

刘勰取譬“攻木之技”，正是想会通其重规矩、讲法度的技艺经验。《征圣》有：“文成规矩，思合符契。或简言以达旨，或博文以该情，或明理以立体，或隐义以藏用。”《宗经》云：“若禀经以制式，酌雅以富言。”《颂赞》亦云：“《时迈》一篇，周公所制，哲人之颂，规式存焉。”④ 其中所谓“文成规矩”“禀经以制式”“规式存焉”者，即是取譬“攻木之技”，阐述文学创作当遵循圣人所树立之规式与法度的道理。《诸子》“然繁辞虽积，而本体易总，述道言治，枝条五经，其纯粹者入矩，踳驳者出规。礼记月令，取乎吕氏之纪；三年问丧，写乎荀子之书：此纯粹之类也。若乃汤之问棘，云蚊睫有雷霆之声；惠施对梁王，云蜗角有伏尸之战；列子有移山跨海之谈，淮南有倾天折地之说，此踳驳之类也”⑤，更是从正反两个方面论证了合规入矩的必要性。刘勰取譬“攻木之技”，在会通木工之匠作经验的同时，也完成了技艺术语向批评话语的转换。《文心雕龙》中，“规矩”出现 2 次，“矩式”“规式”“矩矱”“准矱”各出现 1 次，“绳墨”出现 2 次，“规”出现 12 次⑥，“矩”出

① 阮元校刻：《十三经注疏》，第 909 页。

② 何宁：《淮南子集释》，第 439 页。

③ 阮元校刻：《十三经注疏》，第 909 页。

④ 范文澜：《文心雕龙注》，第 15、23、157 页。

⑤ 范文澜：《文心雕龙注》，第 308—309 页。

⑥ “规”字在《文心雕龙》中共出现 24 处，表示“正圜之器”的有 15 处，其中组合用法 3 处，单字 12 处。

现5次，“准”出现11次，“绳”出现3次，“墨”出现1次，“式”出现26次，以“攻木之技”术语阐释为文之法度的用例凡66处。

在探讨文学创作的模范问题时，“攻金之技”与“抟埴之技”是刘勰主要的取譬对象。“攻金之技”“抟埴之技”的模范问题和“攻木之技”的规矩、法度问题密切相关，可视为规矩、法度向“攻金”“抟埴”两种技艺的辐射与延伸。工匠们想要制作出合乎规式的器物（主要为金属制品和陶土制品），必须凭借蕴含着规式与法度的“制器之器”，如“镕”“型”“模”“范”[①] 等。对于“镕”字，许慎释曰：“冶器法也，从金容声。”段玉裁注云：“冶者，销也，铸也。《汉书·董仲舒传》曰：‘犹泥之在钧，唯甄士者之所为；犹金之在镕，唯冶者之所铸’。师古曰：‘镕，谓铸器之模範也。’”[②] 徐锴《说文系传》云：“亦模範也，古言镕裁出于此。”[③] 朱骏声《说文通训定声》引《通俗文》：“木曰模，水曰法，土曰型，竹曰笵，金曰镕。”[④] 对于“镕”的解说日益细密，其金制铸器模範之意义也渐趋明朗。对于“型”字，许慎释曰：“铸器之法也，从土刑声。”段注援引《通俗文》云：“以木为之曰模，以竹曰笵，以土曰型。”[⑤] 徐锴《说文系传》云：“铸器之範，俗谓之扑也。”[⑥] 由此可知，“型”为土制铸器模範。有关“模”字，许慎释曰：“法也，从木莫声。”段注云：“以木曰模，以金曰镕，以土曰型，以竹曰笵，皆法也。”[⑦] 桂馥《说文解字义证》引《论衡·物势》：“今夫陶冶者，初埏埴作器，必模範为形。”[⑧] 可见，“模”为木质铸器之範。有关“笵”字，许慎的对它的解释与“模”字一般无二，还是“法也”，段注与“模”字亦颇相近：“以土曰型，以金曰镕，以木曰模，以竹曰笵。一物材别也。”[⑨] 在段玉裁看来，型、镕、模、笵四者

① “范”，古字为“笵”，有时也作“範”。
② 段玉裁：《说文解字注》，第703页。
③ 见丁福保编纂《说文解字诂林》，第13482页。
④ 见丁福保编纂《说文解字诂林》，第13483页。
⑤ 段玉裁：《说文解字注》，第688页。
⑥ 见丁福保编纂《说文解字诂林》，第13233页。
⑦ 段玉裁：《说文解字注》，第253页。
⑧ 见丁福保编纂《说文解字诂林》，第5957页。
⑨ 段玉裁：《说文解字注》，第191页。

虽然材质有别，但其用相同，皆为铸器之法也。

刘勰取譬“攻金之技”“抟埴之技”，主要就是会通其注重模范的匠作经验。刘勰论文主张征圣宗经，不仅将圣人所树规式与法度视为文学创作的基本遵循，同时，还把以“五经”为代表的圣人经典，当作文学创作的模范与楷式。《宗经》：“皇世《三坟》，帝代《五典》，重以《八索》，申以《九丘》。……义既埏乎性情，辞亦匠于文理，故能开学养正，昭明有融”，“性灵镕匠，文章奥府。渊哉铄乎，群言之祖。”① 刘勰取譬冶金与埏埴两类技艺，来阐述圣人经典对于君子性情的陶铸作用，以及对于文学创作的镕范功能。《辨骚》“观其骨鲠所树，肌肤所附，虽取镕经意，亦自铸伟辞”，《颂赞》“若夫子云之表充国，孟坚之序戴侯，武仲之美显宗，史岑之述熹后，或拟《清庙》，或范《駉》《那》”，《铭箴》“至扬雄稽古，始范《虞箴》，作《卿尹》《州牧》二十五篇”②，等等，则是以具体的文学创作实例，来论证圣人经典之于辞人创作的模范意义。除圣人经典外，刘勰认为前代作家的特出之作，也可以成为后世辞人创作的模范。如《诏策》“武帝崇儒，选言弘奥。策封三王，文同训典。劝戒渊雅，垂范后代”，《议对》“晁错对策，蔚为举首。……凡此五家，并前代之明范也”，《事类》“至于崔班张蔡，遂捃摭经史，华实布濩，因书立功，皆后人之范式也”③，等等。刘勰在会通“攻金”与“抟埴”匠作经验的同时，也将相应的技艺术语纳入到文学批评话语体系之中。在《文心雕龙》中，“镕范”出现 1 次，“镕”出现 14 次④，“刑”出现 2 次（“刑”即“型”字)⑤，“模”出现 3 次，“范”出现 14 次⑥。“镕”“刑”“模”

---

① 范文澜：《文心雕龙注》，第 21—23 页。

② 范文澜：《文心雕龙注》，第 47、157、194 页。

③ 范文澜：《文心雕龙注》，第 359、439、615 页。

④ 在《文心雕龙》中，“镕”字共出现 15 次，除“镕范”组合用法外，还有《镕裁》的篇名。而篇名中的“镕”，按照刘勰“规范本体谓之镕”的释名，可知这里“镕”字亦是“模范”之意，故而将其计入总数。

⑤ 《文心雕龙》中，“刑”字共出现 4 次，其中为“模范”之义的用法有 2 处。

⑥ 《文心雕龙》中，“范”字共出现 22 次，“镕范”组合去其一。此外，《正纬》之《洪范》、《论说》之范睢、《书记》之范宣、《比兴》之范蔡、《时序》之何范、《才略》之范雎、《序志》之弘范等 7 处为书籍、人物之专有名词，也须摒除，余下为 14 处。

"范"的34处用例，均含有模范之义，所不同的是它们有时是名词性的学习对象，有时是动词性的学习行为①。

三、调和与余味

如前所述，刘勰取譬"攻木""攻金""抟埴"三类技艺，侧重于说明文学创作操作层面之雕缛、符采的"技"与"术"。而"庖饔之技""驭御之技"，则主要被刘勰用以阐释文学创作哲学层面之中和、余味的"道"和"数"。

先说"庖饔之技"。华夏先民向来注重饮食之事，孔子有言"食不厌精，脍不厌细""色恶，不食""失饪，不食""割不正，不食""不得其酱，不食"②，俚语亦云"民以食为天"。在长期技术实践的基础上，古人积累了无比丰富的烹饪知识，形成了博大精深的烹饪哲学。商代伊尹是佐汤伐夏的杰出政治家，同时也是一位技艺超绝的烹饪大师，他所提出的"五味调和说"，是我国烹饪哲学最具代表性的成果。《吕氏春秋·孝行览·本味》载伊尹之言曰：

> 三群之虫，水居者腥，肉玃者臊，草食者羶，臭恶犹美，皆有所以。凡味之本，水最为始。五味三材，九沸九变，火为之纪。时疾时徐，灭腥去臊除羶，必以其胜，无失其理。调和之事，必以甘酸苦辛咸，先后多少，其齐甚微，皆有自起。鼎中之变，精妙微纤，口弗能言，志不能喻。若射御之微，阴阳之化，四时之数。故久而不弊，熟而不烂，甘而不哝，酸而不酷，咸而不减，辛而不烈，淡而不薄，肥而不腴。③

伊尹所说的"调和之事，必以甘酸苦辛咸"，就是著名的"五味调和说"。春秋时期，齐相晏婴也曾提出"和如羹焉"的烹饪之道："和如羹焉，水火醯醢

---

① 《文心雕龙·定势》有"是以模经为式者，自入典雅之懿""镕范所拟，各有司匠"两句，詹锳先生义证"模"为"取法"，"镕范，此处指学习对象"。见詹锳《文心雕龙义证》，第1117、1119页。

② 阮元校刻：《十三经注疏》，第2495页。

③ 许维遹：《吕氏春秋集释》，梁运华整理，第313—315页。

盐梅以烹鱼肉，燀之以薪。宰夫和之，齐之以味，济其不及，以洩其过。君子食之，以平其心。”① 在古人看来，烹饪之妙少关乎宰割烹煮，而多在于“调和之事”。故而，周朝时负责王之饮食的工匠除膳夫、庖人、内饔、外饔、亨人之外，尚有“食医”一职。《周礼·天官·冢宰下》有：“食医掌和王之六食、六饮、六膳、百羞、百酱、八珍之齐。……凡和，春多酸，夏多苦，秋多辛，冬多咸，调以滑甘。凡会膳食之宜，牛宜稌，羊宜黍，豕宜稷，犬宜粱，雁宜麦，鱼宜苽。”贾公彦疏曰：“言掌和王之六食以下者，此等并使膳夫所掌，此食医调和而已。”② 由此可知，“食医”其职司唯有“调和”一事。“调”者，是指不同食材、佐料的调剂与配伍，《周礼》所谓“会膳食之宜”，就是“调”的经验之谈。“和”乃“调”之结果，亦即伊尹所谓“甘而不哝，酸而不酷，咸而不减，辛而不烈”，这正是烹饪之事的旨归所在。

刘勰取譬“庖饔之技”，目的正是以其“五味调和”的技艺经验，来阐述“中和之美”的创作理想。通过前文的论述可知，在陆机《文赋》和葛洪《抱朴子》中，已经出现过“以庖饔之技为喻”论文的用例，前者如“阙大羹之遗味，同朱弦之清氾”③，后者如“考盐梅之咸酸，不知大羹之不致”④。不过，陆机、葛洪的比类侧重于大羹的“不致”“不和”，亦即不加调和的本味之美，而刘勰则更加看重庖饔之工的调和之道。《声律》篇探讨宫商问题时，刘勰取譬“庖饔之技”，提出“声得盐梅，响滑榆槿”⑤ 之说。所谓“盐梅”，《尚书·商书·说命下》有：“若作和羹，尔惟盐梅。”孔安国注曰：“盐咸，梅醋，羹须咸醋以和之”⑥；“榆槿”者，《周礼·天官·冢宰下》有：“凡和，春多酸，夏多苦，秋多辛，冬多咸，调以滑甘。”郑玄注曰：“各尚其时味，而甘以成之。犹水、火、金、木之载于土。《内则》曰‘枣栗饴蜜以甘之，堇荁枌榆娩槁瀡瀡以滑之’。”贾公彦疏云：“调以滑甘者，中央土味，甘属季

---

① 《左传·昭公二十年》，见阮元校刻《十三经注疏》，第2093页。
② 阮元校刻：《十三经注疏》，第667页。
③ 张少康：《文赋集释》，第183页。
④ 《抱朴子·外篇·辞义》，见杨明照《抱朴子外篇校笺》下册，第395页。
⑤ 范文澜：《文心雕龙注》，第554页。
⑥ 阮元校刻：《十三经注疏》，第175页。

夏，金、木、水、火，非土不载。于五行土为尊，于五味甘为上，故曰甘总调四味。滑者，通利往来，亦所以调和四味，故云调以滑甘。……《内则》曰‘枣栗饴蜜以甘之’者，证经甘之所用物也；又云‘堇荁枌榆娩槁滫瀡以滑之’者，证经滑之所用之物。”① 由此可见，无论是《说命》的“盐梅”，还是《冢宰下》的“榆槿”，皆是庖人调和饮食所用之物。刘勰取譬于此，以阐释宫商律吕对于文章的调和与润滑之用。文学创作是一个极其复杂的过程，诸要素的调和绝非易事，刘勰虽然为辞人树立了“中和之美”的创作理想，不过他自己也感慨“属笔易巧，选和至难”，“中和之响，阒其不还”②。对于调和之后所能达到的审美效果，刘勰同样取譬“庖饔之技”来加以阐述，所谓“余味日新”“信有遗味”“精味兼载”“余味曲包”“义味腾跃而生”“味飘飘而轻举”③ 者，即其例也。

除“庖饔之技”外，刘勰还经常援“驭御之技”为比类，来阐述文学创作的“中和之道”④。“驭御之技”讲究马匹之间以及人、车、马之间的高度协调，与“庖饔之技”有异曲同工之妙，故前述《吕氏春秋·孝行览·本味》篇中，伊尹就曾以驭御比类庖饔，所谓“若射御之微”者是也。在我国古代，大到祭祀、征战，小到日常出行，都离不开车马。故而，“驭御之技”位列“六艺”，是当时贵族子弟必修之技艺。《周礼·地官》有：“保氏掌谏王恶，而养国子以道。乃教之六艺：一曰五礼，二曰六乐，三曰五射，四曰五驭，五曰六书，六曰九数。”关于“五驭”，郑玄注曰：“五驭，鸣和鸾、逐水曲、过君表、舞交衢、逐禽左。”贾公彦疏曰：“五驭者，驭车有五种。云‘鸣和鸾’者，和在式，鸾在衡。案《韩诗》云：‘升车则马动，马动则鸾鸣，鸾鸣则和应。’先郑依此而言。云‘逐水曲’者，无正文，先郑以意而言，谓御车随逐水势之屈曲而不坠水也。云‘过君表’者，……是其过君表即褐缠旃是也。云‘舞交衢’者，衢，道也，谓御车在交道，车旋应于舞节。云‘逐禽

① 阮元校刻：《十三经注疏》，第667页。

② 《文心雕龙·声律》《文心雕龙·乐府》，见范文澜《文心雕龙注》，第553、101页。

③ 《文心雕龙·宗经》《文心雕龙·史传》《文心雕龙·丽辞》《文心雕龙·隐秀》《文心雕龙·总术》《文心雕龙·物色》，见范文澜《文心雕龙注》，第22、284、590、633、656、694页。

④ 有关古人“以驭御之技论文”，可参看闫月珍先生《车马之喻与中国文学批评》一文。

左’者，谓御驱逆之车，逆驱禽兽使左，当人君以射之，人君自左射。”①《诗经》中也有很多描述驭术的诗句，比较典型者如《郑风·大叔于田》“执辔如组，两骖如舞”，《秦风·小戎》“四牡孔阜，六辔在手”，《小雅·皇皇者华》“六辔如丝”“六辔既均”，《小雅·车舝》“四牡騑騑，六辔如琴”②，等等。《庄子·外篇·达生》亦有“东野稷以御见庄公，进退中绳，左右旋中规”③的记载。由此可见，古人“驭御之术”的高超与绝妙。古人在长期的技艺实践与教学中，积累了无比丰富的“驭御之术”“驭御之道”，形成了一整套有关“驭御之术”的技艺话语。这就为我国古代文艺理论批评提供了连类取譬的重要源泉。

刘勰取譬“驭御之技”，所重者正是驭者总辔执策的“调和之道”。《辨骚》曰：“若能凭轼以倚雅颂，悬辔以驭楚篇，酌奇而不失其贞，玩华而不坠其实，则顾盼可以驱辞力，欬唾可以穷文致。”④ 雅颂之美，义归无邪，其所胜者在于内容的“贞”与“实”；楚辞之美，惊采绝艳，其所胜者在于辞藻的“奇”与“华”。刘勰认为，文学创作须内容与形式并重，调和“奇”“贞”，折中“华”“实”，如此方能臻于金相玉式的审美至境。《辞采》“研味孝老，则知文质附乎性情；详览庄韩，则见华实过乎淫侈。若择源于泾渭之流，按辔于邪正之路，亦可以驭文采矣”⑤，同样取譬“驭御之技”以论文质之相配。《通变》曰：“是以规略文统，宜宏大体。先博览以精阅，总纲纪而摄契；然后拓衢路，置关键，长辔远驭，从容按节，凭情以会通，负气以适变，采如宛虹之奋鬐，光若长离之振翼。”⑥ 此处，刘勰以“辔”“节”比譬文学创作中规矩与法度的因素，那么在节辔辖制下奔突、争驱的骐骥，无疑代表着文学创作中突破与创新的因素。刘勰取譬驭者“长辔远驭，从容按节”的高超技

① 阮元校刻：《十三经注疏》，第 731 页。

② 阮元校刻：《十三经注疏》，第 337、370、407、482 页。

③ 郭庆藩：《庄子集释》，王孝鱼点校，第 660 页。

④ 范文澜：《文心雕龙注》，第 48 页。其中“贞”字，范文澜先生注释本原作“真”，范先生注引唐写本作“贞”。揆其意，当以“贞”为胜，故从唐写本，前用例表中亦然。

⑤ 范文澜：《文心雕龙注》，第 537—538 页。

⑥ 范文澜：《文心雕龙注》，第 521 页。

艺，意在阐释调和规矩与创新的通变之道。同时，在《通变》篇，刘勰还取譬“驭御之技”从反面论证了通变、调和的重要意义：“名理有常，体必资于故实；通变无方，数必酌于新声；故能骋无穷之路，饮不竭之源。然绠短者衔渴，足疲者辍途，非文理之数尽，乃通变之术疏耳”，“若乃龌龊于偏解，矜激乎一致，此庭间之回骤，岂万里之逸步哉。”[①] 擅于通变、调和，就如驭者驰骋无穷、万里逸步，反之，则足疲辍途、庭间回骤。《附会》篇亦有：“驷牡异力，而六辔如琴；并驾齐驱，而一毂统辐：驭文之法，有似于此。去留随心，修短在手，齐其步骤，总辔而已。”[②] 这里，刘勰引上述《小雅·车舝》“四牡騑騑，六辔如琴”[③] 的成句，不过他改“騑騑”为“异力”，此一变动甚是绝妙。刘勰用“驷牡异力”比譬文学创作中不同要素之间的龃龉与冲突，以御者“总节辔”“齐步骤”喻指文学家对于各种要素的折中与调和。而所谓“六辔如琴”，则是以驭术的技艺至境，来譬喻文学的审美至境。[④]

随着“庖饔之技”“驭御之技”向文艺创作领域的经验投射，刘勰也将相应的技艺术语引入文艺理论批评话语体系之中。“庖饔之技”方面，如“滋味”（出现1次）、“余味”（出现2次）、“遗味”（出现1次）、“精味”（出现1次）、“辞味”（出现1次）、“义味”（出现1次）、“道味”（出现1次）、“味”（出现7次）、“品”（出现9次）等；“驭御之技”方面，如“悬辔”（出现1次）、“纵辔”（出现1次）、“枉辔”（出现2次）、“执辔”（出现1次）、“长辔”（出现1次）、“按辔”（出现2次）、“总辔”（出现1次）、“引辔”（出现1次）、“凭轼”（出现1次）、“环络”（出现1次）、“节”（出现23次）、“驭”（出现9次）、“骋”（出现11次）、“驱”（出现11次）等。这些技艺术语，最后都成为《文心雕龙》批评话语体系中极为重要的概念、范畴。

---

① 范文澜：《文心雕龙注》，第519、521页。

② 范文澜：《文心雕龙注》，第651页。

③ 阮元校刻：《十三经注疏》，第482页。

④ 《车舝》诗句本身就蕴含着“调和”之意，郑笺有云：“其御群臣，使之有礼，如御四马騑騑然。持其教令，使之调均，亦如六辔缓急有和也。”孔疏亦曰：“如善御者，使四牡之马騑騑行而不息，进止有度，执其六辔，缓急调和，如琴瑟之相应也。”不过，刘勰的改动，则令其“调和”之意变得更加朗豁。

综上可知，刘勰取譬百工之技，重点探讨了文学创作中“雕缛”“符采”“法度”“模范”“调和”“余味”等关键问题。借助“以技艺为喻”，刘勰在完成百工匠作经验向文学创作领域投射的同时，也实现了技艺术语向文艺理论批评话语的转换。中国文艺理论“以技艺为喻”批评范式，经先秦的理论奠基以及两汉魏晋的批评实践，逐步走向成熟，最终在刘勰这里大放异彩。“以技艺为喻”批评范式的自如运用，正是《文心雕龙》能够截断众流、拔萃出类的关键所在。

第五章　“辨雕万物”：《文心雕龙》象喻批评的其他类型

刘勰为文，仰慕“辨雕万物，智周宇宙”[①] 的诸子之风，《文心》之作，更是以振叶寻根、观澜索源为学术旨趣。为构建“论文叙笔”，“囿别区分”与“割情析采，笼圈条贯”[②] 理论体系，刘勰取譬无方、连类不穷，将古代文艺理论象喻批评范式运用到了全新的高度。除前述“以人为喻”“以自然物为喻”“以技艺为喻”之外，尚有“以器物为喻”[③]“以乐舞为喻”“以兵为喻”等诸多类型。可以毫不夸张地说，举凡刘勰生活时代目之所接、耳之所闻、身之所及、心之所识的一切领域，均被他纳入象喻批评的宏大体系之中。“以器物为喻”“以乐舞为喻”“以兵为喻”等类型，虽然就其用例数量和理论意涵而言，不及“以人为喻”“以自然物为喻”“以技艺为喻”那样丰富，但也各有其不可或缺的独特作用。

---

① 范文澜：《文心雕龙注》，第 310 页。

② 范文澜：《文心雕龙注》，第 727 页。

③ “以器物为喻”是和“以技艺为喻”相伴而生的象喻批评类型，凡“技艺”在处，皆有“器物”的影子，反之亦然。将“器物”与“技艺”分开来谈并非易事。我们之所以勉为其难：一者，“技艺”契合“文艺创作”，“器物”贴近“文艺批评”，它们之间存在切分的可能；二者，囿别区分之后，“以技艺为喻”“以器物为喻”各为其用，更有针对性，也更加细密。之所以将“以技艺为喻”专章论述，而把“以器物为喻”归入次要类型：一方面是因为严格意思上的“以器物为喻”用例，相对而言不如“以技艺为喻”等三种主要类型多；另一方面是考虑到《文心雕龙》一书，其主要目的乃是阐明文艺创作规律，而非指导文艺批评实践，就其重要性而言，“以器物为喻”无法与“以技艺为喻”相颉颃。

第一节 《文心雕龙》的“以器物为喻”

本书第四章提到，在我国文艺理论批评史上，有以百工技艺比譬文艺创作的传统，我们称之为文艺理论批评的“以技艺为喻”。批评家以工匠比譬辞人作家，以工匠御物制器的技艺活动比譬辞人作家的文学创作。循此逻辑，自然而然便有了“以器物为喻”批评范式。中华文明以礼乐而著称，在礼乐系统中，器物与文章同为天人沟通的媒介、礼乐制度的载体。两者在观念与制度层面的共通性、相似性，为文艺理论批评“以器物为喻”提供了学理依据。

一、藏礼于器与文艺理论批评“以器物为喻”

在我国早期社会中，圣人取则天地观象制器，器物因此具有了沟通天地的神圣意义。“形而上者谓之道，形而下者谓之器”①，器因道生，道由器显，“无其道则无其器”，“无其器则无其道”②。圣人观象制器，总体而言分制度与器物两大类，两者表面泾渭分明，实则相与为一，因为礼乐制度正是建立在一整套器物体系之上，此即孔子所谓“器以藏礼”③或曰“藏礼于器”。许慎《说文解字》曰：“礼（禮），履也，所以事神致福也，从示从豊，豊亦声”，“豊，行礼之器也，从豆象形。”④王国维先生基本赞同许慎的释义，但他又借助更古老的甲骨文字形，对许氏之说进行了补正：“象二玉在器之形，古者行礼以玉。《说文》曰‘豊，行礼之器’，其说古矣。惟许君不知玨即珏字，

① 《周易·系辞上》，见阮元校刻《十三经注疏》，第 83 页。

② 王夫之：《周易外传》，北京：中华书局，1977 年，第 203 页。

③ 《左传·成公二年》载：“新筑人仲叔于奚救孙桓子，桓子是以免。既，卫人赏之以邑。辞，请曲县、繁缨以朝，许之。仲尼闻之，曰：‘惜也，不如多与之邑。唯器与名不可以假人，君之所司也。名以出信，信以守器，器以藏礼，礼以行义，义以生利，利以平民，政之大节也。’”见阮元校刻《十三经注疏》，第 1893—1894 页。

④ 段玉裁：《说文解字注》，第 2、208 页。

故但以从豆象形解之。”[①] 依王氏的观点，豊字上半部为祭祀之物（玉器），下半部为祭祀之器（陶器）。由此可见，藏礼于器的观念不仅留存于形意化的汉字编码之中，更体现在它背后的器物系统之中。

礼乐之用概有两端，一者事神致福，沟通天人，一者别异尊卑，整顿人伦。器物作为礼乐文化之载体也因此具有了两种属性，沟通天人的媒介属性和别异尊卑的等级属性。沟通天人方面，以玉器最有代表性。[②]《周礼·大宗伯》："以玉作六器，以礼天地四方：以苍璧礼天，以黄琮礼地，以青圭礼东方，以赤璋礼南方，以白琥礼西方，以玄璜礼北方。”[③] 我们以礼祭天地的璧与琮为例，来探讨玉器沟通天人的媒介功能。先看璧，许慎《说文解字》："璧，瑞玉圜也。”[④] 班固《白虎通》："璧者，方中圆外。……内方象地，外圆象天也。”[⑤] 由此可知，璧是一种外圆而中空的玉质礼器。外圆之形为天之象，而“苍璧”的青色也正是天之色；中空之孔则代表着沟通天人的含义。此外，在《尚书》《仪礼》等典籍中，还有以璧祭河、以璧祭山海、以璧敛尸的记载，虽然施用对象各异，但就其沟通人神的旨归而言，却是毫无二致的。再看琮，许慎《说文解字》："琮，瑞玉，大八寸，似车釭。”[⑥] 班固《白虎通》："圆中牙外曰琮。”[⑦] 由此可知，琮是一种外方、内圆、中空、呈筒状的玉质礼器。外方之形为地之象，“黄琮”的黄色也正是地之色；中空之孔同样隐喻着天人的交通。张光直先生在考察良渚、龙山等文化遗址的基础上，指出玉琮极有可能是早期巫觋沟通天地的法器，“方器象地，圆器明天，琮兼方圆，正象征天地的贯串”[⑧]。玉琮无论作为祭器，抑或作为法器，其沟通天人的媒介

---

① 王国维：《观堂集林》第一册，北京：中华书局，1959年，第291页。

② 张光直先生即指出，《山海经》中诸如登葆山、灵山、肇山等许多神山都是巫觋往来天地的阶梯，于是作为山之象征或山石精华的美玉，便成为制作通天礼器的最佳原材料。见《中国青铜时代》，北京：三联书店，1999年，第295—296页。

③ 阮元校刻：《十三经注疏》，第762页。

④ 段玉裁：《说文解字注》，第12页。

⑤ 陈立：《白虎通疏证》，吴则虞点校，北京：中华书局，1994年，第351页。

⑥ 段玉裁：《说文解字注》，第12页。

⑦ 陈立：《白虎通疏证》，吴则虞点校，第349页。

⑧ 张光直：《中国青铜时代》，第295页。

属性则是相同的。

别异尊卑方面，以丝织品最有代表性。[①] 在本书第四章中提到，《尚书·益稷》有帝舜令禹制作章服的记载，帝曰：“予欲观古人之象，日、月、星辰、山、龙、华虫，作会，宗彝、藻、火、粉米、黼、黻，絺绣，以五采彰施于五色，作服。”对此，孔安国传云：“天子服日月而下，诸侯自龙衮而下至黼黻，士服藻、火，大夫加粉米。上得兼下，下不得僭上。以五采明施于五色，作尊卑之服。”[②] 这就是古代所谓的十二章纹。东汉时期，朝廷对十二章纹的使用做了更加明确规定，天子用日月星辰十二章，三公、诸侯用山龙九章，九卿以下用华虫七章[③]，由此形成了沿袭千年的章服制度。服饰中能够别异尊卑的不惟纹饰[④]，颜色也是各有差等。《尚书·顾命》曾记载周成王丧礼上，康王及臣工丧服的不同制式：“王麻冕黼裳，由宾阶隮。卿士邦君麻冕蚁裳，入即位。太保、太史、太宗皆麻冕彤裳。”[⑤] 黼裳色分黑白是天子丧服，蚁裳其色玄黑为诸侯丧服，彤裳其色浅绛乃六卿丧服。“服饰作为人身份地位的象征，它以直观的形式彰显了人的差异性，同时也让各色人等在一个有序的权力框架内各就各位，使社会秩序庄严肃穆。”[⑥] 此即《周易·系辞下》“黄帝尧舜垂衣裳而天下治，盖取诸乾坤”[⑦] 的精义所在。最后还要指出的是，藏礼于器观念的影响，并不仅仅限于上述玉器与丝织品两个方面，它几乎体现在古代社会的所有制器行为及其成果之中。

器物系统及蕴含其间的祭祀仪轨之学，是我国早期社会中知识、思想与

---

① 需要指出的是，古代的很多器物都是沟通、别异功能兼而有之。如玉器在沟通人神之外，也能别异尊卑，《周礼·考工记》所谓“天子用全，上公用龙”者是也。又如丝织品在别异尊卑的同时，亦可沟通人神，《左传·庄公十年》所谓“牺牲玉帛”者是也。

② 阮元校刻：《十三经注疏》，第 141 页。

③ 参见司马彪《后汉书》志第三十《舆服下》，第 3663 页。

④ 其实别异尊卑的纹饰，并不限于服饰。早期社会中，大部分器物上的纹饰都具有这种功能，此即《荀子·富国》所谓“为之雕琢刻镂黼黻文章，使足以辨贵贱而已”。

⑤ 阮元校刻：《十三经注疏》，第 240 页。

⑥ 刘成纪：《先秦两汉艺术观念史》，北京：人民出版社，2017 年，第 72 页。

⑦ 阮元校刻：《十三经注疏》，第 87 页。

信仰世界的主要内容。[①] 经过象喻思维的纽结，产生了极具统摄力与阐释力的器物言说。“以器物为喻”的言说方式，最先被广泛施用于君子修身的伦理探讨以及国家治理的政治探讨。之所以如此，原因是显而易见的，在所有的人文领域中，与器物关联最密切者，莫过于伦理、政治。君子修身方面，《诗经》中便有许多“比德于金玉”的“器物之喻”，比如《卫风·淇奥》“有斐君子，如金如锡，如圭如璧”，《魏风·汾沮洳》“彼其之子，美如玉”，《大雅·卷阿》“颙颙卬卬，如圭如璋”[②]，等等。到了诸子的时代，比德于器物的现象更加普遍。《荀子·宥坐》以及《韩诗外传》所记载的“欹器之喻”可视为器物比德的典范：“孔子观于鲁桓公之庙，有欹器焉。孔子问于守庙者曰：‘此为何器？’守庙者曰：‘此盖为宥坐之器。’孔子曰：‘吾闻宥坐之器者，虚则欹，中则正，满则覆。’孔子顾谓弟子曰：‘注水焉！’弟子挹水而注之。中而正，满而覆，虚而欹。孔子喟然而叹曰：‘吁！恶有满而不覆者哉！’”[③] 此外，《论语·卫灵公》“直哉史鱼。邦有道如矢，邦无道如矢”[④]，《墨子·兼爱下》“言必信，行必果，使言行之合犹合符节也”[⑤]，等等，亦属于器物比德之例。国家治理方面，《论语·雍也》：“子曰：‘觚不觚，觚哉觚哉。’”《论语·阳货》：“子曰：‘恶紫之夺朱也，恶郑声之乱雅乐也，恶利口之覆邦家者。’”[⑥] 孔子以觚的固定制式，以及丝织品的正色与间色，来比譬礼乐维系社会、稳固国家的重大作用。《韩非子·外储说左上》“为人君者犹盂也，民犹水也，盂方水方，盂圜水圜”[⑦]，以盂为喻，阐述统治者对于百姓的表率作用。此外，墨子以“丝缕之有纪”“罔罟之有纲”[⑧] 譬喻“五刑”，韩非子以“陆行之有犀车良马”“水行之有轻舟便楫”[⑨] 比类“法术”，也都是“以器物

---

① 参见葛兆光《中国思想史》第一卷，第 28—29 页。
② 阮元校刻：《十三经注疏》，第 321、357、546 页。
③ 《荀子·宥坐》，见王先谦《荀子集解》，沈啸寰、王星贤点校，第 520 页。
④ 阮元校刻：《十三经注疏》，第 2517 页。
⑤ 孙诒让：《墨子间诂》，孙启治点校，第 119 页。
⑥ 阮元校刻：《十三经注疏》，第 2479、2525 页。
⑦ 王先慎：《韩非子集解》，钟哲点校，第 285 页。
⑧ 《墨子·尚同上》，见孙诒让《墨子间诂》，孙启治点校，第 77—78 页。
⑨ 《韩非子·奸劫弑臣》，见王先慎《韩非子集解》，钟哲点校，第 105 页。

为喻”探讨国家治理的精彩用例。

“以器物为喻”也很早就被施用于文艺理论批评领域。伶州鸠所谓“夫音，乐之舆也”[①]，孔子所谓“乐其可知也。始作，翕如也。从之，纯如也，皦如也，绎如也。以成”[②]，韩非子所说“和氏之璧不饰以五采，隋侯之珠不饰以银黄，其质至美，物不足以饰之。夫物之待饰而后行者，其质不美也”[③]，等等，皆是“以器物为喻”谈文论艺的用例。两汉时期，雕琢丽靡的赋体成为一代文学，审美的观念得到进一步发展。“锦绣之喻”由此成为两汉辞赋批评最核心的话语范式。本书第四章曾提到的司马相如“以织锦为喻”比类辞赋创作，其间就蕴含着以丝织品比譬辞赋作品的“锦绣之喻”。汉宣帝言曰：“辞赋，大者与古诗同义，小者辩丽可喜。辟如女工有绮縠，音乐有郑、卫。”[④] 其中所谓“绮縠”者，亦是典范的“锦绣之喻”。即使是对汉赋丽靡之风颇多微词的扬雄、王充等人，在探讨辞赋之时也会不自觉地援引“锦绣审美模子”。《法言·吾子》即有“雾縠之组丽”“女工之蠹”[⑤] 的譬喻，《论衡·定贤》更有“文如锦绣”[⑥] 之说。此后的魏晋南北朝，是我国文艺理论批评的高峰时期，也是“器物之喻”大放异彩的时期。除“炳若缛绣，悽若繁弦”[⑦]“潘安仁之为文也，犹翔禽之羽毛，衣被之绡縠”[⑧]“著文章为锦绣，蕴五经为缯帛”[⑨] 等“锦绣之喻”外，“玉石之喻”“金器之喻”“乘舆之喻”等，也都是文艺理论批评领域较为常见的话语范式。“人人自谓握灵蛇之珠，家家自谓抱荆山之玉”[⑩]“丽物苦伪，丑器多牢；华璧易碎，金铁难陶”[⑪]“且夫古者事

① 《左传·昭公二十一年》，见阮元校刻《十三经注疏》，第 2097 页。

② 《论语·八佾》，见阮元校刻《十三经注疏》，第 2468 页。

③ 《韩非子·解老》，见王先慎《韩非子集解》，钟哲点校，第 133 页。

④ 班固：《汉书》，颜师古注，第 2829 页。

⑤ 汪荣宝：《法言义疏》，陈仲夫点校，第 45 页。

⑥ 黄晖：《论衡校释》，第 1117 页。

⑦ 张少康：《文赋集释》，第 145 页。

⑧ 李充：《翰林论》，见严可均辑录《全晋文》，第 560 页。

⑨ 刘义庆：《世说新语·赏誉》，见余嘉锡《世说新语笺疏》（修订本），第 432 页。

⑩ 曹植：《与杨德祖书》，见赵幼文《曹植集校注》，第 153 页。

⑪ 阮瑀：《文质论》，见俞绍初辑校《建安七子集》，第 163 页。

事醇素，今则莫不雕饰，时移世改，理自然也。至于罽锦丽而且坚，未可谓之减于蓑衣；辎軿妍而又牢，未可谓之不及椎车”[①] 等，即其例也。上述“以器物为喻”的批评实践，为《文心雕龙》器物言说提供了极其重要的参考与借鉴价值。

二、《文心雕龙》“以器物为喻”用例统计

刘勰笃志好学，不仅博通经论，精于内典，更醉心三代礼乐之学。据《梁书》本传载，刘勰任东宫通事舍人期间，曾上书梁武帝建议改革“二郊”祭祀之礼，并得到后者的充分肯定，足见其非凡的礼学修为。[②] 对于礼乐载体的器物文化，刘勰也应当具有深厚的知识积淀。关于这点，我们以《文心雕龙》中繁复而完备的“以器物为喻”话语系统，作为佐证。举凡丝织锦绣、金器玉石、乘舆宫室等，均被刘勰援以论文。为获得对《文心雕龙》“以器物为喻”批评范式的整体把握，我们在爬梳文本的基础上，列表如下：

表 5 《文心雕龙》“以器物为喻”用例统计

类型	篇目	具体用例
锦绣之喻（55 例）	《征圣》	《儒行》缛说以繁辞
	《正纬》	东序秘宝，朱紫乱矣 ‖ 世历二汉，朱紫腾沸
	《辨骚》	绮靡以伤情
	《明诗》	五言之冠冕 ‖ 稍入轻绮 ‖ 采缛于正始 ‖ 英华弥缛
	《诠赋》	明绚以雅赡 ‖ 景纯绮巧 ‖ 缛理有余 ‖ 丽词雅义，符采相胜，如组织之品朱紫，画绘之著玄黄。文虽新而有质，色虽糅而有本，此立赋之大体也 ‖ 贻诮于雾縠
	《祝盟》	祝辞之组丽者 ‖ 季代弥饰，绚言朱蓝
	《哀吊》	缛丽而轻清
	《史传》	记籍之冠冕 ‖ 若司马彪之详实，华峤之准当，则其冠也
	《章表》	章者，明也。《诗》云“为章于天”，谓文明也其在文物，赤白曰章 ‖ 观人美辞，丽于黼黻文章

① 《抱朴子·外篇·钧世》，见杨明照《抱朴子外篇校笺》，第 77 页。

② 参见姚思廉《梁书》，北京：中华书局，1974 年，第 710 页。

续表 1

类型	篇目	具体用例
	《议对》	不以繁缛为巧‖后汉鲁丕，辞气质素
	《书记》	或全任质素‖或杂用文绮
	《体性》	五曰繁缛‖繁缛者，博喻酿采‖雅丽黼黻，淫巧朱紫
	《通变》	缛于虞代‖魏晋浅而绮‖总纲纪而摄契
	《定势》	率乖繁缛‖括囊杂体，功在铨别，宫商朱紫，随势各配‖虽复契会相参，节文互杂，譬五色之锦，各以本采为地矣
	《情采》	缛采名矣‖五色杂而成黼黻‖谓绮丽也‖绮丽以艳说‖固知翠纶桂饵，反所以失鱼。“言隐荣华”，殆谓此也‖是以“衣锦褧衣”，恶文太章；贲象穷白，贵乎反本‖文不灭质，博不溺心，正采耀乎朱蓝，间色屏于红紫，乃可谓雕琢其章，彬彬君子矣‖吴锦好渝
	《练字》	夫《尔雅》者，孔徒之所纂，而《诗》《书》之襟带也
	《养气》	沿世弥缛
	《总术》	视之则锦绘，听之则丝簧，味之则甘腴，佩之则芬芳
	《时序》	发绮縠之高喻‖太冲动墨而横锦‖流韵绮靡
	《才略》	及乎春秋大夫，则修辞聘会，磊落如琅玕之圃，焜耀似缛锦之肆‖绚采无力‖洋洋清绮‖七子之冠冕‖才绮而相埒‖一朝综文，千年凝锦
	《知音》	浮慧者观绮而跃心
	《序志》	辞人爱奇，言贵浮诡，饰羽尚画，文绣鞶帨
金石之喻（46 例）	《原道》	符采复隐，精义坚深
	《征圣》	然则志足而言文，情信而辞巧，乃含章之玉牒，秉文之金科矣
	《宗经》	符采相济
	《辨骚》	金相玉质‖金相玉式
	《诠赋》	丽词雅义，符采相胜
	《史传》	纤瑕不能玷瑾瑜
	《诏策》	符采炳耀
	《封禅》	固知玉牒金镂，专在帝皇‖树石九旻，泥金八幽
	《奏启》	吹毛取瑕
	《书记》	既驰金相
	《体性》	文之司南

续表 2

类型	篇目	具体用例
	《风骨》	珪璋乃聘‖符采克炳
	《声律》	句无玷也‖古之佩玉，左宫右徵，以节其步，声不失序。音以律文，其可忽哉
	《章句》	章之明靡，句无玷也
	《丽辞》	必使理圆事密，联璧其章。迭用奇偶，节以杂佩，乃其贵耳‖炳烁联华，镜静含态。玉润双流，如彼珩珮
	《夸饰》	倒海探珠，倾昆取琰‖旷而不溢，奢而无玷
	《事类》	微言美事，置于闲散，是缀金翠于足胫‖引事乖谬，虽千载而为瑕
	《练字》	则龃龉为瑕
	《指瑕》	虑动难圆，鲜无瑕病‖斯言之玷，实深白圭‖反音取瑕‖宝玉大弓，终非其有‖斯言一玷，千载弗化
	《总术》	落落之玉，或乱乎石；碌碌之石，时似乎玉
	《时序》	美玉屑之谈‖下笔琳琅‖茂先摇笔而散珠‖岳湛曜联璧之华‖珪璋足用‖蔚映十代，辞采九变。枢中所动，环流无倦
	《物色》	珪璋挺其惠心
	《才略》	及乎春秋大夫，则修辞聘会，磊落如琅玕之圃‖瑨璧产于昆冈，亦难得而逾本矣‖金玉殊质而皆宝也‖辞少瑕累
	《知音》	夫麟凤与麏雉悬绝，珠玉与砾石超殊，白日垂其照，青眸写其形。然鲁臣以麟为麏，楚人以雉为凤，魏民以夜光为怪石，宋客以燕砾为宝珠。形器易征，谬乃若是；文情难鉴，谁曰易分‖无私于轻重，不偏于憎爱，然后能平理若衡，照辞如镜矣
	《程器》	岂曰文士，必其玷欤‖孙武《兵经》，辞如珠玉
木器之喻（19 例）	《征圣》	思合符契
	《诠赋》	鸿裁之寰域，雅文之枢辖
	《论说》	说之枢要
	《檄移》	坚同符契
	《章表》	表者，标也。《礼》有《表记》，谓德见于仪。其在器式，揆景曰表‖章表奏议，经国之枢机
	《议对》	枢纽经典
	《书记》	七国献书，诡丽辐辏

续表 3

类型	篇目	具体用例
	《神思》	神居胸臆，而志气统其关键；物沿耳目，而辞令管其枢机。枢机方通，则物无隐貌；关键将塞，则神有遁心
	《体性》	八体虽殊，会通合数，得其环中，则辐辏相成
	《风骨》	志气之符契
	《通变》	拓衢路，置关键
	《声律》	故言语者，文章神明枢机‖辘轳交往
	《事类》	是以综学在博，取事贵约，校练务精，捃理须核，众美辐辏，表里发挥‖事得其要，虽小成绩，譬寸辖制轮，尺枢运关也
	《附会》	并驾齐驱，而一毂统辐：驭文之法，有似于此
	《总术》	列在一篇，备总情变，譬三十之辐，共成一毂，虽未足观，亦鄙夫之见也
	《序志》	文之枢纽
宫室之喻（9 例）	《宗经》	道心惟微，圣谟卓绝，墙宇重峻，而吐纳自深
	《诠赋》	然则赋也者，受命于诗人，而拓宇于《楚辞》也
	《诸子》	越世高谈，自开户牖
	《镕裁》	篇章户牖，左右相瞰
	《章句》	夫设情有宅，置言有位；宅情曰章，位言曰句
	《练字》	夫文象列而结绳移，鸟迹明而书契作，斯乃言语之体貌，而文章之宅宇也
	《隐秀》	句间鲜秀，如巨室之少珍，若百诘而色沮
	《附会》	何谓附会？谓总文理，统首尾，定与夺，合涯际，弥纶一篇，使杂而不越者也。若筑室之须基构，裁衣之待缝缉矣
	《物色》	山林皋壤，实文思之奥府
	《才略》	户牖虽异，而笔彩略同

三、《文心雕龙》“以器物为喻”的理论意涵

《文心雕龙》中，“以器物为喻”和“以技艺为喻”作为两种相伴而生的象喻批评范式，其言说向度与理论旨趣，在一定程度上也是交织叠合的。比

如，“锦绣之喻”“玉石之喻”，主要是探讨文艺作品的文饰问题，以及“雅丽黼黻”“符采相济”修辞理想，这和第四章所述“设色之技”“刮摩之技”毫无二致。又如，“乘舆之喻”“宫室之喻”，重点是阐述文艺作品各组成部分与有机要素的配伍与协调，则与第四章“庖饔之技”“驭御之技”基本相同。出于减少重复、节约篇幅之考虑，上述诸问题均不再赘述。接下来，将要重点讨论《文心雕龙》“以器物为喻”中的两个“整体性象喻”：“龙章之喻”与“礼器之喻”。①

先说“龙章之喻”。“龙章之喻”或称“龙纹之喻”出自于《文心雕龙》书名，也与《序志》篇“雕龙奭”的典故有关。本书第四章曾指出：《文心雕龙》的书名，是以雕人的雕龙技艺譬喻辞人作家的文学创作，“雕龙奭”典故为勾连两者的纽带。如果再进一步分析的话，不难推导出刘勰以“龙章之器”（主要是玉器、金器和丝织品）来比譬文学作品的“龙章之喻”。刘勰取譬“龙章”，首要目的在于揭示我国早期社会中，文章所具有的沟通天人的媒介功能。②

龙作为我国古代最习见的神话动物形象，它最神秘、最重要的功能就是往来两界，沟通天人。许慎《说文解字》曰：“龙，鳞虫之长，能幽能明，能细能巨，能短能长，春分而登天，秋分而潜渊。”③ 张揖《广雅·释鱼》亦云：“龙，能高能下，能小能巨，能幽能明，能短能长。渊深是藏，敷和其光。”④由此可知，龙之为物，幽明莫测，上可薄于光天，下能沉潜深渊。所以，在我国古代典籍中，龙多具有沟通天人的功能。《山海经·大荒西经》曰：“西南海之外，赤水之南，流沙之西，有人珥两青蛇，乘两龙，名曰夏后开。开上三嫔于天，得九辩与九歌以下。”⑤ 这里，夏启登天所乘者就是两龙。龙之

① “龙章之喻”与“礼器之喻”，所以称之为“整体性象喻”，是因为它们并不局限于某一篇章。刘勰以“龙章”和“礼器”比譬文章的用心，贯彻于《文心雕龙》全书。

② 参见闫月珍《器物之喻与中国文学批评——以〈文心雕龙〉为中心》。该文对于《文心雕龙》中的“雕龙之喻”有较为精辟的论述，我们也受教颇多。

③ 段玉裁：《说文解字注》，第582页。

④ 王念孙：《广雅疏证》，北京：中华书局，1983年，第370页。

⑤ 袁珂：《山海经校注》，上海：上海古籍出版社，1980年，第414页。

所以能够自由往来两界，是因为它本身就是神界之物，并多以诸神坐骑的形象出现。《山海经》所载四方神中，除北方神禺彊践两青蛇[①]外，其余诸神的坐骑皆是两龙。《庄子·逍遥游》也说：“藐姑射之山，有神人居焉。……乘云气，御飞龙，而游乎四海之外。”[②] 作为诸神坐骑，龙还经常以神使的身份降临人间。《尚书中候》即有“伏羲氏有天下，龙马负图出于河，遂法之画八卦”“帝轩提像，配永循机，天地休通，五行期化。河龙图出，洛龟书威，赤文像字，以授轩辕”[③] 的记载。尽管《河图》所授之对象有伏羲与轩辕的不同，但代神授图者均是神龙。再者，屈原《天问》亦有“河海应龙？何尽何历”之句，王逸章句曰：“禹治洪水时，有神龙以尾画地，导水所注当决者，因而治之也。”[④] 而无论是登天坐骑，抑或示谕神使，龙所起到的都是沟通天人的媒介作用。

在我国早期社会中，龙作为纹饰被施用于器物之上，主要也是想借助它实现沟通天人之目的。按照《国语·楚语》对于“重黎绝地天通”的记载，在九黎乱德前后，民神不杂、无相侵渎，沟通天人者，职在有司，男曰觋、女曰巫。巫觋沟通天人须借助一定的器具，这就是所谓的“彝器之量”[⑤]。换言之，商周时期那些青铜彝器，就是巫觋用以通天地的法器。而铜器上那些纹样所对应的动物，则无疑是巫觋沟通天地的助理。[⑥] 关于这点，我们可以从周大夫王孙满对“禹铸九鼎”的论述中得到印证。《左传·宣公三年》载：“楚子伐陆浑之戎，遂至于洛，观兵于周疆。定王使王孙满劳楚子。楚子问鼎之大小轻重焉。对曰：‘在德不在鼎。昔夏之方有德也，远方图物，贡金九牧，铸鼎象物，百物而为之备，使民知神奸。故民入川泽山林，不逢不若。

---

① 若依郭璞之注，在《山海经》的另一版本中，禺彊所践之物亦是两龙。

② 郭庆藩：《庄子集释》，王孝鱼点校，第 28 页。

③ ［日］安居香山、中村璋八辑：《纬书集成》（上册），石家庄：河北人民出版社，1994 年，第 399 页。

④ 洪兴祖：《楚辞补注》，第 91 页。

⑤ 徐元诰：《国语集解》，王树民、沈长云点校，第 513 页。

⑥ 参见张光直《中国青铜时代》，第 325 页。

螭魅罔两，莫能逢之。用能协于上下，以承天休。’”① 王孙满所谓“协于上下”者，即是说鼎上所铸的各种动物，大都是能助人通天地的神物。在商周彝器动物纹样中，最常见者莫过于龙纹，诸如夔纹、两头夔纹、三角夔纹、两尾龙纹、蟠龙纹等，款式之繁复令人叹为观止。② 其所以如此者，正是由于龙在古代神话传统中本身即是沟通天人的媒介。

刘勰取譬“龙章”，最主要的目的也是揭示文章所具有的沟通天人的功能。《原道》篇曰：

> 爰自风姓，暨于孔氏，玄圣创典，素王述训，莫不原道心以敷章，研神理而设教，取象乎《河》《洛》，问数乎蓍龟，观天文以极变，察人文以成化；然后能经纬区宇，弥纶彝宪，发挥事业，彪炳辞义。故知道沿圣以垂文，圣因文以明道，旁通而无滞，日用而不匮。《易》曰：“鼓天下之动者存乎辞。”辞之所以能鼓天下者，乃道之文也。③

在刘勰看来，从伏羲氏到孔子，历代圣王的人文创制都是效法天道而来。这也就是《周易·系辞上》所谓：“圣人有以见天下之赜，而拟诸其形容，象其物宜，是故谓之象。圣人有以见天下之动，而观其会通，以行其典礼，系辞焉以断其吉凶，是故谓之爻。”④ 在“天道—圣王—文章—人文化成”的有机系统之中，圣王及其文章所起到的正是沟通天人的媒介作用。这种观念也生动地体现在汉字符号之中：“圣（聖），通也，从耳呈声。……《风俗通》‘圣者，声也，通也。言其闻声知情，通于天地，调畅万物’”⑤，“王，天下所归往也。董仲舒曰‘古之造文者，三画而连其中谓之王。三者，天地人也，而参通之者王也。’”⑥ 在我国早期社会中，王巫合一的传统，有着充分的文献

---

① 阮元校刻：《十三经注疏》，第 1868 页。

② 参见容庚《商周彝器通考》，上海：上海人民出版社，2008 年，第 76—130 页。

③ 范文澜：《文心雕龙注》，第 2—3 页。

④ 阮元校刻：《十三经注疏》，第 83 页。

⑤ 桂馥：《说文解字义证》，见丁福保《说文解字诂林》，第 11678 页。

⑥ 段玉裁：《说文解字注》，第 9 页。

依据。在帛书《要》篇中，孔子亦曾自谓：“吾与史巫同涂而殊归者也。”① 圣王既然参通天人，职能近于巫觋，那么其所创造的经典，也就大致等同于巫觋的通天法器。刘勰取譬“龙章”，其深层用意正在于此。

在《文心雕龙》中，文章沟通天人的作用每每被提及。《正纬》有：“荣河温洛，是孕图纬。神宝藏用，理隐文贵。”② 在刘勰看来，纬书虽有“虚伪”“浮假”“僻谬”“诡诞”等诸多弊端，但它“事以瑞圣”，凸显了圣王秉命自天的崇高地位。其神道设教的叙事策略，则决定了纬书从创作之初便具有沟通天人的明确意图。《颂赞》“颂者，容也，所以美盛德而述形容也。……风正四方谓之雅，容告神明谓之颂”③，可知颂体的产生，同样是为了沟通神人。《祝盟》“牺盛惟馨，本于明德，祝史陈信，资乎文辞”，“盟者，明也。骍毛白马，珠盘玉敦，陈辞乎方明之下，祝告于神明者也”，祝之为文“群言发华，而降神务实”，盟之作也“祈幽灵以取鉴，指九天以为正”④，其沟通天人的功用也不言自明。《封禅》：“封勒帝绩，对越天休。逖听高岳，声英克彪。”⑤ 封禅是我国古代帝王祭祀天地时最重大的典仪，《五经通义》曰：“易姓而王，致太平，必封泰山，禅梁父，荷天命以为王，使理群生，告太平于天，报群神之功。”⑥ 可见，统治者封禅的目的主要有两个方面，一者“封勒帝绩，对越天休”，以其成功告于神明，二者“荷天命以为王”，将君权神授的合法性示诸百姓。一言以蔽之，曰：沟通天地，协调人神。封禅书也因此成为文章之沟通天人功能最典范的代表。“树石九旻，泥金八幽。鸿律蟠采，如龙如虬”⑦，刘勰在《封禅》赞语中再次以神龙为喻，阐述封禅书沟通天人的神圣功能。

---

① 陈鼓应主编：《道家文化研究》第三辑，上海：上海古籍出版社，1993年，第435页。
② 范文澜：《文心雕龙注》，第31页。
③ 范文澜：《文心雕龙注》，第157页。
④ 范文澜：《文心雕龙注》，第176—178页。
⑤ 范文澜：《文心雕龙注》，第395页。
⑥ 张守节《史记正义》引，见司马迁《史记》，第1355页。
⑦ 范文澜：《文心雕龙注》，第395页。

再看“礼器之喻”。“礼器之喻”出自《文心雕龙·序志》篇中的记梦文字。[①] 刘勰取譬于“礼器”，主要目的是揭示在我国早期社会中，文章与器物均属于礼乐制度的载体。为论述之需要，先将刘勰的记梦文字以及相关内容摘录如下：

> 予生七龄，乃梦彩云若锦，则攀而采之。齿在逾立，则尝夜梦执丹漆之礼器，随仲尼而南行。旦而寤，乃怡然而喜，大哉圣人之难见哉，乃小子之垂梦欤！自生人以来，未有如夫子者也。敷赞圣旨，莫若注经，而马郑诸儒，弘之已精，就有深解，未足立家。唯文章之用，实经典枝条，五礼资之以成文，六典因之致用，君臣所以炳焕，军国所以昭明，详其本源，莫非经典。而去圣久远，文体解散，辞人爱奇，言贵浮诡，饰羽尚画，文绣鞶帨，离本弥甚，将遂讹滥。……于是搦笔和墨，乃始论文。[②]

刘勰的记梦，是《序志》篇乃至整部《文心雕龙》最饶趣味的文字。虽然这段文字从明代起，就引起了学者们的注意，但迄至目前，仍未有圆融透彻的解会。不过，日本学者户田浩晓与周勋初两位先生的研究，对这段文字的理解还是非常有启发性的。户田先生指出：“刘勰的这两个梦，究竟暗示着什么意义呢？以我的理解，第一个梦，表现了他对美好事物的憧憬和审美意识的觉醒；第二个梦，表示只有他自己才是当代圣人之道自觉的继承者和宣传者。……所以，其文学论以儒家教义为基调也就是毋庸置疑的了。《文心雕龙》正试图借文学论来阐发儒教精神。”[③] 周先生认为上述两梦是出于刘勰的

---

① 参见赵毅衡《梦：一个符号叙述学研究》，《四川大学学报（哲学社会科学版）》2013 年第 3 期。赵先生指出，梦是被媒介化的文本，其本身就是一种叙述。梦的情节是绵延的此刻心像再现的组合。这对于我们理解刘勰的记梦文字，有非常重要的启示意义。

② 范文澜：《文心雕龙注》，第 725—726 页。

③ ［日］户田浩晓：《文心雕龙研究》，曹旭译，上海：上海古籍出版社，1992 年，第 7—8 页。

虚构[①]，尤其是孔子垂梦，很可能“只是一种托大的手法罢了”，“刘勰在这两个梦中寓有很深的用意：前者用以表明他自小与文学即有宿缘，后者用以表明他将宣扬儒家教义于南土。这两个梦不但与《序志》篇的内容有紧密的联系，而且与《文心雕龙》全书的精神也息息相通。它们不是书中可有可无的部分，而是理解全书的两把钥匙”[②]。两位先生由“圣人垂梦”，推导出《文心》之作主要目的在于弘扬儒家教义，这是极有见地的。至于“彩云之梦”，周先生的解释可从。

不过，对于刘勰两梦之间的有机联系，以及《文心》之作是如何弘扬儒家教义等问题，仍有进一步探讨的空间和必要。而这些问题的突破口正在于“圣人垂梦”中的“礼器之喻”。对于“礼器之喻”，周勋初先生也有所涉及，他指出：“所谓‘丹漆之礼器’，乃指笾豆之属。以其用于宗庙故为儒家所重视。……礼器一项还寓有象征儒家文化的意义。刘勰自言梦执丹漆之礼器而南行，表示他是一个儒家学派的信徒，追随孔子之后，准备宣言儒家教义于南土。”[③] 周先生对“礼器”的解释，应当是沿用了黄侃先生的观点，黄先生即曾指出：“丹漆之礼器，盖笾豆也。”[④] 其实，这里并无坐实的必要，“礼器”泛指古代典仪中一切可以表征使用者身份、等级与权力的器物。需要指出的是，这里的“礼器”究其根本而言，乃是“以器物为喻”的象喻言说，其喻指的对象就是文学（当然也包含文论）。就此而言，前述“龙章之喻”亦可归入“礼器之喻”，并且“龙章之喻”是极具典范性的礼器喻象。在“彩云之梦”中，无论是“彩云”，抑或“锦绣”，也都是象喻言说，其喻指的对象同样是文学，区别仅在于“彩云”属于“以自然物为喻”，“锦绣”则是“以器物为喻”。在《文心雕龙》中，“云霞之喻”“锦绣之喻”的用例比比皆是，无

① 虚构之说是有其合理性的。以常识而论，梦境之事，其印象大都模糊而朦胧，刘勰所梦“彩云若锦”，尤其是“丹漆之礼器”，过于清晰，不免会令人质疑它的真实性。其实，若想从二梦中推导刘勰的用意，我们更倾向于相信它们出自刘勰的“精心撰述”，如此才能减少梦境的虚幻成分，进而提升结论的可靠性。

② 周勋初：《文史探微》，上海：上海古籍出版社，1987 年，第 117、119 页。

③ 周勋初：《文史探微》，第 117 页。

④ 黄侃：《文心雕龙札记》，周勋初导，第 217 页。

需赘举。如此一来，刘勰的孩提之梦与而立之梦便具有了内在的、有机的关联。

接下来，我们再来谈一谈《文心》之作如何弘扬儒家教义的问题。解开疑团的关键，仍是“圣人垂梦”中的“礼器之喻”。儒家在社会治理方面最直接，也是最有效的手段，莫过于观念与制度层面的纲常名教与等级制度，亦即孔子所提出的“君君，臣臣，父父，子子”①。观念与制度层面的纲常名教、等级制度，落实到物质层面就是洋洋大观的器物系统，或者更确切地说是礼器系统，所以，孔子说：“唯器与名，不可以假人，君之所司也。”② 在器物系统之外，同样对纲常名教与等级制度起支撑、维持作用的还有文章系统，此即刘勰所谓“唯文章之用，实经典枝条，五礼资之以成文，六典因之致用”③。在我国早期社会中，文章不仅有体裁、内容上的区别，在适用对象方面也多有明确的规定，体现出鲜明的等级色彩。比如，诏策“渊嘿黼扆，而响盈四表”，封禅“玉牒金镂，专在帝皇”，章表“陈辞帝庭”“敷奏以言”，奏启“言敷于下，情进于上”④，等等，都有其固定的使用对象与接受对象。在表征使用者的身份等级、权力地位，亦即作为礼乐载体的方面，文章与器物殊途同归。不过，孔子生活的春秋之世与刘勰生活的魏晋南北朝，都是杀伐不已的乱世，礼乐崩坏、名实乖谬，两人对此皆痛心疾首。于是，孔子一生以复兴周礼为己任⑤，刘勰也以接续儒家文统为使命。这种使命感在《文心雕龙》中贯穿终始，而其最精妙的表述，无疑是“圣人垂梦”中的“礼器之喻”。

天人之际同为媒介，礼乐之中共成载体。刘勰作为儒家思想的坚定拥护者与弘扬者，他援“龙章”“礼器”比类文学，除提升文学社会地位的考虑外，更深层的目的或许还是重振礼乐，复兴道统。其手段就是借助于批评，

---

① 《论语·颜渊》，见阮元校刻《十三经注疏》，第2503—2504页。

② 《左传·成公二年》，见阮元校刻《十三经注疏》，第1894页。

③ 范文澜：《文心雕龙注》，第726页。

④ 范文澜：《文心雕龙注》，第358、393、406、421—422页。

⑤ 《论语·述而》有“甚矣吾衰也！久矣吾不复梦见周公”，一如刘勰的夜梦孔子。这也让我们更有理由相信，刘勰的记梦可能是出于“精心撰述”。

引领文学创作重回儒家正统[①]。最后，再依靠文学“化成天下”，复归于郁郁乎文的礼乐盛世。只有这样的文学，才担得起《文心雕龙》劈头的那句“文之为德也大矣”[②]。

第二节　《文心雕龙》的“以乐舞为喻”

我国传统文艺先天地具有诗乐舞不分的传统，先民以言语、音声和肢体动作三者合一的形式沟通天地、愉悦神祇、发抒情性。诗乐舞合一的艺术传统，决定了乐舞文化对于我国早期文学与文论的深刻影响。文艺理论“以乐舞为喻”批评范式，正是渊源于这种艺术传统。不过，按照修辞学“同类不喻”[③] 的原则，“以乐舞为喻”论文的出现，必须俟诸礼乐的崩坏与诗乐舞的分殊。我国古代文艺理论“以乐舞为喻”批评范式肇始于魏晋时期，这也恰好与诗乐舞分殊的时间节点相契合。“以乐舞为喻”经过刘勰的创造性运用，成为一种极具阐释力的批评范式。

一、诗乐舞分殊与文艺理论批评“以乐舞为喻”

《尚书·尧典》:“帝曰:‘夔！命汝典乐。……诗言志，歌永言，声依永，律和声。八音克谐，无相夺伦，神人以和。’夔曰:‘於！予击石拊石，百兽率舞。’”[④] 这段文字在我国古代文艺理论批评史上，有着不同寻常的重要意义。它不仅提出了中国诗学“诗言志”这一“开山的纲领”[⑤]，同时也真实地呈现出上古时期诗乐舞一体的早期艺术样态。春秋战国之世，礼乐崩坏，诗

---

① 《序志》篇有“选文以定篇，敷理以举统”，其中所谓“统”者，除学术界业已指出的“文章体统”，亦即写作规格、风格标准外，应该还指代着各种文体所对应的典章制度。其实，正是由这些典章制度才产生了相应的文体规范。

② 范文澜:《文心雕龙注》，第 1 页。

③ 《墨子·经下》提出的“异类不比”被视为墨辩的经典命题，而修辞学家又提出“同类不喻”(见王希杰《修辞学通论》，南京：南京大学出版社，1996 年，第 420 页）的修辞原则。其实，象喻或比喻的成立，论述对象、取譬对象之间的“异质性”与“相似性”均为必要的逻辑前提，二者缺一不可。

④ 阮元校刻:《十三经注疏》，第 131 页。

⑤ 朱自清:《诗言志辨 & 经典常谈》，北京：商务印书馆，2011 年，第 7 页。

乐舞合一的艺术传统也受到一定程度的损坏。即便如此，诗乐舞一体仍是主流的艺术样态。“三百五篇孔子皆弦歌之，以求合《韶》《武》《雅》《颂》之音”①，屈原的《九歌》也是配合乐舞的歌诗。西汉时期独尊儒术，礼乐文化传统得以复兴，诗乐舞一体依旧是正统的艺术样态。有关这一点，我们可从《毛诗序》中获得充足证据：“诗者，志之所之也。在心为志，发言为诗，情动于中而形于言，言之不足，故嗟叹之；嗟叹之不足，故永歌之；永歌之不足，不知手之舞之，足之蹈之也。”②

在礼乐文化体系中，诗乐舞三位一体，并不具备“以乐舞为喻”论文的思想土壤。所以，“以乐舞为喻”论文，只能是诗乐舞分殊以后的事情。对于诗乐舞的分殊，明人胡应麟曾有过细致的梳理，《诗薮》曰：

> 《三百篇》荐郊庙，被弦歌，诗即乐府，乐府即诗，犹兵寓于农，未尝二也。诗亡乐废，屈宋代兴，《九歌》等篇以侑乐，《九章》等作以抒情，途辙渐兆。至汉《郊祀十九章》《古诗十九首》，不相为用，诗与乐府，门类始分，然厥体未甚远也。如“青青园中葵”，曷异古风；“盈盈楼上女”，靡非乐府。魏文兄弟崛起，建安拟则前规，多从乐府。唱酬新什，更创五言，节奏既殊，格调夐别。自是有专工古诗者，有偏长乐府者。梁陈而下，乐府、古诗变而律绝。③

在胡应麟看来，诗乐舞分殊应始于诗亡乐废的春秋战国，屈宋的创作为其滥觞，《九歌》等篇什尚可侑乐合舞，《九章》之作则专以抒情。两汉时期，《郊祀》之歌诗乐舞合一，《古诗十九首》虽为文人抒情之制，但也多能合乐而歌。建安时期，乐府创作为主流，而不合乐的古诗也渐渐多了起来。至此，诗乐之别开始趋于明朗。其实钟嵘早在齐梁时期，就已扼要地指出这一变化，《诗品序》有言：“三祖之词，文或不工，而韵入歌唱。……今既不被管弦，

① 司马迁：《史记》卷四十七《孔子世家》，第1936页。

② 阮元校刻：《十三经注疏》，第269—270页。

③ 胡应麟：《诗薮》，第13页。

亦何取于声律耶。”①

与诗乐舞在魏晋时期的分殊相应，文艺理论批评“以乐舞为喻”的范式也是在此时期开始出现。就目前可见文献而言，较早使用“以乐舞为喻”论文的是建安时期的曹丕。曹丕曾以音乐为譬喻，阐释其文学创作的“天才论”：“文以气为主，气之清浊有体，不可力强而致。譬诸音乐，曲度虽均，节奏同检，至于引气不齐，巧拙有素，虽在父兄，不能以移子弟。”② 李善注引桓谭《新论》曰：“惟人心之所独晓，父不能以禅子，兄不能以教弟也。”刘良注云：“譬如箫管之类者，言用气吹之各不同也。素，本也。言其巧者，虽父兄亲于子弟，亦不能教而移之也。”③ 可见，曹丕援音乐为譬喻，其目的就是要借助音乐演奏中运气行声之道，父兄不能以移子弟，来阐释文学创作中先天禀赋的决定作用。曹丕的“天才论”显然是受庄子的影响。④《庄子·天道》篇，轮扁自述斫轮之甘苦时说：“斫轮，徐则甘而不固，疾则苦而不入，不徐不疾，得之于手而应于心，口不能言，有数存焉于其间。臣不能喻臣之子，臣之子亦不能受之于臣。”⑤ 庄子、曹丕的主旨虽相同，但取譬对象有异，庄子取譬于技艺，曹丕则援音乐为比类。

相较曹丕而言，陆机对于“以乐舞为喻”的运用更加娴熟。在剖析文学创作的弊病时，陆机曾说：

> 或讬言于短韵，对穷迹而孤兴。俯寂寞而无友，仰寥廓而莫承。譬偏弦之独张，含清唱而靡应。或寄辞于瘁音，徒靡言而弗华。混妍蚩而成体，累良质而为瑕。象下管之偏疾，故虽应而不和。或遗理以存异，徒寻虚以逐微。言寡情而鲜爱，辞浮漂而不归。犹弦么而徽急，故虽和而不悲。或奔放以谐和，务嘈囋而妖冶，徒悦目而偶俗，故高声而曲下。

① 周振甫：《诗品译注》，第 27 页。

② 《典论·论文》，见夏传才《曹丕集校注》，第 237 页。

③ （梁）萧统，（唐）李善、吕延济、刘良等校注：《六臣注文选》，北京：中华书局，1987 年，第 967 页。

④ 参见罗根泽《中国文学批评史》，第 198—199 页。

⑤ 王先谦：《庄子集解》，第 120—121 页。

> 寤《防露》与《桑间》，又虽悲而不雅。或清虚以婉约，每除烦而去滥。阙大羹之遗味，同朱弦之清氾。虽一唱而三叹，固既雅而不艳。①

陆机一连胪列了五种“文病”：“清唱而靡应”（贫乏单调之病）、“虽应而不和”（辞靡无骨之病）、“虽和而不悲”（情不切至之病）、“虽悲而不雅”（淫侈不雅之病）、“既雅而不艳”（质实无文之病），相应的也提出了文学创作的五条审美标准，即：应、和、悲、雅、艳。“陆机在讲述这五个问题时，有一个共同的特点，就是都用音乐来作比喻”②，所谓“偏弦之独张”“下管之偏疾”“弦么而徽急”“《防露》与《桑间》”“朱弦之清氾”云云，皆是也。此外，陆机为发明其“中节合度”“因宜适变”的为文之道，亦曾援乐舞以为比类：“若夫丰约之裁，俯仰之形，固宜适变，曲有微情。或言拙而喻巧，或理朴而辞轻，或袭故而弥新，或沿浊而更清，或览之而必察，或妍之而后精。譬犹舞者赴节以投袂，歌者应弦而遣声。”③

在南北朝文艺理论批评中，“以乐舞为喻”论文的现象更加普遍。葛洪在《抱朴子》中就经常采用“以乐舞为喻”范式来探讨文学问题。《尚博》篇论述学识积淀对于文学创作的促进作用时，则有“合锱铢可以齐重于山陵，聚百十可以致数于亿兆；群色会而衮藻丽，众音杂而《韶》《濩》和也”④。其中“众音杂而《韶》《濩》和”者，即为“以乐舞为喻”；对比诗赋与子书优劣时，亦有“或贵爱诗赋浅近之细文，忽薄深美富博之子书。……真伪颠倒，玉石混淆，同广乐于桑间，钧龙章于卉服，悠悠皆然，可叹可慨者也”⑤。这里的“广乐”为盛大高雅之乐，指代“深美富博”的子书，“桑间”为淫侈轻靡之音，指代“浅近之细文”的诗赋，同样是“以乐舞为喻”。此外，《广譬》篇“聆《白雪》之九成，然后悟《巴人》之极鄙；识儒雅之汪濊，尔乃悲不学之固陋”，《辞义》篇“清音贵于雅韵克谐，著作珍乎判微析理。故八音形

---

① 张少康：《文赋集释》，第 183 页。
② 张少康：《文赋集释》，第 208 页。
③ 张少康：《文赋集释》，第 212 页。
④ 杨明照：《抱朴子外篇校笺》下册，第 103 页。
⑤ 杨明照：《抱朴子外篇校笺》下册，第 105 页。

器异而钟律同，黼黻文物殊而五色均。徒闲涩有主宾，妍蚩有步骤。是则总章无常曲，大庖无定味”，《喻蔽》篇“言少则至理不备，辞寡即庶事不畅。是以必须篇累卷积，而纲领举也。……五色聚而锦绣丽，八音谐而《箫韶》美，群言合而道艺辨”①，等等，皆是“以乐舞为喻”的典范用例。沈约论述诗歌声律问题时，也每每援音乐以为譬喻。《宋书·谢灵运传论》曰：“夫五色相宣，八音协畅，由乎玄黄律吕，各适物宜。欲使宫羽相变，低昂互节，若前有浮声，则后须切响。一简之内，音韵尽殊；两句之中，轻重悉异。妙达此旨，始可言文。”②《答陆厥书》亦云：“若以文章之音韵，同弦管之声曲，则美恶妍蚩，不得顿相乖反。”③ 曹丕、陆机、葛洪、沈约等人的批评实践，为《文心雕龙》“以乐舞为喻”提供了重要的范式借鉴与话语资源。

二、《文心雕龙》“以乐舞为喻”用例统计

经过曹丕、陆机等人的理论先导与批评实践，至齐梁时期，“以乐舞为喻”已经是批评家所稔熟的话语范式。刘勰对于“以乐舞为喻”批评范式的运用更是达到了前所未有的水平。为获得对《文心雕龙》“以乐舞为喻”批评范式整体的把握，我们在爬梳文本的基础上，按照取譬指向将其区分为“节奏之喻”“乐声之喻”“和谐之喻”“知音之喻”四种类型。直观起见，列表如下：

表6 《文心雕龙》“以乐舞为喻”用例统计

类型	篇目	具体用例
节奏之喻（8例）	《乐府》	至于魏之三祖，气爽才丽，**宰割辞调，音靡节平**
	《哀吊》	**促节**四言，鲜有**缓句**
	《章表》	唇吻不滞，则**中律**矣
	《议对》	必敛饬入规，**促其音节**
	《书记》	**黄钟调起，五音以正，法律驭民，八刑克平，以律为名，取中正也**

① 杨明照：《抱朴子外篇校笺》下册，第237、393、433页。

② 沈约：《宋书》卷六七《谢灵运传》，第1779页。

③ 萧子显：《南齐书》卷五二《陆厥传》，北京：中华书局，1972年，第900页。

续表 1

类型	篇目	具体用例
	《声律》	古之佩玉，左宫右徵，以节其步，声不失序。音以律文，其可忽哉
	《章句》	夫裁文匠笔，篇有大小；离章合句，调有缓急；随变适会，莫见定准。句司数字，待相接以为用；章总一义，须意穷而成体。其控引情理，送迎际会，譬舞容回环，而有缀兆之位；歌声靡曼，而有抗坠之节也‖改韵从调，所以节文辞气‖吹律胸臆，调钟唇吻
乐声之喻（16 例）	《原道》	镕钧六经，必金声而玉振
	《宗经》	道心惟微，圣谟卓绝，墙宇重峻，而吐纳自深。譬万钧之洪钟，无铮铮之细响矣
	《明诗》	流靡以自妍
	《诔碑》	辞哀而韵长‖辞靡律调
	《诏策》	施命发号，洋洋盈耳
	《体性》	嗣宗俶傥，故响逸而调远
	《定势》	括囊杂体，功在铨别，宫商朱紫，随势各配
	《情采》	五色杂而成黼黻，五音比而成韶夏，五情发而为辞章，神理之数也
	《声律》	吃文为患，生于好诡，逐新趣异，故喉唇纠纷；将欲解结，务在刚断。左碍而寻右，末滞而讨前，则声转于吻，玲玲如振玉；辞靡于耳，累累如贯珠‖识疏阔略，随音所遇，若长风之过籁，南郭之吹竽耳
	《练字》	讽诵则绩在宫商
	《隐秀》	动心惊耳，逸响笙匏
	《附会》	摛振金玉
	《总术》	视之则锦绘，听之则丝簧，味之则甘腴，佩之则芬芳
	《才略》	殊声而合响，异翮而同飞
	《知音》	六观宫商‖洪锺万钧，夔旷所定。良书盈箧，妙鉴乃订
和谐之喻（6 例）	《乐府》	中和之响，阒其不还
	《声律》	今操琴不调，必知改张，摛文乖张，而不识所调。响在彼弦，乃得克谐，声萌我心，更失和律，其故何哉？良由内听难为聪也。故外听之易，弦以手定，内听之难，声与心纷；可以数求，难以辞逐‖若夫宫商大和，譬诸吹籥；翻回取均，颇似调瑟。瑟资移柱，故有时而乖贰；籥含定管，故无往而不壹。陈思、潘岳，吹籥之调也；陆机、左思，瑟柱之和也

续表 2

类型	篇目	具体用例
	《章句》	妙才激扬，虽触思利贞，曷若折之中和，庶保无咎
	《附会》	**如乐之和，心声克协**
	《总术》	**知夫调钟未易，张琴实难。伶人告和，不必尽窕槬之中；动角挥羽，何必穷初终之韵；魏文比篇章于音乐，盖有征矣**
知音之喻（3 例）	《知音》	**知音其难哉！音实难知，知实难逢，逢其知音，千载其一乎** ‖ **凡操千曲而后晓声，观千剑而后识器。故圆照之象，务先博观** ‖ 知音君子，其垂意焉

三、《文心雕龙》“以乐舞为喻”的理论意涵

舞蹈之妙在于位置的安排与节奏的把握，音乐之美体现于乐音以及乐音之间的组合，和由此带来的和谐效果。刘勰援乐舞以为譬喻，其目的就是要将这些领域独特的审美经验投射到文学领域，以实现对于文学创作与批评中某些规律性问题的言说与阐释。①

先看舞蹈之喻。《礼记·乐记》中有：“钟鼓管磬，羽籥干戚，乐之器也。屈伸俯仰，缀兆舒疾，乐之文也”，“执其干戚，习其俯仰诎伸，容貌得庄焉。行其缀兆，要其节奏，行列得正焉，进退得齐焉。”郑玄注云：“缀，谓酂，舞者之位也；兆，其外营域也。”孔颖达正义曰：“缀，表也；兆，域也。言舞者缀表兆域，方正得其所矣。节，谓曲节；奏，谓动作。言作乐或节或奏是依其缀兆，故行列得正，由随其节奏，故进退得齐焉。”② 可见，“缀兆”者，即舞者的行列位置及其舞动范围；“节奏”者，乃舞蹈动作的屈伸俯仰、节奏的舒疾缓急。舞者缀兆有位，步骤有节，方能行列得正而进退得齐。刘勰就此取譬，来阐述诗文创作的章句之法：“夫裁文匠笔，篇有小大；离章合句，调有缓急；随变适会，莫见定准。句司数字，待相接以为用；章总一义，

① 参见赵忠富《“如乐之和”：〈文心雕龙〉的“以乐舞为喻”批评范式》，《唐山学院》2024 年第 1 期。

② 阮元校刻：《十三经注疏》，第 1530、1545 页。

须意穷而成体。其控引情理，送迎际会，譬舞容回环，而有缀兆之位；歌声靡曼，而有抗坠之节也。”① 对此，李曰刚先生在《文心雕龙斠诠》中指出：“此段论章句之安排，必须照顾全局，喻题材中动境之遇合，既已过往则控制情理以遣送之，尚未来临则牵引情理以迎接之：务使上下有所呼应，首尾得以圆合，譬如舞容之回转旋环，歌声之轻细柔和，进退抗坠，皆有一定之乐位节奏也。”② 由此可知，刘勰这里所要强调的是诗文创作必须要特别关注章句的安排与节奏的把握，就好比乐舞的缀兆有位，抗坠有节。

再看音乐之喻。《论语·八佾》：“子谓《韶》：‘尽美矣，又尽善也’；谓《武》：‘尽美矣，未尽善也。’”何晏集解曰：“言《韶》乐其声及舞极尽其美，揖让受禅其圣德又尽善也。……言《武》乐音曲及舞容则尽极美矣，然以征伐取天下不若揖让而得，故其德未尽善也。”③ 抛开“善”的一端不论，所谓音乐之美者，首先源自于乐音以及乐音之间的组合。史伯“声一无听，色一无文”④，晏婴“声亦如味，一气，二体，三类，四物，五声，六律，七音，八风，九歌，以相成也。清浊，大小，短长，疾徐，哀乐，刚柔，迟速，高下，出入，周疏，以相济也”⑤，《礼记·乐记》“声成文，谓之音”“声者，乐之象也。文采节奏，声之饰也”⑥，等等，所强调的都是乐音及其组合。奥地利音乐理论家爱德华·汉斯立克亦曾指出：“音乐美是一种独特的只为音乐所特有的美。这是一种不依附、不需要外来内容的美，它存在于乐音以及乐音的艺术组合中。”⑦ 同时，音乐之美更在于乐音及其组合所产生的和谐效果。季札曰“直而不倨，曲而不屈，迩而不逼，远而不携，迁而不淫，复而不厌，哀而不愁，乐而不荒，……五声和，八风平，节有度，守有序，盛德之所同

---

① 《文心雕龙·章句》，见范文澜《文心雕龙注》，第570页。

② 见詹锳《文心雕龙义证》，第1255—1256页。

③ 阮元校刻：《十三经注疏》，第2469页。

④ 《国语·郑语》，见徐元诰《国语集解》，王树民、沈长云点校，第472页。

⑤ 《左传·昭公二十年》，见阮元校刻《十三经注疏》，第2093—2094页。

⑥ 阮元校刻：《十三经注疏》，第1527、1536—1357页。

⑦ ［奥地利］爱德华·汉斯立克：《论音乐的美：音乐美学的修改刍议》，杨业治译，北京：人民音乐出版社，1980年，第49页。

也”[1]，伶州鸠曰“凡人神以数合之，以声昭之。数合神和，然后可同也。故以七同其数，而以律和其声，于是乎有七律”[2]，《吕氏春秋·大乐》亦曰“凡乐，天地之和，阴阳之调也”[3]，等等，所强调的都是乐音及其组合所产生的和谐效果。

刘勰取譬音乐的主要目的有二：一者，借乐音及其组合来喻指文学的声律之美。《声律》篇曰：

> 凡声有飞沈，响有双叠。双声隔字而每舛，叠韵杂句而必睽；沉则响发而断，飞则声飏不还，并辘轳交往，逆鳞相比；迂其际会，则往蹇来连，其为疾病，亦文家之吃也。夫吃文为患，生于好诡，逐新趣异，故喉唇纠纷；将欲解结，务在刚断。左碍而寻右，末滞而讨前，则声转于吻，玲玲如振玉；辞靡于耳，累累如贯珠矣。[4]

声律问题的讲讨，向来是一大难题。在上述文字之中，刘勰为阐明声律的规律，巧妙地运用了象喻的批评范式。在刘勰看来，文章的声律，主要在于三个方面：平仄（亦即“飞沈”）、双声与叠韵的组织安排，其要领是错综搭配，不可重复，亦不能单调。声律处理得当，就能做到圆转如辘轳交往，靡密似逆鳞相比。这里采用了“以器物为喻”（辘轳绳）、“以自然物为喻”（龙鳞）两种象喻类型。若处理失当，则阴阳不谐，双叠不对，如同人得了口吃之病，此为“以人为喻”中的“疾病之喻”。接下来，刘勰又分析了“吃文之病”的起因，以及救治之法，病因乃“好诡”，药方则是“刚断”。《文镜秘府论·南卷·论体》“参会事情，推校声律，动成病累，难悉安稳。如其理无配偶，音相犯忤，三思不得，足以改张”[5]，可视为刘勰“刚断”之方的注脚。改弦更张之后，再经过作家一番寻右、讨前的研求，就能达到声律之美。为

① 《左传·襄公二十九年》，见阮元校刻《十三经注疏》，第 2007 页。

② 徐元诰：《国语集解》，王树民、沈长云点校，第 126 页。

③ 许维遹：《吕氏春秋集释》，梁运华整理，第 110 页。

④ 范文澜：《文心雕龙注》，第 552—553 页。

⑤ ［日］遍照金刚：《文镜秘府论》，第 153 页。

比拟这种声律之美，刘勰又采用了"以音乐为喻"的象喻范式，所谓"玲玲如振玉"，"累累如贯珠"是也。"振玉"即孟子所说的"金声而玉振"①，"贯珠"即《礼记·乐记》所说的"累累乎端如贯珠"②，两者都是以有条理、合法度的乐音之美，来比譬文学创作的声律之美。此外，《定势》篇"宫商朱紫，随势各配"，《情采》篇"五音比而成韶夏，五情发而为辞章"，《附会》篇"品藻玄黄，摛振金玉"③，等等，也都是以乐音之美来比譬声律之美的精彩用例。

刘勰取譬音乐论文的另一目的，是以音乐的和谐之美比拟文学的调和之美。《声律》篇曰：

> 操琴不调，必知改张，摛文乖张，而不识所调。响在彼弦，乃得克谐，声萌我心，更失和律，其故何哉？良由内听难为聪也。故外听之易，弦以手定，内听之难，声与心纷；可以数求，难以辞逐。④

刘勰首先以音乐为譬喻，来论述文章声律调和之难。在他看来，若弹琴时音调不谐调，可以通过解开弦索重新施张，达到谐调。诗文创作中声律的失调，却很难补救，其原因在于外在的音声容易分辨，内在的音声不易察觉。外在的音声用手即可调定，内在的音声必须借助声律的术数才能实现。⑤

此外，刘勰还以"吹籥""调瑟"来比拟诗文声律调和的两种类型："自然声律和人工声律"⑥。《声律》篇曰：

> 若夫宫商大和，譬诸吹籥；翻回取均，颇似调瑟。瑟资移柱，故有

---

① 《孟子·万章下》，见阮元校刻《十三经注疏》，第 2741 页。

② 阮元校刻：《十三经注疏》，第 1545 页。

③ 范文澜：《文心雕龙注》，第 530、537、650 页。

④ 范文澜：《文心雕龙注》，第 101、553、652 页。

⑤ 参见万奇《声得盐梅，寄在吟咏：〈文心雕龙·声律〉篇探析》，《关东学刊》2017 年第 10 期。

⑥ 参见詹锳《文心雕龙义证》，第 1237 页。

> 时而乖贰；籥含定管，故无往而不壹。陈思、潘岳，吹籥之调也；陆机、左思，瑟柱之和也。概举而推，可以类见。①

在刘勰看来，声律调和的实现，有两种类型或曰两种方式：不事雕琢的自然声律和研求而致的人工声律。两者的区别，如同籥管有定音，瑟柱无常调。②接着，刘勰又以曹植、潘岳和陆机、左思等人的创作实例，来论述自然声律和人工声律的成因。曹植、潘岳长期生活于中原之地，吐音雅正，文章自然和律；而陆机原为吴人，左思原为齐人，方音较浓，须翻回求索方得调和。需要特别指出的是，在这里刘勰并没有贬陆、左而褒曹、潘的意思，即使《文心雕龙》的全书呈现出这种抑扬之势，起码《声律》篇没有此意。刘勰精心结撰《声律》一篇，其目的正是在于探讨“左碍而寻右，末滞而讨前”的“翻回取均”之道。关于这点，从后文“练才洞鉴，剖字钻响，识疏阔略，随音所遇，若长风之过籁，南郭之吹竽耳”③ 一句，即可明显看出。其中所谓“练才洞鉴，剖字钻响”，就是指那些懂得“翻回取均”之道，并且能因之而达到和谐的辞人作家。而所谓“识疏阔略，随音所遇”，则是指那些不谙宫商之术，盲目行文之人。该句中的“过籁”“吹竽”，亦属“以音乐为喻”的象喻用例。此外，《乐府》“中和之响，阒其不还”，《章句》“折之中和，庶保无咎”，《附会》“如乐之和，心声克协”④，等等，也都是“以音乐为喻”比譬文章声律和谐的典范用例。

第三节 《文心雕龙》的“以兵为喻”

在我国古代文艺理论批评领域，“以兵为喻”是一种非常值得注意的现象。它以象喻为媒介，将兵势、兵形、战阵、兵器等军事理论与战争经验，

---

① 范文澜：《文心雕龙注》，第553页。

② 参见刘永济《文心雕龙校释》，北京：中华书局，1962年，第126页。

③ 范文澜：《文心雕龙注》，第554页。

④ 范文澜：《文心雕龙注》，第101、571、652页。

投射到文艺理论领域，以实现对文艺创作、文艺批评中某些规律性问题的阐释与言说。军事理论与文艺理论之间的相通性、相似性，为文艺理论批评“以兵为喻”奠定了坚实的学理根基。中国古代思想家、理论家道器并进、文武兼修的知识结构，也为文艺理论之“以兵为喻”批评范式提供了话语资源方面的充分便利。齐梁文论家刘勰推崇儒家内圣外王之道，以“摛文必在纬军国，负重必在任栋梁”① 的“梓材之士”为最高人生理想。在此理想指引下，刘勰不仅深入钻研了儒家六艺之学，对于其他诸子学说亦能兼收并蓄。在兵家运筹、韬略之学方面，刘勰就颇有造诣。与此相应，他对“以兵为喻”范式的运用也达到了前所未有的水平。

一、文武左右与文艺理论批评“以兵为喻”

一阴一阳，天地之道，“一张一弛，文武之道”②，和合阴阳、兼修文武是中国传统思想文化的基本特色。“在孔子的教育和经国大纲中，培养学生具有兵略思想与训练国民的军事技能，也是在诗书、礼乐之外的重要部分。”③ 经国方面，《论语·颜渊》中子贡问为政之道，孔子对曰：“足食，足兵，民信之矣。”《子路》篇亦有：“以不教民战，是谓弃之。”④《孔子家语·相鲁》载齐鲁夹谷之会时，孔子摄相事，曾向鲁定公建言曰：“臣闻有文事者必有武备，有武事者必有文备。”⑤ 足见夫子文武并重、礼乐与军事兼施的治国方略。教育方面，孔子秉承西周“六艺”教学体系，礼、乐为文，射、御为武，孔门弟子中既有以文学见长的子游、子夏一支，亦有以军事著称的冉有、子路一派。“文武之道，未坠于地”⑥，孔子既是圣王明君文治武功的坚定继承者，亦是文武之道最有力的弘扬者。君子不器、学无常师，既是孔子本人一以贯之的修身为学之道，也是他对后世知识分子的殷殷期许。经过夫子大力倡导

① 《文心雕龙·程器》，见范文澜《文心雕龙注》，第720页。

② 《礼记·杂记下》，见阮元校刻《十三经注疏》，第1567页。

③ ［美］林中明：《刘勰〈文心〉与兵略、智术》，《史学理论研究》1996年第1期。

④ 阮元校刻：《十三经注疏》，第2503、2508页。

⑤ 王国轩、王秀梅译注：《孔子家语》，北京：中华书局，2011年，第7页。

⑥ 《论语·子张》，见阮元校刻《十三经注疏》，第2532页。

与践行，学问究天人，述作济文武，成为传统士人普遍的人生追求。传统士人文武兼修的知识结构，也为文艺理论批评“以兵为喻”提供了充足的便利与必要的前提。

我国古代丰富的军事理论资源，为文艺理论批评“以兵为喻”提供了坚实基础。我国古代的军事思想萌芽甚早，就目前的考古发掘而言，早在公元前 13 世纪的殷商卜辞中，便有大量关于战争的记录。西周时期，即出现了《令典》《军志》等早期军事理论著作。可惜的是这些论著未能流传至今，只是在《左传》等典籍中保留了一些吉光片羽。此后，春秋兼并，战国争雄，军事学呈现出前所未有的繁荣局面，涌现出《孙子兵法》《孙膑兵法》《六韬》《尉缭子》等一大批杰出的军事理论著作。军事家基于过往的战争经验，以朴素的唯物主义与辩证方法，总结出了一系列带有普遍性的军事规律，对此后的军事理论与战争实践起到了重要的指导作用。“国之大事，在祀与戎”[①]，因为军事在我国早期社会中的极端重要性，上述军事理论著作也对哲学、医学、文学艺术等诸多领域产生了深刻影响。[②] 军事理论对于文学艺术的影响，主要体现为军事思想、军事术语向文艺理论领域的辐射。诸如统筹、奇正等思想，以及“阵”“形”“气”“势”[③] 等术语，都曾被文艺理论批评家所广泛援用。

文艺理论批评“以兵为喻”现象最先出现于诗文评领域。桓谭《新论·道赋》：“杨子云工于赋，王君大晓习万剑之名，凡器遥观而知，不须手持熟察。余欲从二子学。子云曰：‘能读千赋，则善赋。’君大曰：‘能观千剑，则晓剑。’”[④] 王充《论衡·超奇》：“选士以射，心平体正，执弓矢审固，然后射中。论说之出，犹弓矢之发也。论之应理，犹矢之中的。夫射以矢中效巧，

---

① 《左传·成公十三年》，见阮元校刻《十三经注疏》，第 1911 页。

② 参见吴承学《古代兵法与文学批评》，《文学遗产》1998 年第 6 期。

③ 饶宗颐先生在《释主客——论文学与兵家言》一文中亦曾指出：“兵家主要观念，后世施之文学，莫切要于气与势二者。”见《饶宗颐二十世纪学术文集》第十六册，台北：新文丰出版社，2003 年，第 859 页。

④ 朱谦之：《新辑本桓谭新论》，第 52 页。

论以文墨验奇。奇巧俱发于心，其实一也。”① 这是目前可见较早的“以兵为喻”论文的用例。其后，“以兵为喻”论文虽也时有其例，比如曹植《与杨德祖书》“有南威之容，乃可以论于淑媛，有龙泉之利，乃可以议于断割”②，陈琳《答东阿王笺》“君侯体高世之才，秉青萍、干将之器。拂钟无声，应机立断”③，葛洪《抱朴子·外篇·尚博》“若夫翰迹韵略之宏促，属辞比事之疏密，源流至到之修短，蕴藉汲引之深浅，其悬绝也，虽天外、毫内，不足以喻其辽邈；其相倾也，虽三光、熠耀，不足以方其巨细；龙渊铅铤，未足譬其锐钝”④，等等。但在刘勰的《文心雕龙》出现以前，基本都是一些零星用例，未能形成气候。

与诗文评领域情况形成鲜明对比的，是“以兵为喻”批评范式在汉魏六朝书论、画论中的蔚然成风。书论方面，早在汉末蔡邕的书法批评中，已经出现“以兵为喻”的精彩用例。《笔论》“为书之体，须入其形。……若利剑长戈，若强弓硬矢”，用剑戈弓矢等兵器比类书法劲健的笔划；《九势》“涩势，在于紧駃战行之法”，以“战行”的逶迤推进譬喻书法运笔中由于顿挫、节制所形成的“涩势”⑤。此后，“以兵为喻”成为魏晋六朝书论家公共的批评范式。卫恒《四体书势》“势和体均，发止无间。……其曲如弓，其直如弦”，传为卫铄所作《笔阵图》“‘乀’百钧弩发；……‘㇆’劲弩筋节”，王僧虔《笔意赞》“努如植槊，勒若横钉”，袁昂《古今书评》：“韦诞书如龙威虎振，剑拔弩张”⑥，等等，都是“以兵为喻”论书的用例。魏晋六朝，最具代表性“以兵为喻”的书论家当数王羲之。在传为王羲之所作的几篇书论中，不仅有“斫戈之法，落竿峨峨，……复似百钧之弩初张”“处其戈意，妙理难穷，放似弓张箭发”“屈脚之法，弯弯如角弓之张”⑦ 等，用以比类书法笔划的“兵

① 黄晖：《论衡校释》，第 609 页。

② 赵幼文：《曹植集校注》，第 154 页。

③ 俞绍初辑校：《建安七子集》，第 50 页。

④ 杨明照：《抱朴子外篇校笺》下册，第 109 页。

⑤ 华东师范大学古籍整理研究室：《历代书法论文选》，第 6、7 页。

⑥ 华东师范大学古籍整理研究室：《历代书法论文选》，第 13、22、62、74 页。

⑦ 王羲之：《笔势论十二章》，见崔尔平《书苑菁华校注》，第 10 页。

器之喻”。同时，还有“夫纸者阵也，笔者刀稍也，墨者鍪甲也，水砚者城池也，心意者将军也，本领者副将也，结构者谋略也，飏笔者吉凶也，出入者号令也，屈折者杀戮也”[①]“下笔不用急，故须迟，何也？笔是将军，故须迟重。心欲急不宜迟，何也？心是箭锋，不欲迟，迟则中物不入”[②]之类，用以譬喻书法整体运思的“兵法之喻”。

画论方面的“以兵为喻”，主要体现在军事术语“势”在绘画批评中的广泛运用。顾恺之《魏晋胜流画赞》“《壮士》有奔胜大势”“《三马》……于马势尽善也”“《清游池》……以为举势，变动多方”,《画云台山记》“画险绝之势”“诸石重势，岩相承以合临东涧”，王微《叙画》“夫言绘画者，竟求容势而已”[③]，等等，即是其例。上述诗文评、书论、画论领域“兵器之喻”与“兵法之喻”的批评实践，为刘勰“以兵为喻”论文提供重要的范式借鉴与话语资源。

二、《文心雕龙》“以兵为喻”用例统计

“刘勰之所以能创建他体大虑周的文章理论体系，重要条件在于他具极其丰富的知识积累与合理之知识结构”[④]。刘勰对“以兵为喻”批评范式的创造性运用，得益于他对兵家之学的深入钻研，此即刘勰所说的“文武之术，左右惟宜”[⑤]。当然，刘勰“以兵为喻”论文的成功，同样离不开前代批评家的范式引领与话语积淀。正是基于以上两点，刘勰对“以兵为喻”批评范式的运用达到了前所未有的水平。为获得对《文心雕龙》“以兵为喻”批评范式整体的把握，我们在爬梳文本的基础上，按照取譬指向将其区分为“兵势之喻”“兵器之喻”“勇气之喻”三种类型。直观起见，列表如下：

---

① 王羲之：《题卫夫人〈笔阵图〉后》，见崔尔平《书苑菁华校注》，第 6 页。

② 王羲之：《书论》，见华东师范大学古籍整理研究室《历代书法论文选》，第 29 页。

③ 俞剑华：《中国画论类编》，第 348—349、582、585 页。

④ 罗宗强：《〈文心雕龙〉的成书和刘勰的知识积累——读〈文心雕龙〉续记》。

⑤ 《文心雕龙・程器》，见范文澜《文心雕龙注》，第 720 页。

表 7 《文心雕龙》"以兵为喻"用例统计

类型	篇目	具体用例
兵势之喻（18 例）	《正纬》	经正纬奇
	《辨骚》	若能凭轼以倚《雅》《颂》，悬辔以驭楚篇，酌奇而不失其贞，玩华而不坠其实，则顾盼可以驱辞力，欬唾可以穷文致
	《颂赞》	风雅序人，事兼变正
	《史传》	爱奇反经之尤
	《体性》	雅与奇反
	《通变》	望今制奇，参古定法
	《定势》	势者，乘利而为制也。如机发矢直，涧曲湍回，自然之趣也‖然渊乎文者，并总群势；奇正虽反，必兼解以俱通；刚柔虽殊，必随时而适用‖故文反正为乏，辞反正为奇。效奇之法，必颠倒文句，上字而抑下，中辞而出外，回互不常，则新色耳‖旧练之才，则执正以驭奇；新学之锐，则逐奇而失正；势流不反，则文体遂弊
	《练字》	张敞以正读传业，扬雄以奇字纂训‖史之阙文，圣人所慎，若依义弃奇，则可与正文字矣
	《隐秀》	始正而末奇，内明而外润，使玩之者无穷，味之者不厌矣，数逢其极，机入其巧
	《附会》	惟首尾相援，则附会之体，固亦无以加于此矣
	《总术》	执术驭篇，似善弈之穷数；弃术任心，如博塞之邀遇。故博塞之文，借巧傥来，虽前驱有功，而后援难继‖若夫善弈之文，则术有恒数，按部整伍，以待情会因时顺机，动不失正
	《物色》	莫不因方以借巧，即势以会奇，善于适要，则虽旧弥新矣
	《知音》	四观奇正
兵器之喻（27 例）	《铭箴》	魏文九宝，器利辞钝
	《诔碑》	才锋所断，莫高蔡邕
	《诸子》	尸佼尉缭，术通而文钝
	《论说》	师心独见，锋颖精密
	《奏启》	笔锐干将
	《议对》	陆机断议，亦有锋颖‖对策者，应诏而陈政也；射策者，探事而献说也。言中理准，譬射侯中的
	《体性》	仲宣躁锐，故颖出而才果‖安仁轻敏，故锋发而韵流‖锐思于几神之区‖徒锐偏解，莫诣正理

续表 1

类型	篇目	具体用例
	《风骨》	才锋峻立，符采克炳
	《定势》	若爱典而恶华，则兼通之理偏，似夏人争弓矢，执一不可以独射也；若雅郑而共篇，则总一之势离，是楚人鬻矛誉楯，两难得而俱售也 ‖ 矢激如绳
	《隐秀》	露锋文外，惊绝乎妙心
	《指瑕》	羿氏舛射，东野败驾。虽有俊才，谬则多谢
	《养气》	志盛者思锐以胜劳 ‖ 思有利钝
	《附会》	夫画者谨发而易貌，射者仪毫而失墙 ‖ 锐精细巧，必疏体统
	《时序》	子云锐思于千首
	《物色》	后进锐笔 ‖ 怯于争锋
	《才略》	祢衡思锐于为文 ‖ 左思奇才，业深覃思，尽锐于《三都》
	《知音》	观千剑而后识器
	《程器》	仲宣轻锐以躁竞
勇气之喻（3 例）	《檄移》	故分阃推毂，奉辞伐罪，非唯致果为毅，亦且厉辞为武。使声如冲风所击，气似欃枪所扫，奋其武怒，总其罪人，征其恶稔之时，显其贯盈之数，摇奸宄之胆，订信慎之心，使百尺之冲，摧折于咫书；万雉之城，颠坠于一檄者也
	《奏启》	若乃按劾之奏，所以明宪清国。昔周之太仆，绳愆纠谬；秦有御史，职主文法；汉置中丞，总司按劾；故位在鸷击，砥砺其气，必使笔端振风，简上凝霜者也
	《养气》	逍遥以针劳，谈笑以药倦，常弄闲于才锋，贾余于文勇

三、《文心雕龙》“以兵为喻”的理论意涵

东汉以来，“以兵为喻”逐渐成为文艺理论批评的通用范式。刘勰凭借其深厚的兵学积淀，在充分吸收、借鉴前人批评成果的基础上，将“以兵为喻”批评范式的言说向度、阐释深度都提升到了一个全新的水平。在《文心雕龙》中，举凡兵形、兵势、兵器，以及阵法、士气等军事元素，均被刘勰纳入“以兵为喻”论文的批评话语体系之中。

首先，兵无常势与文无定势。在《文心雕龙》中，“以兵为喻”批评范式的用例虽然普遍分布于枢纽论、文体论、创作论等各个部分，不过最集中、最典范者莫过于《定势》一篇。正如詹锳先生所指出：“刘勰不仅欣赏《孙子兵法》的文章，而且学习《孙子兵法》中朴素的辩证观点，并把它运用于文学理论。《孙子》十三篇中有《势篇》，曹操注：‘用兵任势也。’《孙子兵法》对‘形’‘势’的分析是《文心雕龙·定势》篇的主要来源。”①《定势》篇主要探讨文学作品的风格倾向问题，所谓“势”指的就是这种风格倾向。刘勰认为文学作品由于其情感内容的不同，以及作家个性气质与模习师法的差异，必然会呈现出独特的风格面貌，此即“情致异区，文变殊术，莫不因情立体，即体成势也”②。而各种文学体裁在长期的创作实践中，又会形成大致相同的文体规范，所谓“章表奏议，则准的乎典雅；赋颂歌诗，则羽仪乎清丽”③者是也。由此，便决定了文学作品的风格趋向必然是规律之中有变化，变化之中有规律。此种情形，和军事家对于“兵形”“兵势”的理解高度契合。《孙子·计篇》“计利以听，乃为之势，以佐其外。势者，因利而制权也”，《孙子·势篇》“激水之疾，至于漂石者，势也；鸷鸟之疾，至于毁折者，节也。是故善战者，其势险，其节短。势如彍弩，节如发机”，《孙子·虚实篇》“夫兵形象水，水之行，避高而趋下；兵之形，避实而击虚。水因地而制流，兵因敌而制胜。故兵无常势，水无常形，能因敌变化而取胜者，谓之神”。④孙武认为，兵无常势，须因利制权，方可变化取胜，一如激水漂石，又似彍弩发机。刘勰就此取譬，以阐述“定势”问题，“势者，乘利而为制也。如机发矢直，涧曲湍回，自然之趣也”⑤。由此可见，在《定势》篇中，无论是“文无定势”⑥的“文势”观念，还是“机发矢直”“涧曲湍回”的批评话语，皆

---

① 詹锳：《文心雕龙义证》，第1112—1113页。

② 范文澜：《文心雕龙注》，第529页。

③ 范文澜：《文心雕龙注》，第530页。

④ 杨丙安：《十一家注孙子校理》，第11—12、90—91、124—125页。

⑤ 范文澜：《文心雕龙注》，第529—530页。

⑥ 黄侃先生指出“（刘勰）标其篇曰《定势》，而篇中所言，则皆言势之无定也”，见《文心雕龙札记》，周勋初导读，第109页。

援自于孙武子。

军事理论中与兵无常势相关的“奇正”思想，也被刘勰援以论文。《孙子·势篇》曰:“凡战者，以正合，以奇胜。故善出奇者，无穷如天地，不竭如江河。……战势不过奇正，奇正之变，不可胜穷也。奇正相生，如循环之无端，孰能穷之?”①《孙膑兵法·奇正》亦有:“形以应形，正也；无形而制形，奇也。奇正无穷，分也。……同不足以相胜也，故以异为奇。是以静为动奇，佚为劳奇，饱为饥奇，治为乱奇，众为寡奇。发而为正，其未发者奇也。”② 兵家所谓“奇正”者，主要是指战斗中正面交锋与邀截掩袭的相互配合，同时也包括各种要素与谋略的统筹为用。“奇正”思想极具辩证色彩，是我国古代军事思想中最宝贵的财富。刘勰将“奇正”的军事思想引入文艺理论批评，主要也是想借助这种辩证方法来阐释，在文艺创作过程中不同要素、不同风格之间的参伍与折中。比如，刘勰提出的“经正纬奇”之论，就是以“奇正”思想论文的典范用例。汉末以来的思想家对谶纬之学大多持批判与否定的态度。刘勰对谶纬神学中僻谬、诡诞的成分也曾痛加抨击；而对于谶纬著作中的奇伟之事、膏腴之辞，刘勰则认为它们“无益经典，而有助文章”，于是提出“芟夷谲诡，糅其雕蔚”③ 的主张。这种以经正纬、以纬配经的辩证观，正是兵家“奇正”思想的鲜明体现。此外，“奇正”思想还被刘勰用于阐释“诗与骚”“古与今”“隐与秀”等诸多对待问题。值得注意的是，早在文论家“以兵喻文”之前，军事家亦曾“以文喻兵”。《孙子·势篇》曰:“声不过五，五声之变，不可胜听也。色不过五，五色之变，不可胜观也。……战势不过奇正，奇正之变，不可胜穷也。”④ 五声相和、五色相宣，皆属于文之能事，此即《周易·系辞下》所谓“物相杂，故曰文”⑤ 也。这里，孙武子明显采用了“以文为喻”的话语范式，来阐释军事理论中的“奇正”问题。军事理论家“以文为喻”论战，文学批评家“以兵为喻”论文，形成了我国古

① 杨丙安:《十一家注孙子校理》，第87—90页。

② 银雀山汉墓竹简整理小组编:《孙膑兵法》，北京:文物出版社，1975年，第122页。

③ 范文澜:《文心雕龙注》，第31页。

④ 杨丙安:《十一家注孙子校理》，第89页。

⑤ 阮元校刻:《十三经注疏》，第90页。

代思想文化史上独特的互文性景观。

其次，兵戈之利与才锋锐笔。兵器不同于日用物什，其功能在于杀伤，其所重者为利刃。“锋”“锐”二字，其造字之初便与尖利之物相关。对于“锋”字，许慎释曰：“锋，兵耑也。”段注云：“兵械也。耑，物初生之题，引申为凡物之颠与末，凡金器之尖曰锋。”对于“锐”字，许慎释曰：“锐，芒也。”段注云：“芒者，草耑也，草耑必纤，故引申为芒角。”[①] 故而，“锋”“锐”二字常被用来代指兵器，《史记·淮阴侯列传》“天下锐精持锋欲为陛下所为者甚众”，《史记·陈涉世家》“将军身被坚执锐”[②]，即其例也。文论家就此取譬，多以兵戈之利比譬作家文思的敏捷。[③] 前面我们提到陈琳赞许曹植时，谓其“秉青萍、干将之器。拂钟无声，应机立断”，即是以宝剑之锐利譬喻曹植才思之迅疾。子建援牍口诵、七步成诗，堪称锐思之人的代表。此类“兵器之喻”，在《文心雕龙》中俯拾皆是。《神思》篇：“骏发之士，心总要术，敏在虑前，应机立断。”[④] 其中的“应机立断”无疑袭自陈琳，亦属以利器比类锐思的“兵器之喻”。此外，诸如《诔碑》“才锋所断，莫高蔡邕”，《议对》“陆机断议，亦有锋颖”，《时序》“子云锐思于千首”，《才略》“祢衡思锐于为文”[⑤]，等等，也都是“兵器之喻”的典范用例。

再次，夫战勇气与厉辞为武。我国古代军事理论家，都非常重视士气在克敌制胜中的关键作用。曹刿曰“夫战，勇气也。一鼓作气，再而衰，三而竭”[⑥]，《孙子·计篇》云“将者，智、信、仁、勇、严也”[⑦]，《孙膑兵法·延气》亦云“合军聚众，务在激气。复徙合军，务在治兵利气。临境近适，务在疠气。战日有期，务在断气”[⑧]，等等，皆是也。刘勰取譬于此，目的就是

---

① 段玉裁：《说文解字注》，第 711、707 页。

② 司马迁：《史记》，第 2629、1952 页。

③ 参见闫月珍、茅琛雅《兵器之喻与中国文学批评——以〈文心雕龙〉为中心》。

④ 范文澜：《文心雕龙注》，第 494 页。

⑤ 范文澜：《文心雕龙注》，第 214、438、672、699 页。

⑥ 《左传·庄公十年》，见阮元校刻《十三经注疏》，第 1767 页。

⑦ 杨丙安：《十一家注孙子校理》，第 7 页。

⑧ 银雀山汉墓竹简整理小组编：《孙膑兵法》，第 72 页。

以士气决定战争胜负，来比譬文章气势对于其现实功效的促进作用。《檄移》篇曰：

> 故分阃推毂，奉辞伐罪，非唯致果为毅，亦且厉辞为武。使声如冲风所击，气似欃枪所扫，奋其武怒，总其罪人，征其恶稔之时，显其贯盈之数，摇奸宄之胆，订信慎之心；使百尺之冲，摧折于咫书，万雉之城，颠坠于一檄者也。①

檄文作为配合军事行动的一种战争文书，具有鲜明的功利色彩，述此休明、叙彼苛虐为其现实目的。为达成目的，其行文讲求厉辞为武、气势凌人，一如战争中的激气、疠气、一鼓作气。《奏启》论“按劾之奏”曰：“位在鸷击，砥砺其气，必使笔端振风，简上凝霜。”② 其中鸷击、砺气之语，也是以军队士气比譬文章气势的“勇气之喻”。

此外，在《文心雕龙》中，作为“以兵为喻”的衍生范式，还有“以弈为喻”。在我国文化传统中，对弈与用兵关系极其密切。虽然目前无法考证弈棋的缘起是否有军事背景，但自汉代起，弈棋便具有了提升将领军事才干的实用功能，马融《围棋赋》即有：“略观围棋兮，法于用兵。三尺之局兮，为战斗场。”③ 此后，西晋蔡洪、梁武帝萧衍也都曾“以兵为喻”来探讨围棋攻防、进退之术。正是在这样的文化语境下，才有了刘勰糅合对弈和用兵来探讨文学创作规律的“以弈为喻”。《总术》篇有：“执术驭篇，似善弈之穷数；弃术任心，如博塞之邀遇。故博塞之文，借巧傥来，虽前驱有功，而后援难继”，“善弈之文，则术有恒数，按部整伍，以待情会，因时顺机，动不失正。”④ 其中“善弈”“博塞”者，是“以博弈为喻申论总术之功效”⑤，“前

---

① 范文澜：《文心雕龙注》，第 378 页。

② 范文澜：《文心雕龙注》，第 422—423 页。

③ 严可均辑：《全后汉文》卷十八，第 170 页。

④ 范文澜：《文心雕龙注》，第 656 页。

⑤ 詹锳：《文心雕龙义证》，第 1647 页。

驱”“后援”“按部整伍”者，则是“以行军喻行文”①。“以兵为喻”“以弈为喻”珠联璧合，相辅相成。

最后，通过上述象喻批评次要类型的补足，我们可以更加清晰地感受到，象喻批评在《文心雕龙》理论体系建构与批评话语生成中所发挥的关键作用，以及刘勰对于我国古代文艺理论象喻批评发展所作出的卓绝贡献。

① 杨明照：《〈文心雕龙〉研究中值得商榷的几个问题》，《宋代文化研究》2005年第1期。

结　语

本书以“《文心雕龙》象喻批评”为研究对象，从思想史的角度梳理了象喻批评的理论渊源，并对象喻批评各类型的缘起及其在《文心雕龙》出现之前的历史发展进行了回顾。在此基础上，将《文心雕龙》的象喻批评按其取譬对象和用例多寡，区分为“以人为喻”“以自然物为喻”“以技艺为喻”等主要类型，和“以器物为喻”“以乐舞为喻”“以兵为喻”等次要类型，并对每一种象喻批评类型的用例情况进行全面统计，进而分析蕴藏于其间的理论意涵。

行文至此，既定的话题已基本探讨完毕，但研究的欠缺与不足还是显而易见。就《文心雕龙》象喻批评而言，本书的用例统计在动笔之前虽经细心爬梳，仍不免有遗珠之憾，随着写作的推进，愈加感受到《文心雕龙》象喻批评的博大精深。本书对于《文心雕龙》象喻批评理论意涵的分析，在广度与系统性上也存在明显不足。广度方面，《文心雕龙》象喻批评用例极夥，本书的分析所涉及者仅限于典型用例，而其他绝大部分用例仍停留在獭祭胪列的层面。系统性方面，《文心雕龙》象喻批评各类型之间参伍相配、符契相合，本书虽然采用了“互见法”的处理方式，但依旧无法呈现其间微妙的经纬错综之术，存在支离、割裂的弊病。就象喻批评的整体研究而言，本书所述主要集中于《文心雕龙》，出于讨论的需要，虽也对象喻批评的缘起，及其在齐梁以前的发展进行了简要回顾，但隋唐以来象喻批评的发展情况则未能涉及。此外，如钱锺书先生所言，象喻批评虽极具民族思维特色，但也并非我们所独有。在西方文艺理论中，象喻批评也是常见的话语范式。虽然，西方象喻批评无论是就其广度、深度，抑或使用频率而言，都要稍逊一筹，但它仍可为中西方文艺理论批评沟通、对话，提供媒介与资源。[①] 在这一方面，本书更是付之阙如。为弥补遗憾于万一，下面将对象喻批评在齐梁以后的发展情况进行简单交代。

古代文艺理论象喻批评并未止步于《文心雕龙》。在经历了魏晋南北朝时期的高峰之后，象喻批评伴随着文艺体裁的丰富不断向新的领域拓展、延伸。并且，除在施用领域的延展外，象喻批评取譬的对象，也伴随着时代的进步而不断扩充、更新。凭借疆域的拓展与话语武库的革新，象喻批评始终葆有理论的生机与活力。

首先看象喻批评施用领域的扩大。通过此前的论述可以看出，象喻批评是一种具有普遍适用性的批评范式，在先秦讫至南北朝的诗文评、乐论、书论、画论领域可谓俯拾皆是。而在南北朝以后的文艺理论批评中，我们再次见证了它强大的辐射能力。无论在词论、曲论，抑或是小说评点中，象喻批评都是普遍存在且具有强大阐释力的话语范式。

在历代词学著述中，象喻批评都是极常见的话语范式。唐宋时期，词之一体由胡夷里巷之曲、佐兴侑酒之辞，逐渐发展为文坛主流的文学样式，词的批评也随之兴起。李清照的《词论》为早期词学的代表性成果，其中“乃知别是一家，知之者少。后晏叔原、贺方回、秦少游、黄鲁直出，始能知之。又晏苦无铺叙，贺苦少典重，秦即专主情致，而少故实，譬如贫家美女，虽极妍丽丰逸，而终乏富贵态。黄即尚故实，而多疵病，譬如良玉有瑕，价自减半矣”[②]，即有“以人为喻”“以器物为喻”的象喻批评。玩味其例，颇有袁昂、萧衍“以人喻书”，葛洪、刘勰“以器物喻文”之神韵。《词源》中，张炎为阐述“清空”的创作理想，亦曾援自然物与器物以为比类：“词要清空，不要质实；清空则古雅峭拔，质实则凝涩晦昧。姜白石如野云孤飞，去留无迹。吴梦窗如七宝楼台，眩人眼目，碎拆下来，不成片断。此清空、质实之说。”[③] 在此后的词学论著中，象喻一直是非常重要的批评范式。一直到王国

① 钱锺书：《中国固有的文学批评的一个特点》。

② 见胡仔纂集《苕溪渔隐丛话》后集，廖德明点校，北京：人民文学出版社，1962年，第254页。

③ 夏承焘：《词源注》，北京：人民文学出版社，1963年，第16页。

维的《人间词话》，仍有“词之雅郑，在神不在貌。永叔、少游虽作艳语，终有品格。方之美成，便有淑女与倡伎之别”“白石写景之作……虽格韵高绝，然如雾里看花，终隔一层”① 等，象喻批评的精彩用例。

元明清时期，杂剧、散曲与小说相继成为“一代文学”，而在曲论和小说评点中，象喻范式仍为利器。明宁王朱权《太和正音谱》是元明戏曲批评的经典之作，其中“古今群英乐府格势”一章，通篇采用了“以象为喻”的批评范式。“马东篱之词，如朝阳鸣凤”“白仁甫之词，如鹏抟九霄”“贯酸斋之词，如天马脱羁”一类“禽鸟之喻”；“王实甫之词，如花间美人”“关汉卿之词，如琼筵醉客”“穆仲义之词，如洛神凌波”一类“以人为喻”；“滕玉霄之词，如碧汉闲云”“庾吉甫之词，如奇峰散绮”“不忽麻之词，如闲云出岫”② 一类“云霞之喻”，等等，皆是其例。清代剧作家、戏曲批评家李渔在论述戏曲创作时，也每每采用象喻批评范式。比如在探讨戏曲结构时，即曾援人体与技艺以为比类：“至于‘结构’二字，则在引商刻羽之先，拈韵抽毫之始。如造物之赋形，当其精血初凝，胞胎未就，先为制定全形，使点血而具五官百骸之势。……工师之建宅亦然，基址初平，间架未立，先筹何处建厅，何方开户，栋需何木，梁用何材，必俟成局了然，始可挥斤运斧。”③ 曲论如此，小说评点亦然。金圣叹在阐述小说创作之法时即曾有“草蛇灰线”“绵针泥刺”“横云断山”“鸾胶续弦”④ 等诸般譬喻。梁启超在论述小说之社会功用时亦有“种子之喻”“空气之喻”“菽粟之喻”⑤ “熏笼之喻”⑥ 等不同比类。

南北朝以后，象喻批评在开辟词论、曲论、小说评点等新领域的同时，其传统诗文评、书论、画论阵地也得到了进一步的巩固与深化。诗文评方面，

---

① 王国维：《人间词话》，上海：上海古籍出版社，1998 年，第 7、9 页。

② 中国戏曲研究院编：《中国古典戏曲论著集成》第三册，北京：中国戏剧出版社，1959 年，第 16—22 页。

③ 李渔：《闲情偶寄》，《李渔全集》第 3 卷，杭州：浙江古籍出版社，1991 年，第 4 页。

④ 金圣叹：《贯华堂第五才子书水浒传》上，《金圣叹全集》第一册，南京：江苏古籍出版社，1985 年，第 22—24 页。

⑤ 梁启超：《论小说与群治之关系》，《饮冰室合集·文集》第二册，北京：中华书局，1989 年，第 7、10 页。

⑥ 梁启超：《告小说家》，《饮冰室合集·文集》第四册，第 67 页。

诸如白居易《与元九书》“诗者：根情，苗言，华声，实义”[①]，司空图《二十四诗品》“（洗炼）如矿出金，如铅出银。超心炼冶，绝爱缁磷”[②]，苏轼《文说》“吾文如万斛泉源，不择地而出，在平地滔滔汩汩，虽一日千里无难。及其与山石曲折、随物赋形而不可知也。所可知者，常行于所当行，常止于不可不止，如是而已矣”[③]，等等。书论方面，诸如孙过庭《书谱》“穷变态于毫端，合情调于纸上；无间心手，忘怀楷则。……譬夫绛树、青琴，殊姿共艳；隋珠、和璧，异质同妍”，苏轼《论书》“书必有神、气、骨、肉、血，五者阙一，不为成书也”，梁启超《广艺舟双楫》“《爨龙颜》若轩辕古圣，端冕垂裳。《石门铭》若瑶台散仙，骖鸾跨鹤”[④]，等等。画论方面，诸如李嗣真《续画品录》“卫（协）之迹虽有神气，观其骨节，无累多矣”，赵孟頫《雪松论画》“作画贵有古意……古意既亏，百病横生。……舜举作著色花，妙处正在生意浮动耳”，沈宗骞《芥舟学画编》“笔乃作画之骨干也。骨具则筋络可联，骨立则血肉可附。骨之不植，而遽相尚以文饰，亦犹施丹雘于粪土，外华而内腐”[⑤]，等等。除了这些精辟、传神的“小喻”之外，魏晋南北朝以后的文艺理论批评中，还出现了很多长篇累牍的“大喻”，比如叶燮《原诗》就曾以草木由根柢而萌蘖，由萌蘖而拱把，由拱把而枝叶，由枝叶而垂荫，由垂荫而繁花的生长过程，譬喻古代诗歌从三百篇、苏李诗、建安诗以至唐诗、宋诗的历史演进。[⑥]

再看象喻批评取譬范围的拓展。文艺理论象喻批评，其实质是借助于其他知识域累积的经验与话语，来实现对文学艺术领域未知或难言问题的阐释与言说。随着文明与思想的进步、科技与生活的发展，人类在知识域上的拓展从未止步。与此相应，文艺理论象喻批评的取譬范围也在不断更新。

文明与思想的新成果，往往会成为象喻批评喻象更新的重要源泉。禅宗

---

① 朱金城：《白居易集笺校》，上海：上海古籍出版社，1988 年，第 2790 页。

② 祖保泉：《二十四诗品校注译评》，芜湖：安徽师范大学出版社，2018 年，第 72 页。

③ 郭绍虞、王文生：《中国历代文论选》第二册，上海：上海古籍出版社，2001 年，第 310 页。

④ 华东师范大学古籍整理研究室：《历代书法文论选》，第 131、313、832 页。

⑤ 俞剑华：《中国画论类编》，第 394、92、868 页。

⑥ 参见叶燮《原诗》，霍松林校注，北京：人民文学出版社，1979 年，第 33—34 页。

作为佛教中国化最成功、最典型的代表，对古代社会产生了多方面的深远影响。① 禅宗崇尚“梵我合一”的境界。为达此境，大德高僧们创造了一套“念虑内忘，心识路绝”的思维方式，主张“抛弃一般认识事物必须的逻辑程序，完全靠自己内心的体验与直觉的感受来把握一切”②，这与注重直觉体验的艺术思维若合符契。故而，禅宗对于魏晋南北朝以后的文艺创作与文艺理论批评，产生了极为深远的影响③。《诗格》的“三境说”，苏轼的“空静说”等理论，都明显受到禅宗思想的影响。而禅宗影响文艺理论批评最直接的例证，莫过于“以禅喻诗”。严羽的《沧浪诗话》则是“以禅喻诗”的典范。对于“以禅喻诗”，严羽有着清晰的理论自觉。在《诗辨》一章中，严羽明确说道：“予不自量度，辄定诗之宗旨，且借禅以为喻。”④《答出继叔临安吴景仙书》中亦有：“以禅喻诗，莫此亲切。”⑤ 严羽“以禅喻诗”最为人所熟知的是下面这段文字：“禅家者流，乘有小大，宗有南北，道有邪正。学者须从最上乘，具正法眼，悟第一义。若小乘禅，声闻辟支果，皆非正也。论诗如论禅：汉魏晋与盛唐之诗，则第一义也。大历以还之诗，则小乘禅也，已落第二义矣。晚唐之诗，则声闻辟支果也。”严羽“以禅喻诗”，目的在于阐释诗歌创作“妙悟”的内在规律，所谓“大抵禅道惟在妙悟，诗道亦在妙悟”⑥ 是也。此外，禅宗哲学对南北朝以降的书论、画论也产生了直接而深刻的影响，黄庭坚的“以禅喻书”，董其昌的“以禅喻画”，可为代表。

除文明与思想的新成果外，生活中的新事物、科技上的新发明，也多会成为象喻批评新的取譬对象。陈师道《后山诗话》：“退之以文为诗，子瞻以诗为词，如教坊雷大使之舞，虽极天下之工，要非本色。”⑦ 我们且不论后山

---

① 参见王伟光主编《中华思想通史绪论》，北京：中国社会科学出版社，2020 年，第 563 页。

② 葛兆光：《禅宗与中国文化》，上海：上海人民出版社，1986 年，第 139 页。

③ 有关禅宗对于文学艺术与文艺批评的影响，可参看张伯伟《禅与诗学》（杭州：浙江人民出版社，1992 年）、皮朝纲《禅宗美学史稿》（成都：电子科技大学出版社，1994 年）、张节末《禅宗美学》（杭州：浙江人民出版社，1999 年）、张晶《禅与唐宋诗学》（北京：人民文学出版社，2003 年）等。

④ 郭绍虞：《沧浪诗话校释》，第 27 页。

⑤ 郭绍虞：《沧浪诗话校释》，第 251 页。

⑥ 郭绍虞：《沧浪诗话校释》，第 11—12 页。

⑦ 何文焕辑：《历代诗话》，北京：中华书局，1981 年，第 309 页。

对于退之之诗、子瞻之词的指摘是否公允，但从其“教坊雷大使之舞”的喻象能够清晰地感受到象喻批评的历史演进。“雷大使”其人目前虽已无法考实，但“教坊”机构则无疑是李唐时才产生的音乐机构。王世贞《艺苑卮言》评李攀龙曰：“李于鳞如峨眉积雪，阆风蒸霞，高华气色，罕见其比；又如大商舶，明珠异宝，贵堪敌国，下者亦是木难、火齐。”① “峨眉积雪”等属于传统的自然喻象，而“大商舶”者，则是宋元以来海外贸易兴起之后才能出现的事物。金圣叹《贯华堂第五才子书水浒传》曰：“《西游》又太无脚地了，只是逐段捏捏撮撮，譬如大年夜放烟火，一阵一阵过，中间全没贯串。”② 其中的“烟火”之喻，也只可能是烟花爆竹发明以后的事情。近现代以来，随着科技的进步与社会的发展，象喻批评取譬的对象也得到前所未有的极大丰富。艾青《诗论》：“尽可能地紧密与简缩，——象炸弹用无比坚硬的外壳包住暴躁的炸药”，“他必须用社会学的、经济学的钢锤去锤炼那对象，他必须为那对象在自己心里起火，把自己的情感燃烧起来，再拿这火去熔化那对象，使它能在那激动着皮链与钢轮的机器——写作——里凝结一种形态。”③ 陈梦家《〈新月诗选〉序言》：“格律在不影响于内容的程度上，我们要它，如像画不拒绝合式的金框。金框也有它自己的美，格律便是在形式上给与欣赏者的贡献。”④ 其中的炸药、轧钢机器、图画的金框等喻象，对于古代批评家而言是无法想象的。正是有了喻象的日新月异，象喻批评才能永葆生机与活力。

本书的写作虽然存在诸多的缺憾与不足，但象喻批评研究未来可期。象喻批评不仅关乎中国文艺理论批评“从哪里来”的问题，也关乎中国文艺理论批评“向哪里去”的问题。象喻批评既能够为当下中国文艺理论话语建构贡献有益资源，亦可为中国文艺理论走向世界提供方向指引。无论是中国古代文艺理论研究领域，还是现当代文艺理论研究领域，抑或中西方文艺理论对比研究领域，象喻批评都是一个值得展望的方向。

---

① 丁福保辑：《历代诗话续编》，北京：中华书局，1983 年，第 1036 页。

② 金圣叹：《贯华堂第五才子书水浒传》上，《金圣叹全集》第一册，第 18 页。

③ 艾青：《艾青选集》第三卷，成都：四川文艺出版社，1986 年，第 23、25 页。

④ 陈梦家编：《新月诗选》，上海：新月书店，1931 年，第 15 页。

参考文献

一、古典文献（按经、史、子、集）

［1］阮元校刻．十三经注疏［M］．北京：中华书局，1980年．

［2］朱熹．四书章句集注［M］．北京：中华书局，1983年．

［3］闻人军译注．考工记［M］．上海：上海古籍出版社，2008年．

［4］徐元诰．国语集解［M］．北京：中华书局，2002年．

［5］吴师道．战国策校注［M］．北京：中华书局，1991年．

［6］司马迁．史记［M］．北京：中华书局，1959年．

［7］班固．汉书［M］．北京：中华书局，1962年．

［8］范晔．后汉书［M］．北京：中华书局，1965年．

［9］陈寿．三国志［M］．北京：中华书局，1959年．

［10］房玄龄等．晋书［M］．北京：中华书局，1974年．

［11］沈约．宋书［M］．北京：中华书局，1974年．

［12］萧子显．南齐书［M］．北京：中华书局，1972年．

［13］姚思廉．梁书［M］．北京：中华书局，1973年．

［14］李延寿．南史［M］．北京：中华书局，1975年．

［15］楼宇烈．老子道德经注校释［M］．北京：中华书局，2008年．

［16］孙怡让．墨子间诂［M］．北京：中华书局，2001年．

［17］郭庆藩．庄子集释［M］．北京：中华书局，1961年．

［18］王先慎．韩非子集解［M］．北京：中华书局，1998年．

［19］黎翔凤．管子校注［M］．北京：中华书局，2004年．

［20］王琯．公孙龙子悬解［M］．北京：中华书局，1992年．

［21］杨丙安．十一家注孙子校理［M］．北京：中华书局，1999年．

［22］银雀山汉墓竹简整理小组编. 孙膑兵法［M］. 北京：文物出版社，1975年.
［23］杨伯峻. 列子集释［M］. 北京：中华书局，1979年.
［24］王先谦. 荀子集解［M］. 北京：中华书局，1988年.
［25］人民卫生出版社整理. 黄帝内经（影印本）［M］. 北京：人民卫生出版社，2013年.
［26］许维遹. 吕氏春秋集释［M］. 北京：中华书局，2009年.
［27］王利器. 新语校注［M］. 北京：中华书局，1986年.
［28］苏舆. 春秋繁露义证［M］. 北京：中华书局，1992年.
［29］何宁. 淮南子集释［M］. 北京：中华书局，1998年.
［30］向宗鲁. 说苑校证［M］. 北京：中华书局，1987年.
［31］汪荣宝. 法言义疏［M］. 北京：中华书局，1987年.
［32］黄晖. 论衡校释［M］. 北京：中华书局，1990年.
［33］段玉裁. 说文解字注［M］. 上海：上海古籍出版社，1981年.
［34］毕沅. 释名疏证［M］. 北京：中华书局，1985年.
［35］彭铎. 潜夫论笺校正［M］. 北京：中华书局，1985年.
［36］孙启治. 中论解诂［M］. 北京：中华书局，2014年.
［37］梁满仓译注. 人物志［M］. 北京：中华书局，2014年.
［38］王明. 抱朴子内篇校释［M］. 北京：中华书局，1985年.
［39］杨明照. 抱朴子外篇校笺［M］. 北京：中华书局，1991年.
［40］余嘉锡. 世说新语笺疏［M］. 上海：上海古籍出版社，1993年.
［41］黄叔琳. 文心雕龙辑注［M］. 北京：中华书局，1957年.
［42］范文澜. 文心雕龙注［M］. 北京：人民文学出版社，1958年.
［43］黄叔琳注，李详补注，杨明照拾遗. 文心雕龙校注［M］. 北京：中华书局，1959年.
［44］刘永济. 文心雕龙校释［M］. 北京：中华书局，1962年.
［45］王利器. 文心雕龙校正［M］. 上海：上海古籍出版社，1980年.
［46］周振甫. 文心雕龙注［M］. 北京：人民文学出版社，1981年.
［47］赵仲邑. 文心雕龙译注［M］. 桂林：漓江出版社，1982年.
［48］张长青、张会恩. 文心雕龙诠释［M］. 长沙：湖南人民出版社，1982年.

[49] 李曰刚. 文心雕龙斠诠 [M]. 台北：国立编译馆，1982年.
[50] 郭晋稀. 文心雕龙注译 [M]. 兰州：甘肃人民出版社，1982年.
[51] 冯春田. 文心雕龙释义 [M]. 济南：山东教育出版社，1986年.
[52] 詹锳. 文心雕龙义证 [M]. 上海：上海古籍出版社，1989年.
[53] 龙必锟. 文心雕龙全译 [M]. 贵阳：贵州人民出版社，1992年.
[54] 祖保泉. 文心雕龙解说 [M]. 合肥：安徽教育出版社，1993年.
[55] 陆侃如、牟世金. 文心雕龙译注 [M]. 济南：齐鲁书社，1995年.
[56] 王运熙、周锋. 文心雕龙译注 [M]. 上海：上海古籍出版社，1998年.
[57] 戚良德. 文心雕龙校注通译 [M]. 上海：上海古籍出版社，2008年.
[58] 张立斋. 文心雕龙注订 [M]. 北京：国家图书出版社，2010年.
[59] 王志彬. 文心雕龙 [M]. 北京：中华书局，2012年.
[60] 吴林伯. 文心雕龙义疏 [M]. 武汉：武汉大学出版社，2013年.
[61] 周勋初. 文心雕龙解析 [M]. 南京：凤凰出版社，2015年.
[62] 王利器. 颜氏家训集解 [M]. 北京：中华书局，1993年.
[63] 章学诚. 文史通义 [M]. 北京：中华书局，1985年.
[64] 洪兴祖. 楚辞补注 [M]. 北京：中华书局，1983年.
[65] 张少康. 文赋集释 [M]. 上海：上海古籍出版社，1984年.
[66] 李小荣. 弘明集校笺 [M]. 上海：上海古籍出版社，2013年.
[67] 周振甫. 诗品译注 [M]. 北京：中华书局，1998年.
[68] 李善注. 文选 [M]. 上海：上海古籍出版社，1986年.
[69] 穆克宏点校. 玉台新咏 [M]. 北京：中华书局，1985年.
[70] [日] 遍照金刚. 文镜秘府论 [M]. 北京：人民文学出版社，1975年.
[71] [日] 高楠顺次郎. 大正新修大藏经 [M]. 东京：大藏出版株式会社，1962年.
[72] 徐元太. 喻林 [M]. 上海：上海辞书出版社，1991年.
[73] 严可均. 全上古三代秦汉三国六朝文 [M]. 北京：商务印书馆，1999年.
[74] 逯钦立. 先秦汉魏晋南北朝诗 [M]. 北京：中华书局，1983年.
[75] 石峻、楼宇烈等. 中国佛教思想资料选编 [M]. 北京：中华书局，1981年.
[76] 郭绍虞. 中国历代文论选（四卷本） [M]. 上海：上海古籍出版社，

1979—1980 年.
[77] 谢赫、姚最. 古画品录·续画品录 [M]. 北京：人民美术出版社，1959 年.
[78] 俞剑华. 中国画论类编 [M]. 北京：人民美术出版社，1957 版.
[79] 张彦远. 历代名画记 [M]. 上海：上海美术出版社，1964 年.
[80] 华东师范大学古籍整理研究室. 历代书法论文选 [M]. 上海：上海书画出版社，1979 年.
[81] 崔尔平. 历代书法论文选续编 [M]. 上海：上海书画出版社，1993 年.
[82] 崔尔平. 书苑菁华校注 [M]. 上海：上海辞书出版社，2013 页.
[83] 吴钊、伊鸿书等. 中国古代乐论选辑 [M]. 北京：人民音乐出版社，2011 年.

二、研究著作（按出版先后及中外）

[1] 饶宗颐. 《文心雕龙》研究专号 [J]. 香港大学中文学会年刊，1962 年.
[2] 陆侃如、牟世金. 刘勰论创作 [M]. 合肥：安徽人民出版社，1963 年.
[3] 徐复观. 中国文学论集 [M]. 台北：民主评论社，1966 年.
[4] 陆侃如、牟世金. 刘勰与《文心雕龙》 [M]. 上海：上海古籍出版社，1978 年.
[5] 王元化. 文心雕龙创作论 [M]. 上海：上海古籍出版社，1979 年.
[6] 王更生. 文心雕龙研究 [M]. 台北：文史哲出版社，1979 年.
[7] 钱锺书. 管锥编 [M]. 北京：中华书局，1979 年.
[8] 张文勋. 形象思维散论 [M]. 昆明：云南人民出版社，1979 年.
[9] 朱光潜. 朱光潜美学文学论文选集 [M]. 长沙：湖南人民出版社，1980.
[10] 詹锳. 刘勰与《文心雕龙》[M]. 北京：中华书局，1980 年.
[11] 詹锳. 《文心雕龙》的风格学 [M]. 北京：人民文学出版社，1982 年.
[12] 汤用彤. 汉魏两晋南北朝佛教史 [M]. 北京：中华书局，1983 年.
[13] 伍蠡甫. 中国画论研究 [M]. 北京：北京大学出版社，1983 年.
[14] 杨明照. 学不已斋杂著 [M]. 上海：上海古籍出版社，1985 年.
[15] 蒋祖怡. 《文心雕龙》论丛 [M]. 上海：上海古籍出版社，1985 年.
[16] 钱锺书. 谈艺录 [M]. 北京：中华书局，1986 年.
[17] 蒋孔阳. 先秦音乐美学思想论稿 [M]. 北京：人民文学出版社，1986 年.

[18] 王运熙. 文心雕龙探索 [M]. 上海：上海古籍出版社，1986 年.
[19] 涂光社. 文心十论 [M]. 北京：春风文艺出版社，1986 年.
[20] 宗白华. 美学与意境 [M]. 北京：人民出版社，1987 年.
[21] 周勋初. 文史探微 [M]. 上海：上海古籍出版社，1987 年.
[22] 李泽厚、刘纲纪. 中国美学史 [M]. 北京：中国社会科学出版社，1987 年.
[23] 张少康. 文心雕龙新探 [M]. 济南：齐鲁书社，1987 年.
[24] 方元珍. 文心雕龙与佛教关系之考辨 [M]. 台北：文史哲出版社，1987 年.
[25] 敏泽. 中国美学思想史 [M]. 济南：齐鲁书社，1987—1989 年.
[26] 袁济喜. 六朝美学 [M]. 北京：北京大学出版社，1989 年.
[27] 李泽厚. 华夏美学 [M]. 北京：中外文化出版公司，1989 年.
[28] 胡经之. 文艺美学 [M]. 北京：北京大学出版社，1989 年.
[29] 傅修延、黄颇. 文学批评思维学 [M]. 北京：文化艺术出版社，1989 年.
[30] 穆克宏. 文心雕龙研究 [M]. 福州：福建教育出版社，1990 年.
[31] 赵毅衡. 文学符号学 [M]. 北京：中国文联出版社，1990 年.
[32] 曹顺庆等. 文心同雕集 [M]. 成都：成都出版社，1990 年.
[33] 胡晓明. 中国诗学之精神 [M]. 南昌：江西人民出版社，1990 年.
[34] 刘长林. 中国系统思维 [M]. 北京：中国社会科出版社，1990 年.
[35] 张岱年等. 中国思维偏向 [M]. 北京：中国社会科出版社，1991 年.
[36] 罗宗强. 玄学与魏晋士人心态 [M]. 杭州：浙江人民出版社，1991 年.
[37] 蒋述卓. 佛教与中国文艺美学 [M]. 广州：广东高等教育出版社，1992 年.
[38] 敏泽. 中国文学理论批评史 [M]. 长春：吉林教育出版社，1993 年.
[39] 蒙培元等. 中国传统哲学思维方式 [M]. 杭州：浙江人民出版社，1993 年.
[40] 汪裕雄. 审美意象学 [M]. 沈阳：辽宁教育出版社，1993 年.
[41] 张法. 中西美学与文化精神 [M]. 北京：北京大学出版社，1994 年.
[42] 汪涌豪. 中国古典美学风骨论 [M]. 北京：中国人民大学出版社，1994 年.
[43] 张世英. 天人之际——中西哲学的困惑与选择 [M]. 北京：人民出版社，1995 年.
[44] 张灯. 文心雕龙辨疑 [M]. 贵阳：贵州人民出版社，1995 年.
[45] 汪裕雄. 意象探源 [M]. 合肥：安徽教育出版社，1996 年.

[46] 王树人、喻柏林. 传统智慧再发现 [M]. 北京：作家出版社，1996 年.
[47] 刘跃进. 门阀士族与永明文学 [M]. 北京：三联书店，1996 年.
[48] 王先霈. 佛语哲思 [M]. 武汉：湖北教育出版社，1997 年.
[49] 王志彬. 文心雕龙创作论疏鉴 [M]. 呼和浩特：内蒙古教育出版社，1997 年.
[50] 寇效信. 文心雕龙美学范畴研究 [M]. 西安：陕西人民出版社，1997.
[51] 刘跃进. 中古文学文献学 [M]. 南京：江苏古籍出版社，1997 年.
[52] 詹福瑞. 中古文学理论范畴 [M]. 保定：河北大学出版社，1997 年.
[53] 郭绍虞. 中国文学批评史 [M]. 天津：百花文艺出版社，1999 年.
[54] 张世英. 进入澄明之境——哲学的新方向 [M]. 北京：商务印书馆，1999 年.
[55] 朱东润. 中国文学批评史大纲 [M]. 上海：上海古籍出版社，2001 年.
[56] 汤用彤. 魏晋玄学论稿 [M]. 上海：上海古籍出版社，2001 年.
[57] 王文生. 论情境 [M]. 上海：上海文艺出版社，2001 年.
[58] 蔡钟翔. 美在自然 [M]. 南昌：百花洲文艺出版社，2001 年.
[59] 杨明. 刘勰评传 [M]. 南京：南京大学出版社，2001 年.
[60] 曹顺庆等. 中国古代文论话语 [M]. 成都：巴蜀书社，2001 年.
[61] 袁济喜. 兴：艺术生命的激活 [M]. 南昌：百花洲文艺出版社，2001 年.
[62] 古风. 意境探微 [M]. 南昌：百花洲文艺出版社，2001 年.
[63] 朱志荣. 商代审美意识研究 [M]. 北京：人民出版社，2002 年.
[64] 李凯. 儒家元典与中国诗学 [J]. 中国社会科学出版社，2002 年.
[65] 饶宗颐. 饶宗颐二十世纪学术文集 [M]. 台北：新文丰出版社，2003 年.
[66] 罗根泽. 中国文学批评史 [M]. 上海：上海书店出版社，2003 年.
[67] 胡晓辉. 中国人审美心理的发生研究 [M]. 北京：中国社会科学出版社，2003 年.
[68] 王树人. 回归原创之思——“象思维”视野下的中国智慧 [M]. 南京：江苏人民出版社，2005 年.
[69] 胡大雷. 传统文论的魅力、模式与智慧 [M]. 南京：凤凰出版社，2005 年.
[70] 徐复观. 中国文学论集 [M]. 上海：上海书店出版社，2006 年.

[71] 黄侃．文心雕龙札记［M］．上海：上海古籍出版社，2006年．
[72] 罗宗强．读《文心雕龙》手记［M］．北京：三联书店，2007年．
[73] 冯时．中国古代的天文与人文［M］．北京：中国社会科学出版社，2006年．
[74] 李建中等．中国古代文论诗性特征研究［M］．武汉：武汉大学出版社，2007年．
[75] 夏静．礼乐文化与中国文论早期形态研究［M］．北京：中华书局，2007年．
[76] 刘长林．中国象科学观——易、道与兵、医（修订版）［M］．北京：社会科学文献出版社，2008年．
[77] 刘成纪．自然美的哲学基础［M］．武汉：武汉大学出版社，2008年．
[78] 刘方喜．声情说：诗学思想之中国表述［M］．北京：知识产权出版社，2008年．
[79] 张再林．作为身体哲学的中国古代哲学［M］．北京：中国社会科学出版社，2008年．
[80] 周山等．中国传统思维方法研究［M］．上海：学林出版社，2010年．
[81] 张立斋．《文心雕龙》考异［M］．北京：北京图书馆出版社，2010年．
[82] 钱基博．文心雕龙校读记［M］．上海：上海古籍出版社，2011年．
[83] 王运熙、顾易生．中国文学批评通史·魏晋南北朝卷［M］．上海：上海古籍出版社，2011年．
[84] 张祥龙．从现象学到孔夫子（增订版）［M］．北京：商务印书馆，2011年．
[85] 简良如．《文心雕龙》之作为思想体系［M］．北京：中国社会科学出版社，2011年．
[86] 王毓红．言者我也：《文心雕龙》批评话语分析［M］．北京：商务印书馆，2011年．
[87] 王元化．文心雕龙讲疏［M］．上海：上海三联书店，2012年．
[88] 刘业超．文心雕龙通论［M］．北京：人民出版社，2012年．
[89] 邓国光．《文心雕龙》文理研究［M］．上海：上海古籍出版社，2012年．
[90] 钟仕伦、刘敏等．中古宗教与自然审美［M］．北京：商务印书馆，2012年．
[91] 万奇、李金秋等．文心雕龙文体论新探［M］．北京：中国民族大学出版社，2012年．

[92] 姚爱斌.《文心雕龙》诗学范式研究［M］. 长沙：湖南人民出版社，2012年.
[93] 胡海、杨青芝.《文心雕龙》与文艺学［M］. 北京：人民出版社，2012年.
[94] 顾随. 顾随讲《文心雕龙》［M］. 石家庄：河北教育出版社，2013年.
[95] 苏保华. 魏晋玄学与中国审美范式［M］. 北京：社会科学文献出版社，2013年.
[96] 张文勋.《文心雕龙》探秘［M］. 北京：三联书店，2014年.
[97] 王运熙.《文心雕龙》探索［M］. 上海：上海古籍出版社，2014年.
[98] 夏静. 文气话语形态研究［M］. 北京：商务印书馆，2014年.
[99] 潘殊闲. 宋代文学批评的象喻特色研究［M］. 北京：中国社会科学出版社，2014年.
[100] 周勋初.《文心雕龙》解析［M］. 南京：凤凰出版社，2015年.
[101] 童庆炳.《文心雕龙》三十说［M］. 北京：北京师范大学出版社，2016年.
[102] 高林广.《文心雕龙》先秦两汉文学批评研究［M］. 北京：中华书局，2016年.
[103] 张勇. 贝叶与杨花：中国禅学的诗性精神［M］. 北京：中华书局，2016年.
[104] 于春海.《易经》与取象思维［M］. 北京：中国社会科学出版社，2016年.
[105] 张江. 阐释的张力：强制阐释论的对话［M］. 北京：中国社会科学出版社，2017年.
[106] 陈望衡. 文明前的"文明"［M］. 北京：人民出版社，2017年.
[107] 刘成纪. 先秦两汉艺术观念史（上下）［M］. 北京：人民出版社，2017年.
[108] 夏静. 中国思想传统中的文学观念［M］. 北京：三联书店，2017年.
[109] 郑毓瑜. 引譬连类——文学研究的关键词［M］. 北京：三联书店，2017年.
[110] 贾春华. 中医学——一个隐喻的世界［M］. 北京：人民卫生出版社，2017年.
[111] 张晶. 神思——艺术的精灵［M］. 南昌：百花洲文艺出版社，2017年.
[112] 穆克宏.《文心雕龙》研究［M］. 北京：中华书局，2018年.

[113] 戚良德. 百年“龙学”探究 [M]. 上海：上海古籍出版社，2019 年.
[114] 梁祖萍.《文心雕龙》修辞学研究 [M]. 北京：中国社会科学出版社，2019 年.
[115] 王万洪.《文心雕龙》雅丽思想研究 [M]. 北京：中华书局，2019 年.
[116] 王顺娣. 古代文论中的草木象喻批评研究 [M]. 杭州：浙江工商大学出版社，2019 年.
[117] 龚鹏程. 文心雕龙讲记 [M]. 桂林：广西师范大学出版社，2020 年.
[118] 张节末. 比兴美学 [M]. 杭州：浙江大学出版社，2020 年.
[119] 李平. 范文澜《文心雕龙注》研究 [M]. 北京：中华书局，2020 年.
[120] 王颖晓等. 意象思维·援物取象比类 [M]. 上海：上海科学技术出版社，2020 年.
[121] 周兴陆. 民国《文心雕龙》研究论文汇编 [M]. 上海：东方出版中心，2021 年.
[122] 吴承学. 中国古代文体学研究（增订本）[M]. 北京：中华书局，2022 年.
[123] 袁济喜. 兴：艺术生命的彰显 [M]. 北京：外语教学与研究出版社，2022 年.
[124] 游志诚.《文心雕龙》五十篇细读 [M]. 武汉：崇文书局，2022 年.
[125] 张汝伦. 中庸前传 [M]. 上海：上海人民出版社，2023 年.
[126] 涂光社.《文心雕龙》与《刘子》[M]. 武汉：崇文书局，2023 年.
[127] 汪涌豪. 中国文学批评范畴十五讲（增订本）[M]. 上海：复旦大学出版社，2023 年.
[128] 李建中. 博观雅制：《文心雕龙》导引 [M]. 北京：商务印书馆，2023 年.
[129] 戚良德.《文心雕龙》与中国文论话语 [M]. 济南：山东大学出版社，2023 年.
[130] 万奇.《文心雕龙》论析 [M]. 武汉：崇文书局，2023 年.
[131] 党圣元. 中国古代文体观念研究 [M]. 北京：人民出版社，2024 年.
[132] [美] 刘若愚著，田守真、饶曙光译. 中国的文学理论 [M]. 成都：四川人民出版社，1987 年.
[133] [日] 兴膳宏著，彭恩华译.《文心雕龙》论文集 [M]. 济南：齐鲁书

社，1984年.
［134］［法］列维—布留尔著，丁由译. 原始思维［M］. 北京：商务印书馆，1985年.
［135］［日］户田浩晓著，曹旭译. 文心雕龙研究［M］. 上海：上海古籍出版社，1992年.
［136］［美］郝大维、安乐哲著，蒋弋为、李志林译. 孔子哲学思微［M］. 南京：江苏人民出版社，1996年.
［137］［美］郝大维、安乐哲著，施忠连译. 汉哲学思维的文化探源［M］. 南京：江苏人民出版社，1999年.
［138］［美］艾兰著，张海晏译. 水之道与德之端——中国早期哲学思想的本喻［M］. 上海：上海人民出版社，2002年.
［139］［日］冈村繁著，陆晓光译. 汉魏六朝的思想和文学［M］. 上海：上海古籍出版社，2002年.
［140］［英］葛瑞汉著，张海晏译. 论道者：中国古代哲学论辩［M］. 北京：中国社会科学出版社，2003年.
［141］［美］莱考夫、约翰逊著，何文忠译. 我们赖以生存的隐喻［M］. 杭州：浙江大学出版社，2015年.
［142］［美］莱考夫、约翰逊著，李葆嘉等译. 肉身哲学：亲身心智及其向西方思想的挑战［M］. 北京：世界图书出版社公司，2018年.
［143］［美］蔡宗齐主编. 中国文心［M］. 北京：九州出版社，2022年.

三、刊报纸论文（按发表时间）

［1］钱锺书. 中国固有的文学批评的一个特点［J］. 文学杂志，1937（4）.
［2］陆侃如.《文心雕龙》术语用法举例——书《释“风骨”》后［J］. 文学评论，1962（2）.
［3］敏泽. 中国古典意象论［J］. 文艺研究，1983（3）.
［4］陈国球. 论诗论史上一个常见的象喻——“镜花水月”［J］. 古代文学理论研究（第九辑），1984年.
［5］党圣元. 谈“易象”［J］. 思想战线，1986（3）.
［6］党圣元. 象·实象·假象［J］. 西北大学学报（哲学社会科学版），

1987 (1).
[7] 卢永璘. 刘勰的“文”论和“意象”论 [J]. 北京大学学报 (哲学社会科学版), 1987 (5).
[8] 朱良志. “象”: 中国艺术论的基元 [J]. 文艺研究, 1988 (6).
[9] 李平. 〈周易〉与〈文心雕龙〉 [J]. 周易研究, 1991 (3).
[10] 汪裕雄. 意象与中国文化 [J]. 中国社会科学, 1993 (5).
[11] 顾祖钊. 论意象五种 [J]. 中国社会科学, 1993 (6).
[12] 王达津. 古代文论中的几个形象思维概念 [J]. 江西社会科学, 1993 (5).
[13] 吴承学. 生命之喻——论中国古代关于文学艺术人化的批评 [J]. 文学评论, 1994 (1).
[14] 韩湖初. “生命之喻”探源——对一个中、西共同的美学命题的认识与思考 [J]. 文学评论, 1995 (3).
[15] 毛宣国. 先秦“象”论与中国古典美学 [J]. 学习与探索, 1995 (4).
[16] 张永昊、贾岸. 中国古代象喻式批评的演变轨迹及其功能 [J]. 文史哲, 1995 (4).
[17] 王树人、喻柏林. 论“象”与“象思维” [J]. 中国社会科学, 1998 (4).
[18] 张晶. 论中国古典诗歌中“理”的审美化存在 [J]. 文学评论, 2000 (2).
[19] 杨守森. 缺失与重建——论 20 世纪中国的文学批评 [J]. 中国社会科学, 2000 (3).
[20] 张节末. 禅观与譬喻——论中国禅宗与印度佛教的一个区别 [J]. 哲学研究, 2000 (3).
[21] 赵奎英. 诗·言·思: 试论中国古代哲学言语与思维的诗化 [J]. 山东师范大学学报, 2000 (3).
[22] 张海鸥. 古典自然哲学与古典诗歌中的自然象喻 [J]. 吉林大学学报 (社会科学版), 2000 (3).
[23] 姚文放. 中国古典美学的思维方式及其现代意义 (上下) [J]. 求是学刊, 2001 (1、2).
[24] 吴果中. 论象喻批评 [J]. 云梦学刊, 2001 (6).
[25] 吴果中. 象喻批评的理性分析 [J]. 中国文学研究, 2002 (1).

［26］侯宏堂．内向思维与中国传统艺术理论的主体精神［J］．江海学刊，2002（2）．
［27］李建中．思之诗：汉语批评的隐喻性生成［J］．文艺争鸣，2004（6）．
［28］潘殊闲．象喻：中国传统诗歌评论的利器［J］．宁夏社会科学，2005（2）．
［29］黄金明．文章源于《五经》评析［J］．东南学术，2005（6）．
［30］黄鸣奋．论以兵喻文［J］．文学遗产，2006（3）．
［31］蒲震元．“人化”批评与“泛宇宙生命化”批评——中国传统艺术批评模式中的两种重要批评形态［J］．文学评论，2006（5）．
［32］刘传清、邓新华．论“象喻”的诗性阐释方式［J］．山西师大学报（社会科学版），2006（5）．
［33］古风．丝织锦绣与文学审美关系初探［J］．文学评论，2007（2）．
［34］刘成纪．中国古典美学中的身体及其映像［J］．文艺研究，2007（4）．
［35］吕斌．《文心雕龙》“道”“术”论［J］．北方论丛，2007（2）．
［36］王毓红．《文心雕龙》喻言式批评话语分析［J］．文学评论，2007（6）．
［37］古风．刘勰对于“锦绣”审美模子的具体运用［J］．文学评论，2008（4）．
［38］王洁群、王建香．“风骨”的语境还原［J］．文学评论，2008（3）．
［39］张祥龙．概念化思维与象思维［J］．杭州师范大学学报（社会科学版），2008（5）．
［40］黄鸣奋．以医喻文刍议［J］．古代文学理论研究（第二十五辑），2008．
［41］古风．“以锦喻文”现象与中国文学审美批评［J］．中国社会科学，2009（1）．
［42］普惠．《文心雕龙》审美范畴的佛教语源［J］．文学批评，2009（3）．
［43］罗宗强．《文心雕龙》的成书和刘勰的知识积累——读《文心雕龙》续记［J］．社会科学战线，2009（4）．
［44］王虎．“雕虫”探源［J］．光明日报（国学版），2009．
［45］甘生统．佛教与《文心雕龙》关系问题研究述略［J］．湖州师范学院学报，2009（5）．
［46］杨吉华．意象性思维与象喻性文本［J］．山东社会科学，2009（5）．
［47］夏静．古代文论中的“象喻”传统［J］．文艺研究，2010（6）．

[48] 乔东义. 孔颖达的易象观与审美意象的建构 [J]. 哲学研究，2011 (4).
[49] 王焕然. 刘勰以弈喻文发微 [J]. 文心雕龙研究（第十辑），2011 年.
[50] 过常宝. 论先秦工匠的文化形象 [J]. 北京师范大学学报（哲学社会科学版），2012 (1).
[51] 夏静. “象喻”思维论 [J]. 江海学刊，2012 (3).
[52] 刘成纪. 西周礼仪美学的物体系 [J]. 文艺研究，2013 (1).
[53] 陈学广. 含蓄意指：隐喻与象征 [J]. 文学评论丛刊，2013 (1).
[54] 刁生虎、王喜英. 《周易》“象喻”传播观念初探 [J]. 周易研究，2013 (1).
[55] 霍志军、傅绍良. 魏晋批评家对“陶”审美模子的具体运用——以《文心雕龙》“援陶论文”为例 [J]. 晋阳学刊，2013 (2).
[56] 陆晓光. 庖丁解牛与《资本论》美学——关于脑力工作的“艺术性质”[J]. 社会科学，2013 (4).
[57] 闫月珍. 器物之喻与中国文学批评——以《文心雕龙》为中心 [J]. 中国社会科学，2013 (6).
[58] 冯晓玉. 论刘勰象喻批评的说理方式——以《文心雕龙·神思》篇为例 [J]. 华中人文论丛，2014 (1).
[59] 尚永亮.《离骚》的象喻范式与文化内蕴 [J]. 文学评论，2014 (2).
[60] 张法. 器、物、象作为中国美学范畴的起源和特点 [J]. 甘肃社会科学，2014 (2).
[61] 张法. 礼乐文化中美学的三大概念：旨、甘、味 [J]. 河南师范大学学报（哲学社会科学版），2014 (3).
[62] 闫月珍. 容器之喻——中国文学批评的一个特点 [J]. 文学评论，2014 (4).
[63] 张江. 强制阐释论 [J]. 文学评论，2014 (6).
[64] 姚爱斌. “体”：从文化到文论 [J]. 学术论坛，2014 (7).
[65] 毛宣国. “意象”概念和以“意象”为核心的美的本体说 [J]. 社会科学辑刊，2015 (5).
[66] 姚爱斌. 生命之“骨”的特殊位置与刘勰“风骨”论的特殊内涵 [J].

文艺理论研究，2016（1）.
[67] 吴中胜. 从“上善若水”到《文心雕龙》的“以水喻文”[J]. 中州学刊，2016（6）.
[68] 党圣元. 体貌与文相[J]. 贵州社会科学，2016（12）.
[69] 洪树华. 论古代文论中的“象喻批评”与当代中国文学的批评方法[J]. 中外文论，2016（2）.
[70] 黄诚祯、李平. 刘勰借雕塑以论文初探[J]. 安庆师范大学学报（社会科学版），2017（1）.
[71] 高明峰.《文选》与《文心雕龙》“论”体评录发微[J]. 中国文学研究，2017（2）.
[72] 闫月珍. 作为仪式的器物——以中国早期文学为中心[J]. 中国社会科学，2017（7）.
[73] 陆晓光.《文心雕龙》中的“工匠”慧识[J]. 社会科学报，2017.
[74] 闫月珍. 物：中国文学研究的新途径[J]. 学术研究，2017（6）.
[75] 张江.“阐”“诠”辨——阐释的公共性讨论之一[J]. 哲学研究，2017（12）.
[76] 殷学明. 中国诗学中的事象说初论[J]. 云南师范大学学报（哲学社会科学版），2018（4）.
[77] 陈军. 中西同题比较与中国文论话语建构策略说[J]. 社会科学研究，2018（5）.
[78] 赵树功. 两汉以“才”论文演革历程考论[J]. 中国文论，2018.
[79] 郗文倩. 中国古代的博物观念及其知识分化[J]. 天津社会科学，2019（3）.
[80] 夏静. 中国古代文学批评的意会传统[J]. 首都师范大学学报（社会科学版），2019（6）.
[81] 周泉根、孙盛辉.《礼记·缁衣》“释文”汇校[J]. 中国文学研究，2020（1）.
[82] 赵忠富.“以技为喻”与《文心雕龙》批评话语的生成[J]. 古代文学理论研究，2020（2）.

[83] 闫月珍. 儒家的制作图式及其与道家的分判——以中国早期哲学为中心[J]. 中山大学学报(社会科学版), 2020 (2).
[84] 杨冬晓. 论六朝文论中的"文匠"说[J]. 文艺理论研究, 2020 (3).
[85] 蒋寅. 医学与中国古代文论的知识背景——以《黄帝内经》《素问》《灵枢》为中心[J]. 北京大学学报(哲学社会科学版), 2020 (4).
[86] 王毓红. 中国古代文学批评与中医——以《文心雕龙》《黄帝内经》为例[J]. 上海师范大学学报(哲学社会科学版), 2020 (4).
[87] 闫月珍. 金石之喻与中国文学批评[J]. 广东社会科学, 2020 (5).
[88] 丛思飞. 南朝人物品藻"流行语"视野下的象喻式书评[J]. 中国书法, 2020 (5).
[89] 闫月珍、茅琛雅: 兵器之喻与中国文学批评——以《文心雕龙》为中心[J]. 人文杂志, 2020 (9).
[90] 潘天波. 匠作之喻与中国诗学批评[J]. 中国文艺评论, 2020 (11).
[91] 吴建民. 论中国古代美学"象喻式命题"[J]. 中国美学研究, 2022 (1).
[92] 殷满堂. 以乐喻文与魏晋南北朝文论[J]. 长江大学学报(社会科学版), 2021 (2).
[93] 宋长建.《筱园诗话》象喻式表达的新变及意义[J]. 北京社会科学, 2021 (4).
[94] 刘培. 南宋华夷观念的转变与梅花象喻的生成[J]. 文学评论, 2021 (5).
[95] 党圣元. "辨体明性"与传统文体批评[J]. 中国社会科学报, 2021.
[96] 刘成纪. 中国早期哲学的象思维及阐释学、美学引申[J]. 学术研究, 2021 (11).
[97] 闫月珍. 宫室之喻与中国文学批评[J]. 文史哲, 2022 (2).
[98] 刘毅青、张栩凤. 经学视域下的《文心雕龙》器物之喻[J]. 古代文学理论研究, 2022 (2).
[99] 张庆利. 中国古代美学命题的文献甄别与意义阐释[J]. 河北学刊, 2022 (3).
[100] 闫月珍. 器物比德与中国文学批评——以《文心雕龙》为中心的考察[J]. 四川大学学报(哲学社会科学版), 2022 (3).

[101] 王怀义. 象与 mimesis——《周易》与西方摹仿美学比较 [J]. 文艺研究，2022 (7).
[102] 宋长建. 女子之喻与中国古典诗学批评 [J]. 文艺研究，2022 (12).
[103] 王涛. 比类：汉语思维与传统文学批评的过程性特质 [J]. 复旦学报 (社会科学版)，2023 (1).
[104] 吴中胜. 从“仁者乐山”到《文心雕龙》“以山喻文” [J]. 中州学刊，2023 (1).
[105] 赵忠富. 以人为喻与汉魏六朝书论美学 [J]. 中国美学研究，2023 (1).
[106] 张楚楚. 钟嵘《诗品》中的直觉阐释及其思想渊源 [J]. 中国文学批评，2023 (2).
[107] 王小盾. “惟馨”与“芬芳”——关于《文心雕龙》和中国早期的嗅觉审美 [J]. 文学评论，2023 (2).
[108] 戴文静. “味”与“Taste”的中西互释研究 [J]. 中国文学批评，2023 (3).
[109] 闫月珍、周建增. 营造经验与中国文艺批评 [J]. 社会科学，2023 (3).
[110] 宋长建. 音乐之喻与中国古典诗学批评 [J]. 暨南学报 (哲学社会科学版)，2023 (3).
[111] 吴承学. 中西文学的集体认同 [J]. 清华大学学报 (哲学社会科学版)，2023 (4).
[112] 陈娟. 论“以象拟象”的意象批评方法 [J]. 中国文艺评论，2023 (7).
[113] 谢文惠、孙敏强. “机轴”：中国古代文法理论的象喻思维和艺术阐释 [J]. 浙江大学学报 (人文社会科学版)，2023 (9).
[114] 吴中胜. 中国文论的草木之喻 [J]. 人文杂志，2023 (9).
[115] 张德懿、徐雁平. 中国诗学传统中的“光焰”之喻 [J]. 西南民族大学学报 (人文社会科学版)，2023 (12).
[116] 徐盛桓. “喻”思维的理论和应用 [J]. 天津外国语大学学报，2024 (1).
[117] 高云霄. 奥尔巴赫的“喻象” (figura) 与汉语语境的解读 [J]. 中国比较文学，2024 (1).

四、学位论文（按毕业年份）

［1］陈咏明. 论刘勰的审美理想［D］. 中国社会科学院，博士学位论文，1990.
［2］黄应全. 魏晋玄学与六朝文论［D］. 北京大学，博士学位论文，1997.
［3］杨清之.《文心雕龙》与六朝文学思潮［D］. 南开大学，博士学位论文，1997.
［4］陶礼天.《文心雕龙》与中国文化传统［D］. 北京大学，博士学位论文，1998.
［5］李显雨. 刘勰之文学语言本体论研究［D］. 复旦大学，博士学位论文，1998.
［6］武占江. 中国古代思维方式的形成及特点［D］. 西北大学，博士学位论文，1998.
［7］李长徽. 《文心雕龙》文体论研究［D］. 山东大学，博士学位论文，2001.
［8］翁向红. 论禅境中的意象及其审美意蕴［D］. 北京大学，博士学位论文，2002.
［9］陈顺智. 魏晋玄学与六朝文论［D］. 武汉大学，博士学位论文，2002.
［10］李健. 比兴思维研究［D］. 暨南大学，博士学位论文，2002.
［11］郭鹏.《文心雕龙》文学理论渊源论析［D］. 北京大学，博士学位论文，2003.
［12］辛刚国. 六朝文采理论研究［D］. 南京大学，博士学位论文，2003.
［13］仪平策. 魏晋南北朝审美文化发展范式研究［D］. 山东大学，博士学位论文，2003.
［14］侯敏. 易象论［D］. 哈尔滨师范大学，博士学位论文，2003.
［15］万德凯. 人物品评对六朝诗文思想之影响研究［D］. 北京大学，博士学位论文，2004.
［16］文功烈. 魏晋南北朝书法美学研究［D］. 中国人民大学，博士学位论文，2004.
［17］姚爱斌.《文心雕龙》诗学范式研究［D］. 北京师范大学，博士学位论

文，2004.
［18］刘朝谦．中国古代的技术与诗［D］．四川大学，博士学位论文，2004.
［19］钟华．思与诗的对话［D］．四川大学，博士学位论文，2004.
［20］杨东林．汉魏六朝文体论与文体观念的演变［D］．中山大学，博士学位论文，2004.
［21］冯翠儿．汉魏六朝书法理论与文学理论之关系研究［D］．南京大学，博士学位论文，2005.
［22］陈碧．《周易》象数美学思想研究［D］．武汉大学，博士学位论文，2005.
［23］赵新林．Image与“象”——中西诗学象论探源［D］．四川大学，博士学位论文，2005.
［24］汪军．魏晋南北朝的艺术批评［D］．东南大学，博士学位论文，2005.
［25］刘学．先秦诸子思维研究［D］．扬州大学，博士学位论文，2006.
［26］戚良德．《文心雕龙》文学美学思想研究［D］．山东大学，博士学位论文，2007.
［27］王承斌．《文心雕龙》五论［D］．南京大学，博士学位论文，2008.
［28］刘艳芬．佛教与六朝诗学［D］．山东师范大学，2008.
［29］徐月英．《黄帝内经》象数思维模式［D］．辽宁中医药大学，博士学位论文，2008.
［30］窦可阳．接受美学与象思维［D］．吉林大学，博士学位论文，2009.
［31］郭琳．隐喻与文学批评理论［D］．华中师范大学，博士学位论文，2011.
［32］杨冬晓．《文心雕龙》“体”概念研究［D］．中国人民大学，博士学位论文，2012.
［33］方祥勇．中国古代象喻批评方法研究［D］．广西师范学院，硕士学位论文，2012.
［34］傅炜莉．《文心雕龙》文论术语的认知阐释［D］．山东大学，博士学位论文，2013.
［35］张艳东．论魏晋六朝之象喻批评［D］．内蒙古师范大学，硕士学位论文，2013.

[36] 陈希娜.《文心雕龙》的人体隐喻研究 [D]. 山东大学，硕士学位论文，2014.

[37] 李长庚.《文心雕龙》与《易》卦关系探微 [D]. 西北大学，博士学位论文，2015.

[38] 朱供罗. “以经立义”与《文心雕龙》的理论建构 [D]. 云南大学，博士学位论文，2015.

[39] 徐海涛. 周易象数美学研究 [D]. 武汉大学，博士学位论文，2016.

[40] 徐军义. “象”与中国文论范畴生产 [D]. 陕西师范大学，博士学位论文，2016.

[41] 张绍时. 先秦“象”范畴研究 [D]. 湖南师范大学，博士学位论文，2019.

[42] 朱晓骢.《文心雕龙》批评方法研究 [D]. 武汉大学，博士学位论文，2021.

[43] 孔亮. 易学中的“象思维”[D]. 中国社会科学院大学，博士学位论文，2023.